塚本邦雄論集

現代短歌を読む会

池田裕美子
尾崎まゆみ
楠　誓英
楠見朋彦
彦坂美喜子
藤原龍一郎
山下　泉

短歌研究社

JN123629

目次

塚本邦雄論集

本論集の見取り図　（現代短歌を読む会・尾崎まゆみ）

「山中智恵子」「葛原妙子」と読み継いできて、全歌集を数人で時間をかけて読むと、さまざまなことが見えてくると痛感したので、今回は、塚本邦雄を読みなおそうと、二〇一五年七月から二〇一八年一月までの間、月一回程度集まり、序数歌集二十四冊を読むことにしました。

毎回一冊ずつ数人で歌集を読み、それぞれの視点から読み解く。読み手によって変わる作品の表情を楽しみながら、歌集が何を意図して構成されているかを確認してゆくのは、思わぬ発見もあり、楽しい作業でした。韻律や喩について多様な試行を繰り返し、短歌の中で私ではない「私」に成り代わり作品をつくっていても、言葉の取り合わせを自在に楽しんでいても、その後ろには塚本邦雄という身体を伴った人格がある――と確認できたのはやはり大きな発見。

七人で読み解くのはぞくぞくするほど刺激的な体験でしたが、塚本邦雄は多面体。本論に入る前に、各筆者の視点からの考察が、どの時期の歌集を中心に語られているか明確に位置づけできるよう、参加者の意見をまとめて、全二十四冊の序数歌集を七期に分け、それぞれの時期の特徴を簡潔に、塚本作品の世界の見取り図を作ってみました。

第一期

1　『水葬物語』（一九五一・昭和二十六年）　戦後占領期、オキュパイド・ジャパンの時代。物語性をもたせ、口語を活用し、「語割れ・句跨り」による新しいリズムと歌を創出しようとする。

2 『装飾樂句《カデンツァ》』（一九五六） 自己を見つめる。文語を活用。結核療養中の時期をふくむ。
3 『日本人靈歌』（一九五八） 戦後とは、との問いかけ。社会詠の試み。「われら」を主語とする歌がもっとも多い時期。第三回現代歌人協会賞受賞。

『水葬物語』はメトード社刊、限定百二十部。高柳重信の第一句集『蕗子』と姉妹版の趣。『装飾樂句《カデンツァ》』に至る時期は、俳誌などにも多くの作品を発表。舞台は次第に短歌総合誌中心となってゆき、第三歌集の現代歌人協会賞受賞に成果を結ぶ。第一期は、戦後日本の状況の変化とともに、その中に生きる一人の人間の思いをさまざまな手法で体現する。

彦坂美喜子「**塚本邦雄　――その始まりの詩想**」は、塚本がいかに戦後の短歌批判を受けてたち、「メトード」時代の習作より三人称的、非人称的な主体表現を模索していたかを、「日本歌人」同人の杉原一司、詩人西脇順三郎といった磁場に遡及しつつ再検討する。

第一歌集発刊後も、塚本の作風は第三期まで大きく転変を続ける。既刊歌集に収録されなかった数々の既発表作、二転三転する経歴を含む第三歌集完成までの軌跡を、**楠見朋彦の**「**われの不和　――『装飾樂句《カデンツァ》』から『日本人靈歌』の時期**」が丁寧にたどる。

第二期

4 『水銀傳說』（一九六一） 西洋文学への急速な舵取り、難解化。表題連作百首はランボーとヴェルレーヌに成り代わっての創作で、全体の四分の一を占める。同人誌「極」創刊（一九六〇）。
5 『綠色研究』（一九六五） 西洋文化との濃厚なせめぎ合い。ワグナーに心酔。形象詩の試みも。
6 『感幻樂』（一九六九） 日本の中近世の歌謡を摂取。アンソロジーへの情熱。

戦後日本の次に浮上してくる主題は、人間について、恋について。言葉の化学反応と、技法の追究。この三冊は自身で装釘を手がける。一九六八年、澁澤龍彥責任編集の「血と薔薇」に「悦樂園園丁辭典」を連載。三島由紀夫、澁澤龍彥との出会いが、小説を書くきっかけとなったのかもしれない（両者と相見えたのは、一九六四年、中井英夫の『虚無への供物』出版記念会においてのこと）。一九七〇年、白玉書房より全歌集である『塚本邦雄歌集』刊行。

山下泉「塚本邦雄のポエティク　――リルケのことなど」は、塚本の「視る力」に焦点を絞り、この時期から第七歌集までに結実する「美の絶対性」に着目する。高安国世と、その研究対象であったリルケの歌をしるべとし、塚本の視る力が卓越した「視る技法」に裏打ちされていたことを検証する。

第三期

7　『星餐圖』（一九七一）　短歌の手法の完成期。本歌集以降の主だった著作は詩人であった政田岑生が装釘・造本を手掛ける。

8　『蒼鬱境』（一九七二）　三十一首のみ、二百部（私家版二十部）限定出版。三島由紀夫と岡井隆に捧げられる。

9　『青き菊の主題』（一九七三）　七篇の瞬篇小説と、短歌のコラボレーション。鎖歌の試みと、新古今和歌集への親和。藤原良経、後鳥羽院への思い入れが評論と実作に結実。

第三期は、歌集の構成の様々な試みと、歌人としてのゆるぎない想いの際立つ時期。政田岑生と出会い、会社を退職（一九七四）して執筆に専念。散文や小説などを意欲的に発表する。『星餐圖』と同年に、初の評論集『夕暮の諧調』。翌年、初の小説集『紺青のわかれ』が刊行された。

第四期

10　『されど遊星』（一九七五）　知命、近江といった私的閲歴に近い歌が現れる。塚本邦雄というブランドの確立。百人一首を見直し、さかんに本歌取りしている。散文の創作と同時進行する中で、歌のことは歌でやるべしというしなやかさが出てくる。

11 『閑雅空間』（一九七七）『茂吉秀歌『赤光』百首』刊行と時期を同じくして上梓。「写実対幻想」という二項対立を、高踏な詩想と典雅な手法により無化するような余裕が生まれる。

12 『天變の書』（一九七九）秋の実りを思わせる成熟度。韻律の変革から始まった長い旅は、大きな岬に立ち古典の海原を見晴るかす。

私性を否定していた歌人に、変化が訪れる。ただ一人の前衛歌人、博覧強記など、筆一本となった「塚本邦雄ブランド」が確立された時期といってよいだろう。古典和歌の濃度が増し、言葉と心についての考察が深い時期でもある。一九七六年から年一度の欧州旅行が慣例化。歌集標題に〈變〉が現れる。

尾崎まゆみ「言葉と肉——塚本邦雄ノート」は、全歌集のなかでもとりわけこの時期を重要視する。言葉とは、ひとびとの記憶を受け継ぎ湛えているもの。言葉の記憶とは、命の記憶といってもよい。身体と感情をもった生身の塚本邦雄が言葉をもって「歌う」ところに、現代短歌の美しい立ち姿を見る。

第五期

13 『歌人』（一九八二）全歌集である『定本 塚本邦雄湊合歌集』出版後の、一冊目。還暦を迎えたからか、いわゆる境涯詠のような雰囲気が現れる。

14 『豹變』（一九八四）表題ほどの変化はないが、平談俗語を用い始める。父に肖ざる詩才によってのみ、父を超えたという苦み。歌の他に何を遂げたのか、われならば歌をほろぼすのだ、という矜持。一寸先の闇を歌う。

15 『詩歌變』（一九八六）「玲瓏」初出の一連が歌集に収められるようになる。三分の一近くが未発表作（歌誌創刊に備えていたものか）。第二回詩歌文学館賞受賞。

16 『不變律』（一九八八）日付と詞書を付した歌暦。ライトヴァースへの目配り。前歌集の「改元」「崩御」に続き、「薨去」の語を歌に詠みこむ。第二十三回迢空賞受賞。

第五期では、七〇年代に矢継ぎ早に発表された小説の執筆が一段落し、歌が饒舌となる。短歌総合誌等で塚本邦雄特集が編まれたことも大きい（「短歌」一九八三年三月号、「國文學　解釋と鑑賞」一九八四年二月号）。一九八三年五月、寺山修司逝去。一九八五年十月に「玲瓏」創刊準備号刊行。翌年一月創刊号。選歌誌（結社ではないとの強い意思表示）の主宰となり、以後、第二回詩歌文学館賞をはじめ様々な賞を受賞。また、一九八六年春に起きたチェルノブイリ原発事故に終生関心を持ち続ける。

第一歌集ではモダニズム短歌、特に前川佐美雄を強く意識していた口語の使用が、その後影を潜めていたのに、第十五、十六歌集になって急に再開されたのは、八〇年代後半の新しい口語短歌の動きと無縁ではない。**楠誓英「塚本邦雄の口語について　——『水葬物語』から『魔王』まで」**は、その意義を考察する。過去を表す助辞「た」を用いた作品の分析から、塚本の生々しい感情の表出を観取できるものの、古典の摂取時とは違い、口語によっては新しい文体の確立はできなかったことを指摘する。

第六期

17『波瀾』（一九八九・平成元年）　口語や言葉遊びなどを用いた軽みの境地の豊かさ。昭和の終焉を見据えて、戦争のテーマの輪郭が明瞭になっていく。

18『黄金律』（一九九一）「戦後派の言葉」で出発した塚本が、自らを「戦中派」とするような歌が詠まれ始める。文体はさらに崩され、自由闊達に。第三回斎藤茂吉短歌文学賞受賞。

19『魔王』（一九九三）「バッド・テイスト（悪趣味）」といえるような過激過剰な表現の噴出。一巻七百首のうち過半数は「玲瓏」初出というのも異例。第十六回現代短歌賞受賞。

一九八九年、近畿大学文芸学部教授に就任。口語や言葉遊びを、俵万智以後の状況の変化を楽しみながら積極的に取り入れて、軽みの世界を体現する。そこには毒もたっぷりと含まれ、『魔王』はエンターテイメント短歌の尖塔として評価が高い。

池田裕美子「幻視＝見神の使命とメソッド　――戦争と戦後への問いを中心に」では、まず「喩と社会事象」の考察から、塚本は時代情勢にも非常に敏感であったことが伝わる。昭和の「あの戦争」に原点を観じる塚本の、初期と後期（この時期）の視座の違いを踏まえたうえで、二十四歌集から七百首を超える戦争の歌を分類・分析し、「戦争の歌」を考察する。

この時期では特に、第十四歌集からみられていた「バッド・テイスト（悪趣味）」といってよいような奇想をもりこんだ歌がより先鋭化し、戦争を正面からテーマとした『魔王』に至って空前の作品世界が展開される。作品の解釈を、**藤原龍一郎「魔王転生　――『波瀾』、『黄金律』、『魔王』を読む」**が詳述する。

第七期

20 『獻身』（一九九四）　六月に急逝した「献身の」政田岑生に捧げられる。前作の激越な調子は和らぎ、ユーモアを前面に出した作も冴える。内部の悲哀が滲み出すような歌も。「世紀末まで四萬時間」とカウント。

21 『風雅默示録』（一九九六）　怒りを主とした感情の直截的な表現が目立つ。ほぼ同期間に制作の、戦争を主題とした『汨羅變』と区別して「風雅」を標題に冠す。

22 『汨羅變』（一九九七）　「短歌研究」連載の連作。起承転結によって見せ場をつくる。主題は戦争。標題は楚の屈原が憂憤の末投身した汨羅《べきら》の淵から。陰にこもった私怨が修羅能のように展開する。

23 『詩魂玲瓏』（一九九八）　「歌壇」連載の「月耀變」三百首を中心に編む。一見粗削りな文体に日日の心緒を織りこむ。突然に孤立無援のわれ、命全《また》けむこと期しがたし、などと歌う。

24 『約翰《ヨハネ》傳《でん》僞書《ぎしょ》』（二〇〇一）　闘病中の刊行。収録歌は、入院治療直前までの既発表作であるが、退院後に執筆されたと思しい跋文は、従来の書き方とも違い、違和感を残す。

選歌誌をはじめ仕事のマネジメントを務めていた政田の突然の逝去、慶子夫人の入院と逝去、大学退職、独り暮らしと自身の入院加療に至る晩年の変動期。常に世紀末を意識。連作が多い。老いを拒み、若さ（学生）への嫉妬も創作源とする。古今の芸術に関する語彙の駆使が昂進して、ハレーションを起こしているような面もある。一九九八年『塚本邦雄全集』が、ゆまに書房から刊行、二〇〇一年に全十五巻・別巻が完結（塚本は一九二〇年生まれだが、年譜は従来の一九二二年生のまま訂正されなかった）。第二十四歌集以降の既発表作を集めた第二十五歌集『神變』は、現在も未刊行のままである。

なお、全集以後の出版物の年譜は、一九二〇生まれと訂正されている。

〔註〕引用した塚本邦雄の短歌と文章は、ゆまに書房『塚本邦雄全集』所収の漢字・仮名遣い。一部の内容の改訂・補筆も、全集に統一した。

言葉と肉　——塚本邦雄ノート

尾崎まゆみ

プロローグ　言葉そのものが実体を持ち、言葉の肉に分け入るような

塚本邦雄は、語割れ、句跨りなどによる韻律の変革や、美学を感じさせる言葉の魔術師として語られることが多い。「ゆまに書房」から出版された『塚本邦雄全集』のⅠ巻からⅢ巻までを読み返すと、親しみのある歌、何度読んでも苦手意識があって踏み込めない歌、韻律を極めようとした歌、言葉を機能させる歌など百花繚乱。目くるめくような語彙の豊かさと、博覧強記が背景にある歌は、視覚、聴覚、嗅覚、触覚、味覚の五感のうち主に、聴覚（韻律）と視覚（喩）を刺激する。

美しい言葉がちりばめられていて視覚、聴覚を刺激する歌も好きだが、言葉の後ろに心が張り付いていなければ薄っぺらな歌になるとも思っている。塚本邦雄の短歌にちりばめられている言葉は美しいだけではなく、うしろには、心というよりも言葉自体の記憶が張り付いているような感じがする。他の短歌とかなり違うと思うのはそのせいだろう。

言葉の意味を確かめながらその手触りを、別の言葉で表現してゆく塚本短歌の語句の煌めきは魅力的だが、私は、言葉の奥にあって時折きらりと光る心（愛）に惹かれているのかもしれない。何年前だろう、そんなことを思いながら『閑雅空間』を読んでいたらふわりと初蝶が現れた。

初蝶は現《あ》るる一瞬とほざかる言葉超ゆべきこころあらねど　　『閑雅空間』

初蝶は、今年初めて見た蝶。現れたと思うと遠ざかってゆく。「言葉超ゆべきこころあらねど」とは塚本邦雄らしい表現。補色関係にある「心余りて言葉足らず」がうしろに浮かび上がり、その言葉で在原業平を評価した紀貫之を意識しているのがわかる。言葉が心よりも勝っているとは、「言葉こそが心であり肉体」の一部であるということだろう。言葉の持つ意味や感覚を極限まで追究する気迫までもが伝わり、ものの見え方ではなく如何に見せるかに注目していると、解る。「初蝶」とは言葉を超えるべき心なのだ。

この歌に出会って、塚本短歌の変容の要因は、技巧や革新性だけではなく、詞をパーツとして用い様々な試みを繰り返すうちに、言葉に心を発見して、言葉がその心を包む肉となったところにあるのではないかという想いにとらわれたので、その想いをもとに、全歌集を読み直してみることにした。

『水葬物語』から『約翰傳僞書』までの二十四冊の序数歌集に絞り、各歌集の主題や意図が見えやすいように巻頭と巻末の二首を置く。韻律の変革や、鮮烈なイメージをもたらす喩など、言葉の魔術師としての「美学」の進化の度合いを中心に、「戦後」や「人生」など、歌集ごとに主題を定めて短歌の限界に挑む姿勢も、あわせて探ってみたい。

第1回　『水葬物語』　どこにもない場所で繰り広げられる鎮魂（2015年7月12日）

革命歌作詞家に凭りかかられてすこしづつ液化してゆくピアノ　【巻頭の一首】

園丁は薔薇の沐浴《ゆあみ》のすむまでを蝶につきまとはれつつ待てり　【巻末の一首】

短歌は、五七五七七の定型詩、その定型に従って読むと「革命歌・作詞家に凭り・かかられて・すこしづつ液化・してゆくピアノ」となり、定型も「液化してゆく」（語割れ句跨りという手法）。この歌の世界観は、貧しいけれど今からがはじまりだという期待を秘めた、敗戦直後の実感だったのかも知れない。「僕たちはかつて」からはじまる跋は、第二芸術論で否定された短詩型を芸術に高めるための試論でもある。「過剰な抒情」を退けて「批評としての諷刺」「感傷なき叡智」「叙事性の蘇りとロマンへの誘ひ」を目指すと掲げられていて、新しい韻律を創りだそうとする巻頭の「革命歌作詞家」も、巻末の言葉を剪定してイメージを整える「園丁」も、現状を嘆く心に蓋をして、短詩型を芸術に高めようと力を尽くす作者の姿とぴったり重なる。

ゆきたくて誰もゆけない夏の野のソーダ・ファウンテンにあるレダの靴　「寄港地」
海底に夜ごとしづかに溶けゐつつあらむ。航空母艦も火夫も　「水葬物語」

本集の最大の魅力は、心のナイーブな部分に沁みる「ここ」ではない「何処か」へのあこがれだろう。あこがれは人の心を揺さぶる最強のもの。「ゆきたくて誰もゆけない夏の野」が喩ならば、その郷愁には様々な感情が入り組んでいるはずだと気付き、歌集を読みなおしてみると、様々な要素に紛れて「鎮魂」がひときわ明るく輝いていた。

韻律改革への意識。無国籍な空間をつくりだし、その中でさまざまなタブーを自在な言葉の組み合わせによって解放する。特徴を羅列してゆくうちに、一見創りものめいた世界のように思える歌集に閉じ込められていた鎮魂の調べがあふれてくるのは『水葬物語』だけだろう。海底に沈んでしまった「航空母艦」の歌のように、単なる異空間ではなく、背後に戦後の社会状況（オキュパイド・ジャパン）の実景が重なって見えてくる歌集だと指摘したのは、小高賢さんだった（二〇一〇年玲瓏二五周年全国の集いに於ける講演）。

第二芸術論を凌駕するための韻律と比喩の実験は、ここから始まる。

＊『水葬物語』については、拙著『レダの靴を履いて　塚本邦雄の歌と歩く』（書肆侃侃房　二〇一九）に詳しく書いたので、重複をさけるため要点のみを挙げた。

第2回　『装飾樂句《カデンツァ》』　見るとは汚すこと（8月30日）

五月祭の汗の青年　病むわれは火のごとき孤獨もちてへだたる　【巻頭】
湖水あふるるごとき音して隣室の青年が春夜髪あらひゐる　【巻末】

巻頭と巻末の歌を並べてみると青年（健やかな身体）へのあこがれが浮上する。療養期の歌集だからだろう。戦後は終わり高度成長へと向かい始めた若い時代を「五月祭」「汗の青年」に見出し、「病むわれ」は、冷静にしかもあこがれをもって時代の本質を摑もうとしている。

本能にかかわる動詞

塚本邦雄の短歌は、固有名詞、数詞など、名詞の使い方が斬新なので、動詞を意識して読んだことはなかったのだが、『装飾樂句』は動詞がかなり目立つ。喰う、生む、見る、さらに、繋ぐ、混じる、そして生きのびる。どれも単純で基本的な、けれども命を繋ぐために必要な本能に関わる動詞が、繰り返し出てくる。

なかでも『水葬物語』ではほとんど使われていない「見る」が目立つのには驚いた。「見られる」「見つめる」「見えぬ」などバリエーションに富み、言葉に切実さが感じられる。けれど、「見る」を短歌に詠み込むのは安易だと塚本本人から教えられた私としては、なぜ「見る」が多いのかが気になるので、その変遷を知るために、逆年順の編集を時間軸に戻して、「見る」の入った歌を抜き出し、歌集の後ろにある作品から並べてみた（本歌集は逆年順、新しい作品から並べられている）。

聖夜たれも見ざる月さすぼろぼろの赭き鐵骨の中をとほりて　「靈歌」
勞働祭のひるゆきずりに少年が視つめをり赤く涸れし噴水　「流刑歌章」
昏きルオー展にて人に見られゐむ瞼うるみし若きキリスト
すすけたる鶴見て去《い》なむ夕ぐれのにがき憩ひにけむる苑より　「装飾樂句」
地下酒場に湖底のにほひ戀ひて來ぬ晝花火見しのちの渇きに
眼に見えぬもの轢かれたる滑走路　花抱へたる老婆よぎりし
競輪場の雨、削《そ》がれたる地の膚《はだ》を砂ながれゆくさま見て徒食　「默示」

聖夜、さびた鉄骨越しにある誰も見ない月の煌めき、少年が涸れた噴水を見つめるのは昼。ルオーの、宝石のような「瞼うるみし若きキリスト」が人に見られる。すすけてはいるが鶴は美の象徴。「晝花火」のわびしさを見た後にゆきたくなる、「湖底のにほひ」の地下酒場。眼に見えぬものの轢かれた「滑走路」を横切る花と「老婆」。「競輪場の雨」にそがれた「地の膚」と「徒食」。

「見る」歌は、どれも苦い感情を抱えてはいるが、どこか一点きらめきを発する情景があり、歌が外に向かって開いている。『水葬物語』で物語に託して生きのびた心が『装飾樂句』では見ることに徹して花ひらく。「背景」を描きながら、ものの本質を、例えば「すすけたる鶴」には「にがき憩ひ」、「晝花火見しのち」には「渇き」など、感覚をあらわす形容詞や動詞を組みあわせて表現している。見るとは感情の背景を描写すること。ものを見て本質をつかみ、情景に感情を重ねる手法の深まりがくっきりとある。

見るとは汚すこと

無疵《むきず》なる街やはらかにつつむ雪見つつしづかに湧く怒りあり　「聖金曜日」
まづしくて薔薇に貝殻蟲がわき時經てほろび去るまでを見き　「地の創」
人間に視つめらるれば炎天の縞馬の白き縞よごれたる　「悪について」
長子偏愛されをり暑き庭園の地《つち》ふかく根の溶けゆくダリア

歌集の冒頭に近づくにつれて（つまり後で作られた歌ほど）、苦い思いは、鮮烈な景とともに、鮮明に立ち上がってくるのがわかる。無疵な街をやわらかく包む雪。街も雪も生きているように見える繊細な感性のうちに生まれる痛みの強さ。薔薇に貝殻虫がわいてほろびるまでを見る。まずしさとは、害虫を駆除する費用がないだけではなく、その気力もないままに無力感を抱いて見続ける心だろう。見つめられると、夏の強い光の中で縞馬の白い縞は汚れる。読み進むうちに、見るとは、汚し、奪うことだと改めて気づかされた。

情景に感情を重ねる実験を続けているからだろう。冒頭に近づくにつれて、「長子偏愛されをり」のように、切実な思いを「根の溶けゆくダリア」という具体的な状況に託した秀歌が現れる。

第3回　『日本人靈歌』　強靭なリアル。社会状況が見える（10月11日）

日本脱出したし　皇帝ペンギンも皇帝ペンギン飼育係りも　【巻頭】
孵卵器のごとき市電が雨中過ぎ　死せるバルバラ・生けるバルバラ　【巻末】

戦後の状況を重ねて、深読みを誘う「皇帝ペンギン」からはじまり、ジャック・プレヴェールのシャンソン「バルバラ」でおわる。昭和三十三（一九五八）年十月三十一日、四季書房より刊行された歌集には一九五六年夏から五八年夏までの二年間の作品のうち四百十首が収められ、五十首を一章とした八章で構成されている。序数歌集の中で唯一ついている註には、広く読者を迎え入れるという意図が見えるが、思いのほか不評だったため以後註を付けた歌集はない。

戦後日本の風景を、現実に添って具体的にではなく、異国の架空の物語のなかで描写し、新しい短歌を創りだすために方法論を駆使した第一歌集『水葬物語』。同時代の歌人と積極的な交流が始まり、現実を見つめて、言葉による心情の描写を追究し、盟友岡井隆から「療養歌集」と評されたほど、昭和二十年代後半から三十年代に生きた「一人の人間の姿が見える」第二歌集『装飾樂句』。『日本人靈歌』は先行する二歌集で、様々な手法を使って追究し続けた戦後日本の心象風景を描くという命題を受け継ぎ、さらに時代と風俗を取り入れて、社会状況に敏感に反応した歌集となっている。

時代の感情を見せて、イメージを補強する

日本脱出したし　皇帝ペンギンも皇帝ペンギン飼育係りも　「嬉遊曲」
突風に生卵割れ、かつてかく撃ちぬかれたる兵士の眼　「死者の死」
はつなつのゆふべひたひを光らせて保險屋が遠き死を賣りにくる
世界の終焉《をはり》までにしづけき幾千の夜はあらむ黑き胡麻炒《い》れる母　「日本人靈歌」

鮮烈なイメージのもたらす強靭なリアルの迫力に圧倒される。「日本脱出したし」とは当時の人々の心の声だったのだろう。「皇帝ペンギン」と「飼育係り」の関係が戦後日本の状況のイロニーであるかどうかは、強靭なリアルの前では、それほど大きな問題ではない。

動物園に閉じ込められた皇帝ペンギンは、現実世界に生きて動いていて、親しみやすいので、脱出願望

を強く訴える力がある。割れた卵の生々しさを持ち出して、打ち抜かれた「兵士の眼」の質感を、直接見たことのない人々にリアルにつたえる。どちらの歌も、具体があり、触感も携えているので半世紀をへても鮮度を保っている。死後の保証を売りに来る保険屋も見逃せない。昭和の風俗が、時間を越えて現れて、残された人のためにと、「死」を「賣」り歩く姿が、当時の人々の心理を伴って目前に浮かんでくる。

この生々しさを伝える強靭なリアルが、『日本人靈歌』の特徴であり、跋文に記された「時間と空間をこえたリアリティをもつて今日の現實の世界に參加しようと試みた」、「短歌に於けるイマジスムの可能性をためした」、その試みの実りだろう。短歌は日本人の「永遠のスピリチュアル」とも記されている。第二芸術論への答としての歌集という意味合いを込めているのだろう。以後、戦後についての歌は影を潜めて、「世界の終焉」の歌が『水銀傳說』以降の道筋を暗示している。

第4回　『水銀傳說』　人間あるいは世界を構築する物についての考察（11月29日）

燻製卵はるけき火事の香にみちて母がわれ生みたること恕《ゆる》す　【巻頭】
父に甘ゆる弟のこゑ海よりす我がこころ砂に喰はるる車輪　【巻末】

混沌の魅力

巻頭歌には、いつも歌集の意図を読み解くヒントが隠れている。燻製卵は火の匂いを纏い、生と死は背中合わせであることの具象として置かれている。命の核でありながら、命となることなく食べられる燻製卵は、死者の思いを託されて生きのびた私の喩でもあるのではないかという魅力的な考えが浮かび、そういえば「母がわれ生みたること恕《ゆる》す」とは、戦いをくぐり抜けて「生きのびた私」を許すことにもつながると、今までとは少し違う歌の道筋が見えてくる。

「現代歌人協会賞」受賞。岡井隆、寺山修司、春日井建、菱川善夫、安永蕗子、山中智恵子、秋村功、浜田到、原田禹雄との同人誌「極」創刊などがこの歌集の背景にあるからかもしれない。

新たに浮上したテーマは、母、父、婚姻、生む、ジェンダー、エロス、死など人間の本質に関わること。『水銀傳說』は生きのびた私たちのための歌集という仮説も生まれて楽しめる。テーマが作者の世界観に直結しているし、様々な手法や言葉がぎっしり詰め込まれているので、先行する三歌集とはかなり違う手触りがある。

私を歌にあまねく拡散させて、塚本邦雄という人間の生身の姿や感情が、たとえば『装飾樂句』のような個の生々しさを超えて、世界を俯瞰できる場所にたどり着こうとしている。

弟への思いに配された「砂に喰はるる車輪」から滲みだす近代短歌のしめった抒情が原因かもしれない。『水銀傳說』に抱く、まだ洗練されていない混沌を湛えた重すぎる歌集という印象を言い換えてみると、感覚器すべてを駆使してものの本質を見極めようとするさまざまなレッスンを記録した歌集とも言える。水銀には、杉原一司からの手紙の一文「僕は水銀か、どうか。」という問いが重なるので、その答としての歌集とも。みつめなおすと、混沌には作者の迷いが見えるような、そんな魅力もある。

人間について・家族

水球《ウォーター・ポロ》の青年栗色に潛《くぐ》れり　娶らざりし da Vinci　「水晶體」

父とわれ稀になごみて頒《わか》ち讀む新聞のすみの海底地震　「失樂園丁」

金木犀　母こそとはの娼婦なるその脚まひるたらひに浸し　「香料群島」

寒雷の下かへりきて寒雷の香を放つワグネリアンの弟　「弑逆旅館《パリサイド・ホテル》」

若さと才能への憧れ、父と私の関係にかかわる「海底地震」。盥に足を浸す母と「金木犀」、雷の香を放つ「ワグネリアンの弟」。すべて架空の家族である、との但し書きが透けて見えるが、あまねく私を拡散させているのでリアル。配された具象には家族関係が鮮やかに見えて、実際は存在しない弟（青年）への愛と嫉妬まで窺える。

肉体を生々しく

皮膚と皮膚もてたましひの底愛せむに花咲きあぶらぎりたる樒《しきみ》
わがうちにわが生の崖逐ひつめしかば舌色のむらがるカンナ
「水銀傳説」

具象の選び方の特長、身体を感じさせる皮膚感覚が最も現れているのは、「皮膚と皮膚もてたましひの底愛せむに」の醸し出す雰囲気とともに置かれた「あぶらぎりたる樒」だろう。皮膚そのものをすりあわす感覚に相応しいものとして、脂ぎった樒を見いだす。その選択が、樒や皮膚を実際に触ったりすりあわせたり臭ったりしたに違いないと思えるほどリアルで、「愛」が汗とともに皮膚から滲み出すような生々しさまである。「むらがるカンナ」の「舌色」の質感も野暮ったいのだが、生身の肉体が感じられる。味覚を統べる粘膜の色に、肉感的なカンナは相応しすぎて鳥肌が立つ。

「水銀傳説」の一連からランボーとヴェルレーヌの名前をあえて消して読んでゆくと、「人間の抱く愛への認識を深める」が、主題として浮かび上がる。「愛という感情」を、様々な物や場面とともに言葉の手触りを確かめながら「具象」として、歌に閉じ込めようとしているからだろう。産み育てることへの恐れ、命への畏怖が生々しい。

第5回 『綠色研究』 コラージュの完成、絵画のように（2016年1月24日）

雉食へばましてしのばゆ再た娶《ま》りあかあかと冬も半裸のピカソ　【巻頭】
世界の黄昏をわがたそがれとしてカルズーの繪の針の帆柱　【巻末】

巻頭の「雉食へば」には、『綠色研究』の頃の韻律と言葉の使い方の特徴がくっきりとある。『万葉集』巻第五、山上憶良の「瓜食めば　子ども思ほゆ　栗食めば　まして偲はゆ」から始まる長歌を本歌として、日本人の体内に備わっている韻律への共鳴を呼び出し、「ピカソ」を嵌めこむ。言葉によるコラージュは、古語から固有名詞までさまざまな言葉を韻律にのせて、時代を官能的に表現する。半裸のピカソが具体として迫ってくるのは、そのコラージュのような短歌に、作者の醒めた眼と、作品世界を作り上げようとする意志が憑依しているから。『水銀傳說』には時折現れた生々しい心情は出ていない。

巻末の「世界の黄昏」の歌も、カルズーの絵の、鋭い精神のとがりのような帆柱が突き刺さった空のもたらすひりひりとした感覚を、言葉で描きながらも、精神的には余裕がある。

言葉によって構築された堅牢な城の中にある此処ではない世界には、いのちのうごめきがフリーズドライされたあとの空間（硬質な抒情）が広がっている。

硬質な抒情　西洋の精神基盤を意識的に取り入れる

復活祭《イースター》まづ男の死より始まるといもうとが完膚なきまで粧《けは》ふ　「不定冠詞」

硬質な抒情の誕生は、西洋の思想を意識していることと関係がある。西洋の思想を知るとは、文化を民族の争いから守り、人々のプライドの礎となったキリスト教を知ることにつながる。死から始まる復活祭に向けて完膚無きまでに（薄い傷跡やシミも見えないくらい徹底的に）化粧を施す妹は、作者にとって西洋そのものの喩だろう。自然（素肌）を人工的（化粧）に制御している姿が、自然を支配するという考え方とぴったり重なる。聖書、西洋音楽・絵画・演劇・映画などを主題に据えた歌は、西洋の精神基盤を塚本的に処理して、短歌に取り入れようとする試みであり、その完成形として『綠色研究』という堅牢な美学の城が生まれたという道筋が、見えてくる。

「に」「ども」「と」「ば」

硝子屑硝子に還る火の中に一しづくストラヴィンスキーの血　「果實埋葬」
醫師は安樂死を語れども逆光の自轉車屋の宙吊りの自轉車
五月來る硝子のかなた森閑と嬰兒みなころされたるみどり　「綠色研究」
芍藥置きしかば眞夜《まよ》の土純白にけがれたり　たとふれば新婚　「夏至物語」

助詞の使い方の細やかさが目立ちはじめる歌集でもある。「に」は火の奥へと導き、「ども」は疑問をひそやかに内蔵する。「と」は、ものの見方に感情を移入せず同じ地平でつなぐ。「ば」は条件付けなど、格助詞・接続助詞の働きを活かした過不足のない繫ぎ方によって、言葉を制御する。心情を美意識によって制御しているのだろう、短歌の手触りは硬質で隙がない。自然のうちに入り込んで共感のうちにしみじみと感動する「もののあわれ」的な情感は、まだ見当たらない。

見ることの深まり

男色より酢よりさびしきもの視つめ醫師のひとみのうちの萬綠
橋より瞰《み》おろしし情事、否かたむきて鋼《はがね》のくづをはこぶ船あり　「綠色研究」

夏の鹽甘し　わが目の日蝕といもうとの半身の月蝕　「月蝕對位法」

夜の花屋の格子の彼方昏睡の花花の目　クレー展見そびれつ　「不定冠詞」

わが眼の底に咲く紫陽花を診《み》たる醫師暗室を出ていづこの闇へ

裸の父見しものの裔いきいきと汗のズボンの長脛彥ら

卵黄吸ひし孔ほの白し死はかかるやさしきひとみもてわれを視む　「致死量」

『裝飾樂句』の「見る」は汚すことだったのだが、『綠色研究』は、私が見られる立場の歌が多い。眼の底の紫陽花を診察する医師。空っぽになった卵の穴から私を見つめているのは死。見られるとは読者を意識すること。言葉によって構築された堅牢な城の内部の世界は、外部を遮断しているように見えるのに、あらかじめ読者と世界を共有することを前提としていたようで、興味深い。

時代と言葉の感触

カフカ忌の無人郵便局灼けて賴信紙のうすみどりの格子　「月蝕對位法」

金婚は死後めぐり來む朴《ほほ》の花絶唱のごと蘂そそりたち

ライターもて紫陽花の屍《し》に火を放つ一度も死んだことなきときみら　「致死量」

三島由紀夫が感動して『午後の曳航』の一場面に用いたという逸話もある「紫陽花」の歌の「きみら」は、三島由紀夫の小説『仲間』に出てくる少年とつながり、この時代の塚本短歌の美学は、七〇年代にブームを呼んだ澁澤龍彥（マンディアルグやバタイユなどの著作を邦訳・紹介した）の美学とも重なる。

「カフカ忌」にある、私の不在を閉じ込めるイメージの繫がり（無人・郵便局、賴信紙、格子）からは「短歌は小説のエッセンス」という塚本の言葉を裏付けるように、場面が見えてきて、しかも映画の一場面のように鮮烈。此処ではないどこかを創りだすエンターテイナーとしての才能が見えて、時代の最先端の文学を体現しようとしていたこともわかる。このあたりに『緑色研究』が前衛短歌の最高峰と言われている理由があるのだけれど、有名すぎる「跋」の影響もかなり大きい。

> もともと短歌といふ定型短詩に、幻を見る以外何の使命があらう。…（中略）…韻律は啓示の呪術性の無上の官能的効果として、離れがたく存在する恩寵である。

ただし——言葉を積み重ねて作り上げた世界の弱点は、言葉を知らなければ、その化学反応を心ゆくまで味わえないこと。その弱点を補うためだろう。十五年後に刊行された自選自註『緑珠玲瓏館』は、塚本邦雄の言葉の使い方や、教養の幅広さとともに、言葉には感触があることを教えてくれる。

第6回　『感幻樂』歌謡のもたらすゆらぎ　古典の再評価（2月28日）

固きカラーに擦れし咽喉輪のくれなゐのさらばとは永久《とは》に男のことば　【巻頭】
馬を洗はば馬のたましひ冱ゆるまで人戀はば人あやむるこころ
ほほゑみに肖てはるかなれ霜月の火事のなかなるピアノ一臺
錐・蠍・旱・雁・掏摸・檻・囮・森・橇・二人・鎖・百合・塵
いたみもて世界の外に佇《た》つわれと紅き逆睫毛《さかまつげ》の曼珠沙華
世界より逸《そ》るるばかりをとこらがかなしき肉のほかのゆふすげ　【巻末】

『感幻樂』は、「旧約聖書」「レオナルド・ダ・ヴィンチ」など引き続き西洋のストーリーを見せながら、

「隆達節」「閑吟集」などの中・近世歌謡の持つ韻律のなだらかさから生まれる艶っぽい調べを取り入れている。『緑色研究』の西欧的美の概念を基礎に築いた堅牢な文体に、しなやかさを与えようとしたのだろう。巻頭と巻末の二首の間に、さまざまな技法によって磨かれた秀歌を掲載順にはさんでみると、歌謡の調べを取り入れることによって、言葉に艶めきが出てきたのがわかる。「世界」などの、強度のある翻訳文学的な言葉と、「歌謡」のしなやかな大和言葉。二つの世界を行き来して、言葉が変容してゆくとき生まれる「ゆらぎ」を、さまざまな言葉をつかって実験していたのだ。「固きカラー」と「馬を洗はば」には『水銀傳說』からの主題の一つ「男」と「戀について」の答えが下句にしっかりとある。

「ほほゑみに肖てはるかなれ」の歌には、「復活祭まづ男の死より始まるといもうとが完膚なきまで粧ふ『緑色研究』」で検証した硬質な抒情が変化してゆく過程が閉じこめられている。「肖てはるかなれ」の「なれ」は命令形と思ってしまうが、「歌謡」の言葉の斡旋の仕方を取り入れているはずなので、「肖て(こそ)はるかなれ」と係助詞「こそ」の省かれた係結びの已然形とも考えられる。さらに、「はるかなれ」のあとに略されたと思われる言葉をおぎなってみると、「はるかなれども」あるいは「はるかなれば」。逆説と順接のどちらにもとれる。

つまり言葉が変容してゆらぎが生れ、心地よさと不安を醸し出しているのだ。「錐」からはじまり「塵」で終わる歌は、「り」がとめどなく続く音の反復が心地よい。杉原一司と始めた新しい韻律の実験の一つは、句跨りで言葉をせき止めること。その技法を完成させて、再びなだらかな韻律を呼び戻すために、歌謡の愛唱性を取り入れる過程が、見えてきて楽しめる。中・近世の歌謡を取り入れた「花曜　隆達節によせる初七調組唄風カンタータ」より、二首を本歌とともに。

雪はまひるの眉かざらむにひとが傘さすならわれも傘をささうよ

笠をさすなる春日山、笠をさすなる春日山、是も神の誓とて　「狂言歌謡」四十八番
人が笠をさすならば我もかさをささうよ、げにもさあり、やようかりもさうよなふ…

おおはるかなる沖には雪のふるものを胡椒こぼれしあかときの皿

はるかなる、沖にも石のある物を、ゑびすのごぜのこしかけの石　「狂言歌謡」
はるかなる、沖にも石のある物を、ゑびすのごぜの通ひ路の石　「梁塵秘抄」

「に」「を」のもたらす転調をアクセントになだらかな韻律を持つ歌は、本歌を辿るのも楽しいのだが、本歌を知らなくても音の流れにたゆたう喜びがある。「胡椒こぼれしあかときの皿」の西洋文化を日本語で消化吸収するときに現れるほどよい揺れが、心地よい。けれど、箴言のように主張する歌が多く、自然のうちに入り込んで共感のうちにしみじみと感動する「もののあわれ」的な要素は、まだ影が薄い。

視て見ざるを恋う

夏されば彷徨變異　蟬の目のことごとく視て見ざるを戀ひつ　「羞明」

まぶしくて目を開けていられない意の「羞明」には、「レオナルド・ダ・ヴィンチに献ずる58の射禱」という副題が付く。「ことごとく視て見ざるを戀ひつ」が印象的。蟬の複眼に映るパノラマも、現実だが、見え方が違う。言葉を切り貼りしてコラージュのように見せる視覚的な遊びを思うが、「見る」は「見られる」から、「視て見ざる」と複雑になり、「戀ひつ」には変化への切実な思いが見える。

『感幻樂』から立ちのぼる雰囲気は、現実の状況からいろいろな要素を取れ入れて変化しようとしてい

た『水葬物語』の不安定だけれどエネルギッシュな雰囲気と少し似ている。あたらしい韻律の産声が聞こえるからだろう。『水葬物語』の背景には、どこか異国の物語でありながら戦後社会に抱く感情があったように、『感幻樂』の背景に七〇年安保前夜のエネルギッシュな時代の感性が見える。

第7回　『星餐圖』&『蒼鬱境』超絶技巧。韻律の完成（4月17日）

青年にして妖精の父　夏の天はくもりにみちつつ蒼し　『星餐圖』【巻頭】
蕩兒歸宅否とよ七日禁慾のラガーくちびる裂けてかへり來　【巻末】

「青年にして妖精の父」ではじまり、「禁慾のラガー」で終わる歌集の主題は、ライバル岡井隆の不在と、三島由紀夫の自死。塚本自身が跋に記しているので、そちらの方に目を奪われがちだが、実は短歌の完成度の高さが際立つ歌集。ほとんど同時に『紺青のわかれ』を出版して小説家デビューしているので、物語的な要素は小説に、短歌には感情のエッセンスをうつくしく滴らせている。

「妖精の父」は、句跨りを一首の中で二度使い、空白を三句目に入れるなど、超絶技巧をさりげなく用い、その極致を味わえる。表題は「漾へ」——ただよえ。巻頭歌は「みちつつ蒼し」。水を連想させる詞からはじまる歌集は、『感幻樂』から続いて句跨りや、助詞の働きでゆらぎを醸し出す歌が散見される。韻律を意識して読んでみたい。

『古今和歌集』的なゆらぎ

ディヌ・リパッティ紺青の樂句斷つ　死ははじめ空間のさざなみ　「I　星想觀」
韻律の夏にただよひ眼薬の一しづくあやまちて額《ぬか》に享く

さくら花ちりぬる風のなごりには水なき空に波ぞ立ちける　紀貫之『古今和歌集』

「死ははじめ空間のさざなみ」、「韻律の夏にただよひ」に、プロローグでも触れた紀貫之の影響が見える。「水なき空に波ぞ立ちける」を並べてみると、さざめき、漂う歌の感性や韻律が似ているのがわかる。『古今和歌集』的な音のゆらぎの見える最初の歌集といってもよいだろう。

塚本は紀貫之について『珠玉百歌仙』の中で、「土佐日記」の一首「影見れば波の底なるひさかたの空漕ぎわたるわれぞわびしき」を取り上げて「計算されつくした美しい錯覚の世界は、読む者にめまひを感じさせる」「この智慧の力で作り上げる新しい詩歌こそ、以後三世紀、新古今までの理想像となるのだ」と言及している。『珠玉百歌仙』は一九七九年に刊行された古典鑑賞。七〇年代の塚本邦雄の新しい詩歌への思いが、鑑賞文に投影されている。古典を意識した韻律の実験には、自在感があって重苦しさがなく、語割れ句跨りもまた流麗な韻律となりうることを証明しているようだ。

身体的感覚や心理を具体的なものを使って描写する

少年はたかきこずゑに枇杷をすすり失墜の種子つつめる果肉　「Ⅰ　星想観」
氷上の錐揉少女《きりもみをとめ》霧《きら》ひつつ縫合のあと見ゆるたましひ　「Ⅱ　茘枝篇」
百合はみのることあらざるを火のごときたそがれにして汝《な》が心見ゆ　「Ⅰ　星想観」

もう一つ注目したいのは比喩。「失墜の種子」を孕むのは、少年であり枇杷の実でもある。錐揉み状態のスピンを繰り返す少女の体を「錐揉少女」として、状況と身体を合体させた比喩に閉じ込めると、比喩が衣服のようにまとわりつき縫合の跡のような模様が生まれる。どちらの作品も、具体的な比喩を重ねて身体感覚や心を、描写している。具体的な状況を説明するためにものと置き換える「見立て」より入り組んでいるが、言葉とイメージが際立っているので、二重の比喩が、妙になじむ。

　鍵となる言葉は「種子」と、「たましひ」と「こころ」、そして三首目の「を」などの助詞の効果的な使い方。「汝がこころ見ゆ」の歌にあるイメージは〔百合はみのらない〕と、〔火のように赤い黄昏時〕。二句目の「を」を、順接ととると拒否、逆接の場合は、承諾。君の心は、作者ではなく読者の心と連動して拒否と承諾の間を行き来する。複数の要素を淡淡と並べて助詞でつなぎ、心の曖昧さをくっきりと詠みこむ手際の良さも、古典からかすめとった技巧の一つ。

『水銀傳説』で描写力を磨き、『綠色研究』では言葉による堅牢な城を築き、『感幻樂』では歌謡を取り入れて、語割れ句跨りの手法に調べを融合させ、短歌のゆらぎに迫る。『星餐圖』は、三冊のさまざまな実験を経て生まれた歌集。言葉を過不足なく使ってその極限まで短歌の魅力を引き出している。

生と死

愛戀を絶つは水斷つより淡きくるしみかその夜より快晴　「I　星想觀」
生れ生れてはじめに冥し風立てば刹那阿鼻叫喚の濱木綿《はまゆふ》　「II　茘枝篇」
死に死に死に死にてをはりの明るまむ青鱚《あをきす》の胎《はら》てのひらに透く

遠き萩それよりとほき空蟬の眸《まみ》　文學の餘白と知れど　『蒼鬱境』【巻頭】
かすみつつ蜩《かなかな》の天《そら》　殺靑《さつせい》のことばはこゑのかぎりを生きよ
きれぎれに男のことば夜の沖の帆はすぎしかなしみをはらみて　【巻末】

「生と死」のイメージはくっきりと内臓のように鮮らか、生は浜木綿の風にもまれる様、死のイメージは青鯖の胎。「斷つ」「死」などの刃のような言葉は「別れ」が主題の歌集を青く発光させている。生と死をみせる歌の背景にあるのは、空海の「秘蔵宝鑰《ひぞうほうやく》」。中国文学と仏典への接近はこの歌集から始まる。次のわずか三十首で一巻とした『蒼鬱境』は挽歌の要素が強い。

生れ生れ生れ生れて生の始めに暗く
死に死に死に死んで死の終りに冥《くら》し
空海『秘蔵宝鑰』

第8回　『青き菊の主題』　暗殺者《アサシン》の繭　エッセンスとしての短歌（6月26日）

青き菊の主題をおきて待つわれにかへり來よ海の底まで秋
萬象のなかなる僕《しもべ》わがために菊青きさきの生《よ》をたまふべし

いくよわれなみにしをれてきぶねがはそでにたまちるものおもふらむ
藤原良経

本集は最初に小説が置かれているので、跋文のはじめと終りに置かれた歌を、巻頭と巻末の歌の代わりにあげておいた。「青き菊」の歌は後鳥羽院を主題にした小説『菊帝悲歌』を喚び出す。『青き菊の主題』は、私がはじめてリアルタイムで出会った塚本邦雄の歌集。美しい装丁につつまれた小説と短歌のコラボレーションは、価格も高く、書店でかなり目立っていた。当時は、塚本邦雄の小説が好きだったので一冊で二つの分野が楽しめるからと、一大決心をして、購入したのを思い出す。
『伊勢物語』のように、歌を物語とともに楽しむことは珍しくないし、歌一首と短編ならば、物語のエッセンスとして、短歌が引き立つのだけれど、『青き菊の主題』は、連作と小説を組み合わせている。つまり歌人としての塚本邦雄と小説家としての塚本邦雄がせめぎあう場所。魅力的に思えたのだが、実際に読んでみると、居心地が良くない。

小説は饒舌なのに、巻頭の小説に続く連作（頭韻鎖歌三十五首）が藤原良経の歌の頭韻という鎖で縛られているせいもあって、息苦しい。けれど一呼吸おいて、歌を一首ずつ読んでゆくと、心惹かれる歌が多い。小説を読むときと短歌を読むときは、少し脳の働きが違うらしい、その切り替えが上手くいかないので疲れてしまうのだ。

言葉の持つ意味をずらしあるいは重ねつつ、感覚を実景で描写する

幻視街まひる昏れつつ賣る薔薇の卵、雉子の芽、暗殺者《アササン》の繭　「水中斜塔圖」

百合科病院、天南星《てんなんしやう》科醫師、茄子科看護婦、六腑夜ひらくてふ　「青き菊の主題」

生はただよふ檻おそらくは流水の一すぢの紅たゆたふ上に

連作と、短編小説を並べると、内容の濃さと、想像力を刺激する点では、短歌が勝る。

「薔薇の卵」と「雉子の芽」。言葉の持つ意味や、イメージをずらしながら組み合わせた「幻視街」を歩き、夜の病院に入ると、様々な植物に見立てた人間が働いている――。言葉によって現実の混沌から、立ち上がってくるイメージが鮮明。「、」を打っていてもなだらかな韻律が聞こえてくるのは、『感幻樂』から始めた新しい韻律を習得するためのレッスンの成果だろう。言葉の取り合わせのもたらす意外な効果を活用しているので、鎖歌など、一連で楽しむ要素が前面に出ていても一首単独での鑑賞が望ましい濃密な歌も多い。じっくり読むと、いろいろと趣向を凝らした歌に出会う。新しい要素をどんどん取り入れているところは前衛短歌的。韻律がしっかりと結句にまで誘うところは古典的。

趣向の究極は、流水の上に一筋たゆたう紅（血の色）と共にある。実景の中に漂う心象風景として一すぢの紅（血）を描写していると見せて、「ただよふ」「たゆたふ」という感覚を流氷の上の「一すぢの紅」で描写している歌には、歪んだバロック真珠に光を当てるとさまざまな表情が見えるように、複雑な味わいが生まれている。

第9回　『されど遊星』　言葉と肉と声　地上へと、私に舞い戻る（7月24日）

あはれ知命の命知らざれば束の間の秋銀箔のごとく満ちたり　【巻頭】
鱧鱒のあはれ火の色さなきだに肉の念《おも》ひは神にさからふ　【巻末】

昏れおちて蒼き石群水走り肉にて聴きしことばあかるむ　山中智恵子『紡錘』

感情を視覚で表す方法の完成

『されど遊星』は「あはれ」からはじまり「あはれ」で終る。巻頭の「知命の命知らざれば」とは天命を知らぬ「あはれ」。巻末は「鱧鱒のあはれ火の色」を「さなきだに」とうけて「肉の念ひ」が神に「さからふ」、肉のあはれを見せる。心と肉の「あはれ」にはさまれた歌集には、心と肉、つまり感情と身体についての考察がつづいている。巻末の「肉の念ひ」に出会い、「肉」とは、山中智恵子の短歌では、自身の身体を現す言葉だったことを思い出したので、確認してみると、「肉にて聴きしことば」とある。山中のこの短歌が、『されど遊星』のメインテーマ「こゑ」をも呼び出しているようで、驚いた。

ことばよりこゑにきずつくきぬぎぬの空や野梅《やばい》の蘂の銀泥　「照翳書法」

色あせない言葉のきらめきが眩暈を誘う「ことばよりこゑにきずつく」に立ち止まる。「きぬぎぬの空」や「野梅の蘂の銀泥」が、傷つくという感情そのものの喩としてある短歌は、感情を視覚で表す方法の完成形だろう。言葉の力を十二分に感じさせて、視覚的にも楽しめるだけではなく、後朝に発せられた言葉の意味よりも、声の醸し出す雰囲気に、その声の持つ感情に傷つく。つまり言葉よりもその言葉を発する声に、声を発する肉体に注目している、と思った時、一首の歌に言葉の身体がちらりと見えたような気がした。言葉が声を引き寄せて肉体と繋がる。そのことを最初に気づかせてくれた歌には、「野梅の蘂の銀泥」つまり命の感触が鮮烈にある。

そういえば、短歌には、「立ち姿が美しい」という誉め言葉がある一方、「腰折れ」という批判もあるように、人の立ち姿に見立てられることが多い。上句は上半身、下句は下半身と自然に感じてしまうが、塚本邦雄は初期から中期にかけて二物衝撃を取り入れるなど、韻律の分断を目指し、上句と下句に分けて読む古典由来の読み方を変革しようとしていたので、歌謡を取り入れた『感幻樂』まで、立ち姿の健やかさを意識して詠まれたことは、ほとんどなかった。『星餐圖』の洗練を経て『青き菊の主題』では、韻律は意識していたが、連作と小説を組み合わせたために短歌も、目の前に広がる世界も乱反射して読みにくかった。その反省を踏まえたからだろう、この歌集では、『感幻樂』で歌謡を取れ入れたときに現れた、歌の立ち姿の美しさにさらに磨きをかけようとしている。

言葉遊び的な錯覚を楽しむ親和力

木犀少女《もくせいをとめ》うつろふ影は硝子越し古今集戀よみびとしらず　「後夜」
かんふらんはるたいてんよ飼犬の隠し子輕皇子《かるのみこ》と名づけて
ルイス・キャロルありのすさびの薬瓶割れて虹たつなり夢の秋　「青狼變」
散文の文字や目に零《ふ》る黒霞いつの日雨の近江に果てむ　「星」

もう一つの特徴は、本歌取りの多様さ。韻律の変革から始まった長い旅は、一つの節目を越えて、より自在に言葉の海へと船出してゆく。注目すべきは音。これまでよりも言葉の重ね方に音の響きを意識している。言葉と声の関係に注目し、硬めの韻律を声のぬくもりを意識して再生させバリエーションを広げようとしているのだろう。たとえば、「木犀少女」と『古今和歌集』の取り合わせでは、文語のなだらかな韻律をさりげなく取り入れて、音のイメージを際立たせ、言葉遊びのようでいて、心情とイメージが穏やかにつながり、親和力をもって迫ってくる。韻律がなだらかになると、言葉からやわらかな温もりを持った声が聞こえてくる。「かんふらんはるたいてんよ」は『松の葉』の唐人歌の一部。意味は解らないけれど、音の醸し出す郷愁に充ちた雰囲気を援用している。もともと音楽と言葉についての歌は多かったが、韻律が整うと、声によって言葉が、二次元から三次元の世界へとゆるやかに広がってゆくのがわかる。

言葉のイメージによる幻視と、音の織りなすイメージの豊かさの相乗作用に着目したのだろう。「後夜」という表題中に画家のゴヤが登場したり、「ありのすさび」にアリスを紛れ込ませる、文字を黒霞にたとえるなど、楽しすぎる歌がさりげなく点在している。出身地である近江が塚本自身の姿も見えるようにつくられた歌も大きな反響を呼んだ。

短歌とは身体

塚本邦雄はこの『されど遊星』で、言葉を肉体として機能させ、短歌とは身体であると改めて示したかったようだ。言葉に肉を見出す感性は、『水銀傳說』で出会った生々しい「榲」の手触りと繋がる。『水銀傳說』は私を拡散させて、塚本邦雄という人間の生身の姿や感情が、たとえば『裝飾樂句』のような個の生々しさを超えて、世界を俯瞰する場所にたどり着こうとしているような感じだった。

『されど遊星』は私を拡散させる実験の成果とともに、「榲」の手触りをもって地上に舞い戻ってきた歌集と位置づけたい。この頃から小説家、評論家としても活躍する「歌人　塚本邦雄」というブランドが確立され、署名付きの短歌として鑑賞され始める。「見る歌」として、次の一首を挙げる。

涙の膜をへだてて見ればあらぬ世の花よりも鳥きずつきやすし　「青狼變」

第10回　『閑雅空間』人の記憶はことばの肉（8月28日）

壮年の今ははるけく詩歌てふ白妙の牡丹咲きかたぶけり　【巻頭】
百千鳥わが知らぬ世のわすれみづあつめてエーゲ海はいざよふ　【巻末】

白妙の牡丹に象徴される壮年の充実感、成し遂げたという想いから生まれる余裕が、みやびと佗びをもたらし、たおやかな言葉の醸し出す韻律とともに、まさに閑雅な空間を演出している。巻末の歌は、初の欧州漫遊を主題とした一連の掉尾。松尾芭蕉の「五月雨をあつめて早し最上川」を本歌とし、韻律を援用してエーゲ海のさざなみを見せ、『されど遊星』の頃より少し肩の力の抜けた塚本邦雄が、本歌と遊ぶときの絶妙な立ち位置を示す。

初蝶は現《あ》るる一瞬とほざかる言葉超ゆべきこころあらねど　「太陽領」
人間のことのはにとぶ蝶々かな　永田耕衣

「きぬぎぬ」の歌との出会いからはじまった「言葉と肉」についての考察。その先にある「言葉と心」

の関係を教えてくれる歌が、いよいよ登場する。それはプロローグでも紹介した一首。初蝶は現れたと思うと遠ざかり、言葉を超えるこころはないという。この歌を読むたびにあなたに「言葉を超えるこころは在るのか」と問われているようでどきどきする。無意識のうちに、言葉は心をあらわすためにあると信じて疑わなかったのだが、初蝶の歌に出会って、言葉とは記憶であり、言葉の記憶が「私」の心を包む肉となるのではないか。そんな思いが芽生えたのだ。

たとえば、和歌の時代からある本歌取りは、本歌とした歌の状況や心情を、自分の歌の背後に重ねることができる。歌には、作者や時代の記憶が閉じ込められていて、記憶は心の源なので、本歌取りとは、他の人の心を大切に保存し、さらにそこに自分の心を重ね合わせる技法とも言い換えられる。言葉とは様々な人の心に浮かぶ感情を集めて包み込むもの。言葉の湛えている記憶は肉（言葉の肉）となりちっぽけな「私」の心を超える。初蝶は、言葉と心と肉（記憶）を静かに湛えた空間を統べるために現れたのだ。

初蝶の描写と、言葉のあらわしたものを超えるほどの心はないのだけれどという思い。情景と心理が、補い合いながら、作り上げた時空の心地よさは、『閑雅空間』ならではのもの。ふと「言葉派」という用語を思い出す。言葉にこだわり過ぎている人々を、否定を滲ませて指す場合が多いが、「言葉派」とは言葉は人々の記憶を湛えたものと認識して、その記憶を大切に言葉を用いる人のこと。言葉が心を伝える、そのためには技術がいることを知っている人のことでもある。

夢の沖に鶴立ちまよふ　ことばとはいのちを思ひ出づるよすが　「現代閑吟集」

「ことばとはいのちを思ひ出づるよすが」もその思いを補強してくれる。言葉の湛えてきた記憶とは、命の記憶ということだろう。言葉に託された人々のいのちの記憶を食べて言葉は肉体を保つ。などといろいろ言い換えてゆくうちに、言葉は人が託した感情（命の記憶）を湛えて肉となり活き活きと息づくのだと気づき、言葉は心を超えているのかもしれない——と、納得してしまう。
「夢の沖に鶴立ちまよふ」と、明け方の夢のはかなさと美しさを孕むイメージを見せて「ことばとはいのちを思ひ出づるよすが」を重ねると、魂鎮めのような静寂につつまれた空間が現れる。立ちまよう鶴には、塚本邦雄本人の姿も投影されていて、意識的に短歌の背景に、身体と心を持つ一人の人間を配しているのもわかる。

奇麗さび

劉生のあはれみにくき美少女はひるの氷室《ひむろ》の火事見つつゐし
きさらぎは世界硝子の籠《こ》のごとし戀人が藍のかはごろも脱ぐ
「火と風の主題」

閑雅な空間にもさまざまな「あはれ」が仕舞われている。たとえば岸田劉生の描く「麗子像」は「あはれみにくき美少女」が「ひるの氷室の火事」を見ているようだという皮肉のきいた「あはれ」。「世界硝子の籠のごとし」にある繊細で艶なる「あはれ」。言葉と心と歌との関係についての鮮明な意思表示に照らされて、言葉とイメージのコラージュはより鮮らかになる。歌集を読み進むうちに「奇麗さび」という言葉が浮かんできた。韻律のなだらかさは、優れた音遣いの証明でもある。当時の雰囲気と、古典の美的感覚との融和によって醸し出される閑雅な空間を堪能できる。
塚本短歌の完成度が際立つ本歌取りの二首を、本歌とともに並べてみた。注目すべきは、斎藤茂吉と、松尾芭蕉の影響が前面に現れたこと。

豪雨來るはじめ百粒はるかなるわかもののかしはでのごとしも
「現代閑吟集」
沈黙のわれに見よとぞ百房の黒き葡萄に雨ふりそそぐ
斎藤茂吉『小園』

いざさらば花よりほかの翌檜《あすならう》歌すてはてのちにあひ見む
さびしさや花のあたりのあすならう
「冬の華燭」
芭蕉「笈の小文」

第11回『天變の書』斎藤茂吉の影響　助詞（9月25日）

父となりて父を憶へば麒麟《きりん》手《で》の鉢をあふるる十月の水【巻頭】
屋根ありく白き鶺鴒しかすがに火の秋のすゑおもひおよばね【巻末】

『閑雅空間』に拡がっていたのは、言葉と心の関係のおだやかな調和だった。やわらかな雰囲気をかもしだし、どちらも対等な関係で蝶のようにひらひらと上へ下へと追いかけっこをして楽しんでいる様子が伝わって来て、読んでいてもおだやかな心でいられた。

『天變の書』はもう少し鋭い。深くこころと言葉について、そして歌について思考しているからだろう。小説と短歌との違いを意識して小説の要素（時の流れ、語りなど）を短歌に取り込むという選択を考えていたからかもしれない。

その選択の背景には、斎藤茂吉への接近が窺える。例えば、巻頭と巻末の歌に共通している、中ほどに据えられた助詞や副詞によって内容を限定、あるいは反転する構造。つまり「憶へば」と場面を作る、「しかすがに」（そうはいっても）と上句と下句をずらすなど、近代短歌によく用いられた助詞や副詞が現れて、その使い方に、かなり気を使っている。その背景に、斎藤茂吉の短歌を鑑賞する「茂吉百首」の存在が感じられるのだ。前年二冊目の『茂吉秀歌「あらたま」百首』が刊行されたからだろう。実作に茂吉短歌の影響が、具体的に、しかも濃くなりつつあるのが見える。

『閑雅空間』から『天變の書』刊行までの二年間は、奇跡の時間。アンソロジー『君が愛せし――鑑賞古典歌謡』『詩華美術館』。小説『菊帝悲歌――小說・後鳥羽院』など、名著が立て続けに刊行される。これまで書き溜めたものを書物という形にしていった五十代後半、つまり最盛期の歌集といえる。だから帯文の「短歌とは、私の言語空間、時間に、不意に現れる超自然現象」とは、その奇跡的な時期の比喩なのかもしれないと思いたくなるが、単にスプーン曲げなどが流行っていた時代を反映しているのかもしれない。流行にも敏感だった。

秋風《しうふう》に思ひ屈することあれど天《あめ》なるや若き麒麟の面《つら》　「Ⅷ　麒麟玲瓏」

代表作と塚本邦雄が自負していた「秋風」の歌にも、助詞「ど」があらわれて、言葉の配合の妙によっておこるゆらぎが、イメージをつなぐ。場面の転換に意味を持たせ、助詞によって醸し出される雰囲気を大切に、情景と、心情はぴったりとは重ならない。つまり短歌にさまざまな読みをもたらす空白が生まれているのだ。「秋風《しうふう》に思ひ屈することと」「天《あめ》なるや若き麒麟の面《つら》」どちらもわかりやすい言葉ばかりだが、「天《あめ》なるや若き麒麟の面《つら》」の「麒麟」には、動物のキリン、想像上の麒麟、若き天才という三択があり、そこに「あれど」が入ると、ますます「天《あめ》なるや若き麒麟の面《つら》」が意味深長となり、醸し出される雰囲気は読み手によって変わる。そこに短歌と散文の違いがあると、塚本邦雄は知っていた。「短歌は八割が作者、後の二割を読み手が補って、初めて完成する」という塚本の言葉をふたたび思い出す。

助詞による場面の展開

鶍少女《いすかをとめ》にみちびかれつつ冬の坪あゆめりここを人外《じんぐわい》といふ　「Ⅶ　覺《めざ》む王のための喇叭華吹《ファンファーレ》」

天正十年六月二日けぶれるは信長が薔薇色のくるぶし　「Ⅷ　麒麟玲瓏」

鐵鉢に百の櫻桃《あうたう》ちらばれりあそびせむとやひとうまれけむ
夢前川《ゆめさきがは》の岸に半夏《はんげ》の花ひらく生きたくばまづ言葉を捨てよ
「Ⅰ　朗朗」

「つつ・は・とや・ば」など、「継続・提示・推量・仮定」の助詞を使って鮮やかに場面を展開させる歌がこの歌集を支えている。言い切りの力強さもあり、「鐵鉢に百の櫻桃《あうたう》ちらばれり」と言葉のもたらす鮮明なイメージに遊ぶこともできる。具体的な日付を入れて、滅ぼされた「信長が薔薇色のくるぶし」を鮮烈に見せる。など、切れ味の鋭い歌に無駄な言葉はなく、ほればれするほど、隙がない。心と言葉についての考察は峠を越えて、歌枕の発見へとうつり、地名への関心につながってゆく。「見る」は「見るともなく見し」という境地へ至る。

冬の石榴甘し見るともなく見しは醫師が醫師刺すイタリア映畫　「Ⅷ　麒麟玲瓏」

第12回　『歌人』『定本　塚本邦雄湊合歌集』以後の微妙な虚脱感（10月23日）

反・反歌論草《さう》せむとして夏雲の帯ぶるむらさきを怖れそめつ　【巻頭】
私財蕩盡夏果つるとて大伯父は蘆に鱸《すずき》をつつみて賜ふ　【巻末】

『天變の書』から本書までの三年間の著作の中に、自選自註『綠珠玲瓏館』と『定本　塚本邦雄湊合歌集』、『百珠百華――葛原妙子の宇宙』が含まれている。充実した時間のなかで編まれた歌集には、『定本塚本邦雄湊合歌集』の未収録作品と、そののちの限られた時間で創られた歌が収められているからだろう、「歌人」である私を受け入れて「うたびと」と宣言した達成感の後の虚脱感が漂っていて、巻頭と巻末の歌にもこれまでとは少し違う色合いがみえる。
「反・反歌論」「恐れ」など、負の要素が際立つ。「私財蕩盡」「果つる」などの負の言葉が巻頭や巻末に現れるのはこの辺りからで、注目しておきたい。巻末の歌舞伎の見せ場のようにデフォルメされた一場面を、言葉によって作りだすのも、この時期から。小説は書いていない、その反動だろう、かなり饒舌。

人戀ふはあやむるに肖つ洗はれて皮膚漆黒に冱ゆる野の馬
馬洗ふこころ冱えつつひたすらに人戀へりいつの日かあやめむ
何に冱ゆる馬のたましひ秋水に立ちて殺意のごとき愛あり　「Ⅲ　反・反歌」

『定本　塚本邦雄湊合歌集』以後は、日常生活が透けて見える歌が多く、作者と、短歌の内なる私が限りなく近い。名歌と呼ばれる「馬を洗はば馬のたましひ冱ゆるまで人戀はばひとあやむるこころ」をもとにした、本歌に使われた言葉の記憶を活用している作品を三首並べてみると、完成度も大事だが、舞台裏を見せる、つまり思考の過程を見せることにも意義があると宣言しているようだ。

揺れる心の見える歌

夏至はこころの重心ゆらぐ「わたつみのいろこの宮」の切手舌の上《へ》　「Ⅰ　今日こそ和歌」
針魚《さより》の腸《わた》ほのかににがしつひにしてわれに窈窕たる少女《をとめ》無き
畫星の毫毛《がうまう》のきずあらはれて硝子板ふはりと倒れたり　「Ⅲ　反・反歌」
エミール・ガレ群青《ぐんじやう》草花文花瓶《さうくわもんくわびん》欲りすたとへば父を賣りても

赤玉《あかだま》は緒《を》さへ光れど白玉《しらたま》の君が装《よそひ》し貴《たふと》くありけり　『古事記』上巻

さまざまな傾向の作品があるなかで、揺れる心が見える歌に惹かれる。「こころの重心ゆらぐ」夏至に青木繁の「わたつみのいろこの宮」の細長い切手を舌の上に乗せる。身体感覚によって心があやうく均衡を保っているような繊細さが、古事記の「赤玉は」の歌を思い出させる。「針魚の腸」と「窈窕たる少女」は、絶妙の比喩となって互いのイメージを補い合う。エミール・ガレの群青草花文花瓶（芸術）への対価として血縁の父を塡《は》めたところに、芸術至上主義が垣間見える。あからさまな願望が、歌の源にあり、心の動きを具体的なものに託してリアルにみせてくれる。古典から得た文体を豊かに歌に反映させている点にも注目したい。「つひにして」「欲りす」などの文語を効果的に使用して、歌を無理なく着地点に導く。歌の安定感は、言葉や題材を繰り返し使うことを厭わない姿勢とも関係している。言葉はまろやかに自在に、ありとも見えぬ心象は光をあびて輝く花芒につながってゆく。

花芒ありとも見えぬ心象の日月《じつげつ》やその光をかへす　「I　今日こそ和歌」

第13回　『豹變』　パーツとしての言葉が創る世界（11月27日）

日向灘いまだ知らねど柑橘の花の底なる一抹の金　【巻頭】
空梅雨に深井の水の香の昇る人一人殺しおほせざる悲しみ　【巻末】

『水銀傳説』を思い出させる混沌を抱えて、言葉が乱反射している歌集。「日向灘いまだ知らねど」が表す心（思考過程）と、「柑橘の花の底なる一抹の金」（イメージ）を、否定形を見せながらつなぐ。つまり、心（思考過程）を、もの（イメージ）に置き換える。それは今までも使われてきた方法だが、この歌の場合どことなく冷たく感じるのは、言葉をあえて感情を持たないパーツとして扱っているからだろう。巻末の歌の「空梅雨」と「深井」（深い井戸と、能面）と「水の香の昇る」は実景を伴って「人一人殺しおほせざる悲しみ」へと向かう。一貫性はあるけれど、パーツとパーツの間に、透き間がないのでかなり息苦しい。

パーツとしての言葉を使うと、心が見えにくい

明日はあとかたもなからむみじか夜の淡雪羹《あはゆきかん》とよそほへる母　『歌人』
空心町《くうしんちやう》葛屋《くずや》喜兵衛の夕明り淡雪羹墓石《あはゆきかんはかいし》のかたちに　『豹變』

たとえばおなじ「淡雪羹」を使った二首を並べてみると、見せ方の違いがよく解る。「よそほへる母」のはかなさと、母への恋しさを「淡雪羹」にじっとりと滲ませる方法に対して、空心町、葛屋、喜兵衛、夕明かり……心の入る余地のないほど言葉を連ねて一枚の絵を描く方法。言葉を連ねると情景はくっきりと見えるが、言葉が乱反射して心は見えにくい。

高度成長期、オイルショックを経ておとずれた、バブル前夜の空虚に、人の心は見えにくい。「歌人」の時期の予定調和が感じられる歌を一度破壊する必要に駆られた、という魅力的な仮定も生まれる。

垂櫻《しだれざくら》の一枝かすかに石に觸る絶交ののちみまかりし友　「星夜絶交」
少女千草眩暈《げんうん》きざす藥種店うすくらがりに百のひきだし　「歌にほろぶる」

もちろん予定調和の中に花ひらく歌も存在しているので二首紹介したい。「かすかに」の纏う雰囲気を、枝垂桜の先が石に触れるという情景にしてみせる。感覚的な言葉の手触りを景に置き換えているからだろ

う。「垂櫻」が前面に出て場面を創り、そこに「友」という言葉を入れると、人間関係がリアルに響いてきて、友への思いも息遣いとともに実感できる。「百のひきだし」も魅力的。物語の種が仕舞われている言葉の抽出を開けて、余情を味わいながら物語を紡ぐのは読者自身なのだから。

歌の歌

歌のほかの何を遂げたる　割《さ》くまでは一塊のかなしみの石榴《ざくろ》　「歌人豹變」

杉の花天《そら》にみちつつ　反歌てふ透明の檻あればわれあり　「たとへば詩魂」

時代の最先端にいて様々な分野で活躍した歌人は多い。正岡子規は短歌と俳句、北原白秋は、詩、童謡など幅広く、佐佐木信綱、折口信夫、斎藤茂吉も研究者あるいは文学者としての知名度が群を抜いて高い。塚本邦雄もその中の一人、古典から現代短歌までの流れを知り、小説や、評論もこなす、様々な分野に影響力のある歌人となった。そんな自負が「歌の歌」の行間から滲むのは、『定本 塚本邦雄湊合歌集』と『歌人』刊行ののちの歌集だからだろう。歌人としての自負に裏打ちされているので、歌の歌はどちらも力強い。「割くまでは一塊のかなしみ」が効いている、割いてしまえば、悲しみが皮の内側で浄化されているような赤い透明な粒。歌を滅ぼすといいながら石榴は再生をもたらす種で満たされている。反歌では目には見えないけれどアレルギーをもたらすスギ花粉の満ちている空のように「透明な檻」。実景を見せる比喩は写実としても通用するのではないか、と思うほど親和力がある。

言葉わが目には見ゆるを一束のつきくさしをれたるのちも紺　「歌にほろぶる」

第14回　『詩歌變』　たましひの聲にしたがふ（12月25日）

たましひの聲にしたがふわが生のなかばうすあかねの空木岳《うつぎだけ》　【巻頭】
白晝のおもへばくらき心奥《しんあう》にひとつ螢の翅ひらくさま　【巻末】

『詩歌變』には、六十代後半の冷徹な目がある。歌誌「玲瓏」創刊準備号が初出の、「戀のかぎり」三十首は秀歌揃い。巻頭に置かれた「たましひの聲にしたがふ」は歌集の通奏低音だろう。「空木岳」はピラミッド形の山、山頂付近には大きな花崗岩がごろごろしていて、残雪の模様も空木の花のように美しい。そんな風景が命の半ばまで来て見えてきたのだ。「たましひの聲」、「わが生のなかば」、二つの形を持たないものを「空木岳」という言葉も姿も美しい山に託している。巻末の歌にあるのは、心の内に小さく光る一匹の蛍が翅を開くさま。歌集からは、時折、短歌の現状へのいらだちや自負などが垣間見える。

いふほどもなき夕映にあしひきの山川呉服店かがやきつ　「戀のかぎり」
驛長愕くなかれ睦月の無蓋貨車處女《をとめ》ひしめきはこばるるとも　「愕くなかれ」

驛長莫驚時變改　一榮一落是春秋　菅原道真『菅家後集』
（駅長驚くなかれ、時の変改　一栄一落はこれ春秋）

注目度の高い歌を二首。「山川呉服店」の登場は、鮮烈だった。単純すぎる名前に何が隠されているのだろうと話題になり、駅長の歌には、菅原道真が播磨の国明石駅に着いたときにしたためた漢詩が閉じ込められていると瞬時に気づく人も多かった。「山川呉服店」への注目度と、「驛長」の本歌探しは歌集が出版されるたびに塚本邦雄が、今度はどんな言葉を俎上に載せるのだろうと、関心を持たれていた証しだろう。

覗き見る

鮟鱇の口の暗黒のぞき見つなにをか戀のかぎりと言ふ
懸崖の未央柳《びやうやなぎ》をややずらし覗くこれよりさきのわが生　「戀のかぎり」

歌集の鍵は、ずらす、覗く、ながむる。世界を覗くとは、世界の湛える過去と未来を覗くこと。そして『水銀傳説』からの主題の一つ、恋について。塚本はブラックホールのような「戀のかぎり」の肉感的な暗闇を、鮟鱇の口の暗黒に見出す。本歌は、（夢にだに見で明しつる暁の恋こそ恋のかぎりなりけれ・和泉式部）。「懸崖の未央柳」は懸崖仕立ての盆栽だろう。その黄色い花の咲く枝を少しずらして心理の深い闇をみつめている。鮟鱇の口の暗黒はちょっぴりユーモラスだが、食べられてしまうようで怖い。たおやかな歌には悪意をまろやかに包み込むと見せて、ブラックホールに呑みこむような凄みがある。

殺したいほど羞づかしききさらぎの驛頭の處女《をとめ》らの萬歳　「異星」
しあはせのしたたるばかりなるまひる幽靈が向日葵の方へあゆむ　「たまかぎる」
シモーヌ・ド・ボーヴォワールも一塊の炭となりしか金蓮花萌ゆ　「降魔坐」

物は豊かになったが倦怠感が漂い、戦後は遠ざかるばかり、時代への微妙に屈折した心情が見える歌が多い。たとえば、「萬歳」についての感情。シベリア抑留者のいのちを繋いだヒマワリの種への複雑な思い。もう一つ気になるのは、シモーヌ・ド・ボーヴォワール（一九八六年四月没）の歌。炭と生命力の強い金蓮花の黄色い花。その取り合わせに蟠りのようなものを感じて心がざわめくのは私だけだろうか。女性の名前を入れてその背後の心情がこれほど気にかかる歌は他の歌集にはない。人名、固有名詞が目立ち、実年齢や、現実が見える歌から溢れそうな毒が、修辞のたおやかさを纏って佇んでいる。

第15回　『不變律』　わが背後靈美男なりや（2017年1月22日）

千首歌をこころざしけるわが生の黄昏にして夏萩白し　【巻頭】
曇天の底の銀泥　執しつつ歌をにくみて歌に果つるか　【巻末】

〔短歌〕形式を、初心に還って極める——との帯文が印象的。『詩歌變』の砂漠をさまよっているような殺伐とした雰囲気から、壮年のエネルギーに満ちた明るい雰囲気へと変わる。歌集ごとに明暗があり、そのコントラストが際立つのが塚本の魅力だと再認識させられた。巻頭と巻末の作品はどちらも短歌に執するこころ。

自在な言葉択びと配置の妙

秋風首にふれたる氣配この朝のわが背後靈美男なりや　「丙寅五黄土星八月暦」
未生以前の潮の香ぞする恵曇《ゑとも》よりおくりきたりしうるめ百匹　「恵曇」
山川呉服店破產してあかねさす晝や縹の帯の投賣り　「千變」
母に逅はむ死後一萬の日を閲《けみ》し透きとほる夏の母にあはむ　「既死感」

「背後靈美男なりや」は日付のある歌のなかの一首。「現代短歌　雁」から依頼された企画ものなのだが、枠の中で様々な工夫を凝らすのが、塚本流。八月の暦に合わせて楽しみながら創っているのが伝わり、楽しめる。日付のある歌のはじまりは、小池光歌集『日々の思ひ出』の中の同名の一連らしい。今では定着しているが、新鮮な手法だと注目され当時かなり流行った試み。その楽しさは、作者の思考の流れが見えるところにある。

個人的に『不變律』には、思い入れのある歌が多い。一九八七年から塚本邦雄「定型詩百年の華」という講座に通い始めたので、講座の中で触れられた歌があり、懐かしい。たとえば、背後霊の歌は、朝の洗面所でふと閃いたと伺ったし、「母に逅はむ」の本歌である永田耕衣の俳句「朝顔や百たび訪はば母死なむ」に抱いた感動をあつく語っていた姿も思い出される。『寵歌』が出版され、ドキドキしながらサインを貰ったのも、「玲瓏」に入りませんかと誘われたのもこの時期。充実した時期の心の余裕は、その筆致にも表れる。韻律のなだらかさは初句七音が多いことと関係があるのだろう。島根県の恵曇より「おくりきたりしうるめ」、縹《はなだ》の帯の投げ売りなど、自在な言葉えらびと配置によって、名詞を効果的に使用し、時代の感情を表わそうとしている。

言葉をパーツとして用いることの洗練

ライトヴァースは嘉《よみ》せざれども午後二時に靉靆《あいたい》として左眼の霞　「甘露」
青嵐杉の花の香とこしへに酒斷つなかれ佐佐木幸綱　「逍遙遊」
絶海の孤島にあらば思ひ出でむすなはち岡井隆のほほゑみ　「遡行的一月曆」
ヘヴィヴァースの坂井修一霜月の體貌閑麗《たいばうかんれい》にしてわれを見おろす　「逆鱗」

俵万智『サラダ記念日』はこの歌集の制作時期と重なる一九八七年刊行。「體貌閑麗」は『伊勢物語』の業平の容姿についての描写を借用しているなど、古典を自在に使いこなしながらも、現在に関心を持ち歌壇状況に反応している歌が目立つ。言葉をパーツとして用いることの洗練、言葉の作り出すイメージを見せるという試みの延長だろう。「われを見おろす」が印象的。

第16回 『波瀾』 虚空に遊ぶ 昭和から平成へ（3月26日）

ヒマラヤの罌粟《けし》の紺碧 短歌てふこのみじかさの何をたたへむ 【巻頭】
春の夜の夢ばかりなる枕頭にあっあかねさす召集令状 【巻末】

春の夜の夢ばかりなる手枕にかひなくたたむ名こそ惜しけれ 周防内侍

昭和六十三年晩春から平成元年夏までの歌集には、『されど遊星』で完成された様式美を少しずつ壊しながら更新するという穏やかな変容と共に、平成を迎えて、覚醒したように鋭く言葉を尖らせてゆく様子が見える。その実りが、平成の初めの春に生まれた「あっあかねさす」の衝撃。旧かな表記では「あつあかねさす」。それを「あっあかねさす」とあえて旧かな遣いの中に促音を見せたところに衝撃は生れ、艶なる後朝の本歌に召集令状を配した手腕によって増幅され、しかも艶なる風情もたっぷりと残されている。

大波瀾の予感

秋風《しうふう》かすかに朱を帯びたりと思ふにも短歌てふかくれみのがさやさや 「花鳥百首」
歌人おほかた虚空にあそぶ青葉どきたのみの綱の佐佐木幸綱
薔薇をやぶからしと訓みくだす天才的若者をひっかいてやりたい
百合の樹の花がひらりと河の面《おもと》にそのときひらく水の瞼か 「水の瞼」
またや見む大葬の日の雨みぞれ萬年青の珠實紅ふかかりき 「残虹篇」

口語や言葉遊びを積極的に取り入れて、歌い残したものを、探す。当時の雰囲気である自粛によって華麗な雰囲気が底に沈み、微妙に言葉が滲むのだが、その制御は、正面からは見えにくい。まさに「隠れ蓑」を用いて「虚空にあそぶ」という風情。「虚空」は、この歌集以後に始まる波瀾のまえの、穏やかさと虚無で満たされている。口語短歌が荻原裕幸、加藤治郎、穂村弘のおこしたニューウェーブにのって広がっていった頃でもある。昭和が終わり、「大葬の日」ののち短歌は変容する。本歌取りというよりも（またや見む交野の御野の桜狩花の雪散る春のあけぼの・藤原俊成）、言葉そのものにものを言わせるために、言葉の意味を吟味し、微妙にずらして再生する。否定なのか肯定なのかは、それほど重要ではなく、注意深く主義主張を抑えて、言葉尻を捕まえられないように制御しているところに歌人としての矜持が見える。「そのときひらく水の瞼か」はそれ以後の予兆のような歌でもある。

集中「くろがねの」の一連は坪野哲久に捧げる挽歌、同時代を生きた人への挽歌は、切実に胸にひびく。

　むかしくろがねの哲久がわたりけむ業平橋といふをまだ見ず

第17回　『黄金律』　肉感とかるみ（5月7日）

すみやかに月日めぐりて六月のうつそみ淡く山河《さんが》濃きかな　【巻頭】
鮮紅のダリアのあたり君がゆかずとも戦争ははじまつてゐる　【巻末】

昭和から平成への緊張感に満ちた時期を経て、平成の穏やかな月日から始まる一冊を読みながら、「かるみ」という言葉がふわふわと浮上してきた。語呂合わせ的な言葉の繰り出し方、口語の使い方のこなれた感じ、諧謔が目を引く。「われ」は限りなく私《わたくし》に近い。もちろん皮膚感覚の優れたものもある。などと楽しみながら、「鮮紅のダリア」までたどりつき、跋を読み驚いた。

時代背景と定型についての見解がめずらしくリアルタイムの事柄を取りこんで書かれていたからだ。ペルシャ湾岸戦争――1991年1月17日直後の歌が巻末に据えられて、以後の波瀾を見据えている。鮮紅のダリアは、湾岸戦争の画像を彷彿させるとともに、「戦争も、私のこれから後の主題として、絶えず露頭するだらう」と宣言させるほどの怒りを孕んで臓器のように咲いている。『水葬物語』から四十年、「短歌を含めた韻文定型詩は、すべて『負』を内在させてゐる」と改めて宣言せざるをえないほど、湾岸戦争の影が作者の歌に深く刺さったのだ。

肉感の漂う「かるみ」

秋扇《しゅうせん》の裏よりはらり散りきたるイエスの皮膚のごとき銀箔　「玉藻よし」

さくらばなもつとも近き屋上に舐めて釘打つ若き棟梁　「碧軍派」

肉感の漂う描写が、感情の上澄みのように美しい。秋の扇の裏から剝がれる銀箔はイエスの皮膚のごとく、冷たく香気を放つ。イメージも皮膚感覚も黄金比率。これ以上付け加えるものはない塚本邦雄にとっての究極の美を見せる。けれど桜の歌の「舐めて釘打つ」に肉感は惜しみなくあるのだが、説明しすぎているような。

そんな印象の原因として考えられるのは、作者の心に芽ばえた手の内を見せないと次の世代には伝わらないという思いだろう。（昭和から平成へと時代は過ぎて、戦後生まれが多くなり、価値観と、教養の基盤の違いが明らかになったからではないかという説が、話し合いの中から浮かび上がってきた。）

ははそはの母が掃いたる八疊に月光を入れわれは出てゆく　「太秦和泉式部町」

春疾風《はるはやて》吹き入る堂の薄闇に歡喜天《くわんぎてん》のみ歡喜《くわんぎ》したまふ　「玉藻よし」

五月うとましきかな庭のくらがりにゆらりと體言止めの牡丹　「敗荷症候群」

百歳になつて何する　青空がかへり來てあそぶ絲杉のうへ　「衣川より」

「かるみ」を鍵として、言葉のイメージを繰り出し、空間を描写するのではなく、言葉によって空間を意識的に創り、その空間には空白も含まれている。そんな歌に注目した。ははそはの母と、「は」を繰り出しながら、ただ月光のみがある八畳の和室に虚無を見せる。ははそはと、歓喜天の二首は、言葉の綾が楽しい。体言止めの牡丹の実在感。「青空がかへり來てあそぶ絲杉のうへ」、配合の妙に嘆息する。

新緑したたれる幼稚園かれらさへ生きてゐる振りが身についてきた　「新緑變」

これつぱかりのしあはせに飼ひころされて今朝も木苺《きいちご》ジャム琥珀色《こはくいろ》　「ロココ調」

語呂合わせ、ブラックユーモアを体現する口語のこなれた使い方も見落とせない。「これつぱかり」など、促音を活かした言葉をさりげなくもちいて、時代の倦怠感をうまく表している。

英靈はげにはしきやし擧手のゆび二本帽子のふちにのこして　「いくさのごとし」

よろこびの底ふかくして迢空賞うけしその夜のほとほとときす　「紅葉變」

第18回　『魔王』　見えすぎるものの抱く虚無（6月11日）

黒葡萄しづくやみたり敗戰のかの日より幾億のしらつゆ　【巻頭】
おしてるやなにはともあれ「月光の曲」を聴きつつ青色申告　【巻末】

沈黙のわれに見よとぞ百房の黒き葡萄に雨ふりそそぐ　斎藤茂吉

この時期も西欧に、斎藤茂吉の足跡をたどる旅は続き、『閑雅空間』のあたりから現れた、茂吉短歌の影響も色濃くつづいている。

茂吉の終戦の年の秋の歌を援用し、沈黙にしまわれていたものを、短歌にする。強い意思を巻頭に置いて、巻末は「おしてるやなにはともあれ」と枕詞を斜めに使いつつ青色申告（現実）で終わる。突出した構成意識に、近づいてきた世紀末の饗宴を短歌で催すのは私だという自負が感じられる。

うつつには見《まみ》えざりしがつきかげにうつうつとして眞紅の茂吉　「還城樂」

強い言葉でイメージを鮮明に、細部まで見せる

モネの僞《にせ》「睡蓮《すいれん》」のうしろがぼくんちの後架《こうか》ですそこをのいてください　「華のあたりの」
老麗《らうれい》てふことば有らずば創るべし琥珀《こはく》のカフス釦《ボタン》進上　「千一夜」
身體髪膚は父母より享けてその他《ほか》の一切は世界からかすめとる　「惡友奏鳴曲」
女體きらり男體ぎらり六月の身の影五尺　この世うるはし　「赤銅律」
拝啓時下煉獄の候　わかくさの苦艾《チェルノブイリ》も炎えあがるべく　「露の國」

先代の背後靈レジ引受けてブティック山川のみせびらき　「黒南風嬉遊曲」

モネの贋作「睡蓮」の後ろが「ぼくんちの後架」。芸術作品のしかも偽物の後ろに「後架」がある。奇麗なもので蓋をしているのではなく、人間の存在を丸ごと肯定しているような余裕が感じられる。老いも「老麗」と言い換えれば琥珀のように華麗。言葉に閉じ込められて、生きながら死んでいるものの美しさと、深読みも可能だろう。

「世界からかすめとる」にうっとりとしている暇もなく「女體きらり男體ぎらり」の存在感に圧倒される。現実や風景をデフォルメすると、六月のひかりのもとで、薄着になった身体が「きらり」「ぎらり」と見えてきて、身体をパーツではなく丸ごととらえているのがわかる。副詞で印象を伝えて細部を連想させる技法、とでもいいたくなるほど、読む人の心にぎらりと強い光が届いて、細部を照らす。五尺は約150センチ。世はうるはしく、何事もない。山川呉服店がブティックになるのも時代の流れなどと、イメージの乱舞も楽しめる。

一九八六年四月のチェルノブイリ。炎えあがる煉獄が見えてくるのは、読み終えて何分後だろう。「身體髪膚」以外の、たとえば心をかすめ取られたから、世界は虛無（他界）を隠すために強い光を放つらしい。

見えたる世界

むかし「踏切」てふものありてうつし世に踏み切り得ざる者を誘ひき　「悍馬樂」

世界觀といへど眞紅のジャケツより首出す刹那見えたる世界　「火傳書」

吾亦紅血のいろすでにうすれつつ露の篠山第七十聯隊　「あらがねの」

父よあなたは弱かつたから生きのびて昭和二十年春の侘助　「國のつゆ」

鮮明な印象の歌は虚無（他界）をみつめているような、ぞわっとする歌でもある。世紀末の饗宴にふさわしい、見えすぎる眼にしか見えない虚無という感じ。「世界観」が歌に現れる。湾岸戦争に触発されて、それ以前の世界観が更新されたのだろう。数字を入れた戦争の記憶の歌を読むと、背景に昭和二十年の「かりがね」の飛ぶ空が見えてくる。

このくにの空を飛ぶときかなしめよ南へむかふ雨夜かりがね　　斎藤茂吉『小園』

第19回　『獻身』ホバリングする悲哀（7月16日）

音樂を斷ち睡りを斷つて天來の怒りの言葉迈えつつあり　【巻頭】
獻身のきみに殉じて寢《い》ねざりしそのあかつきの眼中《がんちゆう》の血　【巻末】

三島由紀夫の忌日の次の日が刊行日。跋文はなく「政田岑生にこの一巻を獻ず」で畢《おわり》。巻頭は、言葉にエッジを効かせて、巻末は寂しさの際立つ友への挽歌（ここでも、道真を援用・「眼中の血」）。『獻身』には三島由紀夫への敬意と、政田岑生への思いが濃く漂っていることがわかる。

荒星とはいかなる星ぞ梅雨あけてわが官能はせせらぐごとし　「そのかみやまの」
雨霞雨霞《うかうか》と書きて萬葉假名ならぬ　蝙蝠《かうもり》傘をまたおきわすれ來つ　「必殺奏鳴曲」
ヴィスコンティ論半ばにて蠶豆が茹であがり　半死半生の青

荒星は冬の季語。そこに梅雨あけと我が官能を配し、エロスを見せる。漢字と音とを組み合わせた序詞的な上句の果てに置かれた、蝙蝠傘を置き忘れるという日常。ヴィスコンティと空豆と青の組み合わせは鮮やかに生の悲哀をまとう。日常の一場面が見える歌の背後には、もれなく友を想う切実なこころが張り付いているので、どの歌からも悲哀がひしひしと伝わってくる。

ホバリング

われにもなほ行手はありて初蝶がとまる疾風《しつぷう》の上にとまる　「苦艾遁走曲」
人を憎みつつ愛しつつ宥しつつ車折《くるまざき》神社前の春泥
今日はすなはち明日のなきがらほととぎす聞きし聴きたる聴かむ死ののち　「赤貧わらふごとし」
われ思ふゆゑに汝《なれ》ありしを想ふ血潮華やかにてのひらの創《きず》　「不來方」

『獻身』の醍醐味はこの辺りに潜む。久しぶりに登場した初蝶への思い入れは、言葉への思い。初蝶は、言葉と心と肉の化身として疾風に耐えてホバリングしている。ホバリングしているのは、悲哀の中に佇む作者の心でもある。ふたたび愛がメインテーマとなる。友への愛惜の念によって、塚本の心の深い部分にある愛があからさまに短歌のなかに浮かびあがって来たのだ。

「人を憎みつつ愛しつつ宥しつつ」。「聞きし聴きたる聴かむ死ののち」「われ思ふゆゑに汝ありしを想ふ」――どの歌にも、一人の人を恋う、心の揺れの切なさがホバリングしながらとどまっている。動詞を連ねて動きを重ねると、ホバリングする心の状況が描写できるらしい。

第20回 『風雅默示録』 刃としての歌 震災前後（8月27日）

定家三十「薄雪こほるさびしさの果て」と歌ひき「果て」はあらぬを　【巻頭】
白馬《はくば》十八頭一齊に放たれきどこのいくさにむかふのだらう　【巻末】

どちらにも数字があり、「あらぬを」「むかふのだらう」と言いさしでおわる。「默示録」と銘打っているので、言いさしは、予言めいた言い方をあえてしているともとれる。

森羅萬象細斷《こまぎれ》にする凶器なり三十一音律の刃の冱え　「花など見ず」

一九九五年一月以降の、しかも最初に発表された連作「花など見ず」の中の一首。初出は「短歌研究」五月号なので、創られたのは、阪神淡路大震災以降だろう、ただし地下鉄サリン事件以降か以前かはグレーゾーン。ひりひりとした当時の状況が、くっきりと表れているのに愕く。「場面の切り取りかたが上手い」は、短歌にとって褒め言葉なのだが、こまぎれになった世界をさらに切り取るのは、残酷なことだと思うのはなぜだろう。短歌は凶器であると自覚したのち、言葉を凶器のように繰り出した、まさに吐き捨てたような歌が、時折混じる。読む立場からいえば、疲れる歌だが、こまぎれになった旧世界への挽歌としてなら受け入れたい。

時間の歌

露のあけぼの霰のまひる 凩《こがらし》のひぐれ 世界は深夜にほろぶ　「百花園彷徨」
あけぼののこゑいんいんとおそらくはきのふちりえざりし花のこゑ

桐の花それぞのあたり百代《はくたい》の過客《くわかく》が伏眼がちにたたずむ
時間の死てふものあらば山科區血洗池町《ちあらひいけちやう》寒の夕映　「五絃琴」
時ありて繙く『死者の書』の黒き表紙に牡丹雪のにほひ　「悲歌バビロニカ」
孔雀飼ひはじめたりと父の初便りああ死の外《ほか》に飼へるはそれか　「反ワグネリアン」
すみやかに過ぎゆく日日はわすれつつ白魚が風のやうにおいしい

旧世界への挽歌という意味合いが浮上すると、時間の歌が気になる。震災以前の穏やかな時の流れのなかにありながら、世界は深夜にほろぶ、とくさびを打つのは巻頭二首目の「露のあけぼの」。「百代の過客が伏し目がちにたたずむ」のは角川「短歌」一九九五年一月号の新春詠。「時間の死」も「短歌新聞」の一月号。どの歌も震災以前の作品だが、すでに時代への挽歌の雰囲気を湛えている。穏やかに流れる時間の中にひそかに育つ危機を感じていたのだろう。伏し目がちに佇む時間の流れには『獻身』以後の心が重なる。それ以降の世界の劇的な変化と、作者自身の私生活に訪れる受難の日日（「本論集の見取り図」参照）。「風のやうにおいしい」と味覚が蘇るのは、平成八年の作。

夜の白雨　生ける茂吉に逅ふこともなかりき胡頽子《ぐみ》の劇しき澁み　「烏有論」
鷗外は「だつた」を嫌ひ「であつた」を選びき　茘枝熟る五月　「滄桑曲破綻調」
葛原妙子の侍童ならねど胸水の金森光太　そののちいかに

茂吉を招待した歌は多いが、鷗外と、葛原妙子を、その作品の中の言葉と共に短歌に招待した歌は珍しいので取り上げておいた。鷗外は語法。葛原は短歌の中の固有名詞に注目しているのは、二人の作品の特質を言い当てているようで、興味深い。

第21回　『汨羅變』世界観を言葉で構築（10月9日）

今日こそはかへりみなくて刈り拂ふ帝王貝殼細工百本　【巻頭】
咳を殺してあゆむ靖國神社前あなたにはもう殺すもの無し　【巻末】

かつての『愛国百人一首』の歌をパロディにした「刈り拂ふ」は、鋭い切れ味。「咳を殺す」には「殺す」が二回。殺気を放つ言葉がつづく歌集には、「短歌研究」一九九五年一月号から、一九九六年十一月号に連載された作品と、九七年四月刊の「玲瓏」三八号に掲載の「バベル圖書館」が収められている。つまり、この歌集には、『風雅默示錄』よりも、一九九五年の阪神淡路大震災と、地下鉄サリン事件以降の世情が反映されていることになる。

萬綠の毒の綠青なにゆゑにどの山もみな男名前か　「世紀末風信帖」
曼珠沙華こころに描く金泥の雄蘂ひしめきあひつつ深夜　「春雷奏鳴曲」
寒風にはためきつづけ無に還る牡丹　われはも及ばざるかな
花すでに過ぎし白雲木《はくうんぼく》に聲かけて通るはわれの生靈《いきりやう》
父として殺され母として消されとこしへに霧のかなたの「家族」　「還俗遁走曲」
泥濘《でいねい》落花に埋《うも》れ「歴史は人類の巨大な恨みに似てゐる・秀雄」　「伯樂吟」

「萬綠の毒」、「雄蘂ひしめき」「無に還る牡丹」、「生靈」、各自の役割のまま死ぬ家族。鋭すぎる言葉の紡ぎだす歌は、生よりも死を意識して、「深き淵」をのぞき込む。ときにブラックユーモアを交えて、かなり重い内容だが、的確な言葉の配置によって心と言葉のバランスを取り、三十首で完結する物語となし、さらに次の物語へと、絵巻物を広げてゆくような味わいも生まれている。けれどそれは穏やかな物語にはならない。生の側から死を覗くという思いが強くなっていく様子が鮮明に見えて、生と死を虚しさとともに語り尽くそうとする意志が、鋭い言葉を選ばせる。小林秀雄の箴言に共感しそのままコラージュとした歌に立ちすくんでしまうのは、私だけではないだろう。花びらに隠された泥濘に足を踏み入れてしまうと、のがれるすべはないのだから。

中有

朴の花中有《ちゅうう》ににほひ夭折の死のきはのこゑたれにも聞こえぬ　「還俗遁走曲」

還らざりし英霊ひとりＪＲ舞鶴驛につばさをさめて　「世紀末風信帖」

夢の沖に鶴立ちまよふ　ことばとはいのちを思ひ出づるよすが　『閑雅空間』

苦みのきいた歌集の中ごろ以降に現れる「朴の花」の香る「中有」に、最も惹かれる。「中有」は死と生のあいだにある境界、死んで次の生を受けるまでの間をあらわす仏教用語のなかの世界。「死のきはのこゑたれにも聞こえぬ」にささげる祈りのように、朴の花は、香と白さをもってひんやりとした無音の中に咲く。「朴の花」の咲く現実は幻かもしれないと思わせる空間演出に、圧倒される。苦みのききすぎた歌に囲まれてふわっとあらわれる白い静寂。歌集の世界観の中心に虚空はあり、朴は白く揺れている。「舞鶴驛」という固有名詞に隠れた鶴は英霊。翼をおさめて歌の中に佇む。まさに「夢の沖」の鶴が舞い降りたような冷え冷えとした美しさ。美は鎮魂をもたらすことをふたたび教えてくれる。

　総合誌連載作品なので、三十首の八つの連作は、端正な構成意識を持ってつくられている。毎回四季の流れがあり、そこに夏から秋にかけての時間が丁寧に歌われていて、それぞれの章がひとつの世界となって完結する。それらの物語を束ねてたどりついた巻末の「咳を殺す」とは『汨羅變』に託した作者の意思。先の戦争への思いを、連作の中でパラレルワールド的に、何度も繰り返しながら、世界観を言葉で構築して、あの戦争を次の世代に伝えてゆく。強い意思と、深い意図が鋭い言葉の切れ目からぎらっと覗く。

第22回　『詩魂玲瓏』　鼻歌と慟哭（11月12日）

交響曲「二十一世紀のバビロン」他界にてわが鼻歌とせむ　【巻頭】
ちよろづの言靈《ことだま》殺しつづけつつ歌人たり　神無月の初霜　【巻末】

巻頭歌の「バビロン」は頽廃都市のこと。一九九八年、世紀末的雰囲気の中で、失われた十年から二十年へと突入してゆきそうな、そんな時代の喩だろう。作者は、近畿大学教授として学生たちとのかかわりを楽しみながらも、慶子夫人の闘病を支えるかなり過酷な日常をおくっていた。

三百首一挙発表、その光と影

月光菩薩背此方《そびらこなた》へ向け給へヴァージンオイル塗りまゐらせむ　「月耀變・風月百首」
擁くやかたみの鎖骨觸れあふうつしみに星合といふ寂しき儀式
死さへ情婦となしたる父か籐椅子をはみだして四肢のその萱草色《くわざういろ》
縞蛇の縞目みだれてわたくしとわれのあひだの音信杜絶　「月耀變・雨月百首」
一人、その人一文字ががつくりとうなだれて風中のかきつばた
世界の端の端のジパング、その端のわが家の端の合歓《ねむ》の蜘蛛の巣　「月耀變・無月百首」

死ぬまでの否生《あ》れかはるまでの生　夜の玩具市あかあかと悲し

歌集の中核をなす「月耀變」三百首から七首。月光菩薩の歌にある遊び心と配合の巧みさ。萱草色は黄味の強い橙色。夫人の体調が優れなかったこともあり、様々な雑事までこなす日常の中に生まれた歌群だからだろうか、殺伐とした感情を奮い立たせているようなユーモアが寂しさを増強させている。世界の捉え方を変えるというよりも、ほんの少し見方を変えてみると周りの景色が変わる。そんな何気ない魅力にあふれてはいるが、読む側の心には複雑な思いも沸き上がる。戦争体験が基本にあり、その悔しさなどを詠んだ歌や、ブラックユーモア、言葉遊びの目立つ歌を除いた後に、さびしい歌が残る。縞目乱れて、わたくしという表の顔と我という内側が切り離される。世界と大きく歌い始めて、蜘蛛の巣にまで焦点を絞る構成の妙。「死ぬまでの否生まれかはるまでの生」——死を見つめながら生を思うとき、浮かぶ玩具市の灯。歌が寂しさに向かう背景には、塚本慶子というかけがえのない人の病状もたぶん関係している。

今朝の朝明《あさけ》　目玉卵の兩眼がつぶれゐきわがこころいたし　「宮刑時間」

今朝の朝明雁が音聞きつ春日山もみぢにけらし我が心痛し　穂積皇子『万葉集巻第八』

本歌取りのなかから、印象的な一首を紹介しておきたい。作者穂積皇子は天武天皇皇子、異母妹と秘かな恋愛関係にあった。「明け方雁の声を聴いた、春日山も紅葉が美しくなっただろう、（逢いにゆきたいと）、私の心は痛む」。情景を重ねて結句には心を乱される痛み。本歌（秋の雑歌）の、二句までと結句を取り入れて間に「目玉卵の兩眼がつぶれゐき」と日常のありがちな場面に、デフォルメされた残酷さと、非情を絡み合わせて配置する。生々しさが本歌を生き返らせているのだが、本歌の絵にかいたような美しい情景はない。換骨奪胎的にデフォルメされた一首だが、和歌と短歌は違うようで、でも痛みは伝わるので根本は変わってていない。と思ってしまうのは、短歌の撓うような底力を体感できるからだろう。

「月耀變」は一九九七年の「歌壇」五月号に一挙掲載された。歌集は、その企画を立てた当時の編集長影山一男氏がおこした柊書房から刊行されたので、塚本先生は義理堅いと思ったのを懐かしく思い出す。闘病中だった夫人が亡くなったことを、九八年九月末日、跋の跋として小さく記している。

第23回　『約翰傳僞書』　余情妖艶よりも火の匂ひ（2018年1月21日）

胸奥《きやうあう》の砂上樓閣・水中都市ことばこそそのそこひも知らね　【巻頭】
ホースの眞清水がぢりぢりと斷崖《きりぎし》にくれなゐの野火を追ひ詰めつ　【巻末】

「胸奥の砂上樓閣・水中都市」とは、自分の胸の底をみつめてその虚無を知ること。言葉の内側を見つめることでもある。言葉の記憶を大切に、その記憶を言葉の肉として、豊かな世界を持たせ、その豊かな世界を保つ言葉に私の心を托すとき、言葉とは私の心。「ことばこそそのそこひも知らね」にことばへの思いが、再び浮上してきたことを実感できる。しっかりと骨格の見える歌にときおり混じる、「そこひ」などの古語を招き入れて生まれる、不確かなものへのまなざし。『新古今和歌集』の隙の無い硬質な感じから『古今和歌集』のゆるやかな韻律へと遡行しては、舞い戻る。青いホースで水を撒き、赤い野火を追い詰める。短歌との長い旅路のはてにたどり着いた歌に水と火があらわれるのは感慨深い。

折々に呼吸する言葉

銀河鐵道軌道《レイル》錆びつつジョバンニとは約翰傳《ヨハネでん》甘つたれのヨハネ　「約翰傳僞書」
童貞歌集より削りたる敗戰忌以前の青春頌歌二百首

櫻桃《あうたう》處女《をとめ》ますぐにあゆむすがた佳しいかづち眞上より隕ち來《きた》れ　「ネロ忌」
ゆかずもどらぬ娘二人をしたがへて獻血にゆく　卯花腐雨《うのはなくたし》
山川呉服店先代の石碑《いしぶみ》にしがみつく珈琲色のうつせみ　「ギロメス酸歌」
卵管の徑2ミクロンその中を潛つてミケランジェロも生れき　「變亂豫兆」

一九九八年一月から、二〇〇〇年七月までの作品が集められていて、年ごとに作品が微妙に変化している。後半の約六割は、夫人逝去から、自身が入院する直前までに発表された作品となる。一九九八年から一九九九年の作品は、焦燥感に満ちた前歌集とはかなり異なり、怒りは薄く、言葉を緩やかに流れにのせるような自在感が久しぶりに現れる。レールの錆びつつある「銀河鐵道」には、ジョバンニとヨハネは二本のレールのように読み方が違うだけで、同じ名前であるとの発見を見せながら様々な思いを。「卯花腐雨」は父親の心情だろうか。「山川呉服店」の最後は、先代の石碑にしがみつく珈琲色のぬけがら。「ミケランジェロ」も含めてすべての人はミクロの世界（卵）から始まる――など、作者が言葉に持つイメージを端的に情景（映像）として見せていてすがすがしい。

ずいと夏に入る法隆寺くらがりに天衣《てんね》の胸がゆるやかすぎる　「ネロ忌」
空蟬をにぎりつぶして目つむればこの世のとどのつまりの響き
秋風のすみかの扇　曙は胸をゑぐると言ひしランボォ
玩具函《おもちやばこ》のハーモニカにも人生と呼ぶ獨房の二十四の窓　「綠金調」

折々に言葉が生き生きと呼吸している。法隆寺の暗がりに浮かぶ「天衣の胸」からはゆるやかすぎてエロスがあふれ、空蟬はとどのつまりの響き。「秋風のすみかの扇」は藤原良経の歌の詞。「曙は胸をゑぐる」は小林秀雄訳のランボォ。「ハーモニカ」にも「人生と呼ぶ獨房」。長いあいだ心の底に秘めて肉となった言葉を取り出して表現しているからだろう。その寂寥の生々しさに驚く。均衡を保っていたはずの言葉によって描写された景と、感情の比重が変化して、感情がぐっと浮かび上がり、強いオーラを放つ歌が現れる。

言葉そのものが宿す心を探る

世界畢《をは》るべし曼珠沙華百莖の痙攣《ひきつ》るるぬばたまのくれなゐ　「詩歌何なる」
海紅豆《かいこうづ》咲くヴェランダにころがれるあれはヴェトナム歸りの軍靴　「涙湖氾濫」
貫之を讀みなほしつつ他界なる夜の水底の紅葉《こうえふ》が見ゆ　「無頼族」
餘情妖艷などは好まずわが歌の切れ目はつねに火の匂ひせよ　「魔笛」

感情に比重がかかっているからだろう。赤を中心に据えた短歌が目立つ。感情を言葉に託しているのではなく、言葉に導かれて、感情にたどり着く。あるいは感情を乗せる言葉の取り合わせや、そこに生まれるイメージを探る。そんな歌に赤が登場して感情を燃え立たせる。

稀には死を念ふ　その刻たましひの袋小路に零《ふ》る松の花　「ギロメス酸歌」
戀人の睫毛《まつげ》ふれあふひびきとも夕風に銀木犀が散る　「魔笛」

作り方としては、情景や、時間を言葉によって描写して、そこに感情をすり合わせるのではなく、たとえば「袋小路に零る松の花」は「稀には死を念ふ」心が呼び出した情景。「夕風に銀木犀散る」は「戀人の睫毛ふれあふひびき」の艶めき。つまり、言葉が記憶している感情が、私の中にしまわれている風景を呼び出すので、描写された景はひそかに息づいていて、匂いや響きまで持っている。

エピローグに代えて　――「つひに視ざらむ」

おそらくはつひに視ざらむみづからの骨ありて「涙骨《オス・ラクリマーレ》」「骨」


　言葉の記憶している感情を探り私の感情をのせる。そんな歌の頂点にあるのが、涙嚢を収める「涙骨《オス・ラクリマーレ》」の歌だろう。見えるはずのない自らの涙骨を眺める歌の、静謐な雰囲気は、「おそらくは」と不確かな言葉からはじめたところに生まれて、すべてが色あせてゆくようなかなしさが、じんわりと染みる。そののち涙嚢にたまる涙のように、透き通った寂しさがしたたる。「涙骨《オス・ラクリマーレ》」は、この言葉を使った人々の哀しみの記憶とともにあり、私の感情を浮き彫りにする。

　その時、言葉は、伝達のための道具ではなく、かつて作者が追い求め、初蝶に託したもの――。塚本邦雄は、人々の記憶と共に息づく生身の言葉に分け入って、心を託す。言葉を超えるべきこころは「あらねど」といいながら――。だから「涙骨《オス・ラクリマーレ》」は、言葉が内に湛えている悲しみや寂しさとともに私の体内にもあり、「言葉と肉と心」についての考察の答えとして、私の体内に息づく。

　もちろん結論は急がなくてもよい、けれど、この考察の過程で得た、言葉の持つ人の心を動かす力は、それを使った人々の記憶がどれだけ閉じ込められているかで決まる。というひとつの推論について確信を得られたような気がする。言葉にはさまざまな役割があるが、どうしようもない生と死の寂しさや切なさや喜びなどの感情を時を越えて共有するための言葉は、これからも絶えることなく、私たちの感情を、記憶してゆくのだから。

最後に、『水葬物語』の扉に飾られた、ランボーの言葉を。

・・・・私はありとある祭を、勝利を、劇を創つた。
新しい花を、新しい星を、新しい肉を、新しい言葉を
發明しようと努めた・・・・・・・・・・・・・
ランボー

塚本邦雄　――その始まりの詩想

彦坂美喜子

塚本邦雄の歌集を読み継いできて、一番の困難は、塚本の戦争への一貫した意識的な批判を読み取ることはできるものの、いつも作者の像がまとまらなくて、歌の前で立ち止まらざるを得ないということだった。歌集を読むと、一冊のなかに作者像が立ち現れてくるということは大方当てはまる。歌集を読み解くということは、どのような読みであれ、作者の像に辿りつける快感を持っている。しかし、塚本の作品に限っては何処からこれらの言葉が生み出されるのか、その基底はどこにあるのか、そこが分からない。塚本の作品に対しては、根本的に私たちの考え方を変更しなくてはならないのではないか。そんな疑問ばかりが膨れ上がって、彼の戦争に関する歌以外については、どこまでいっても納得のいく読みができなかった。

歌の中に書かれている「わたし」や「われ」は、作者のことでありながら、そうではない感覚がつきまとい、最終的に一人の作者像を結ぶところにいかない。それは「主体的自我の消滅」、「自我の消去」ともいえる。塚本の世代は、戦後の桑原武夫『現代日本文化の反省』や、小野十三郎「奴隷の韻律」などの短歌的抒情批判をまともに受け、そこであえて短歌定型を選択するとすれば、当然、主体的であることが目指されるはずである。しかし、塚本の作品には「主体的自我の消滅」「自我の消去」「非人称性」というような特徴が表れている。なぜ塚本はそのような詩想・思想に至ったのか。

そういう時、一番分かりやすいのは、原初に立ち返るということである。そこで、塚本が杉原一司と創刊した「メトード」（昭和二十四年八月創刊）の中に、塚本の原初の詩想を探ってみたいと思う。

この「メトード」の創刊の前に、塚本は西脇順三郎の『あむばるわりあ』（昭和二十二年八月二十日刊）を「廣島は宇品の港の焼けのこつた薄暗い書店で手に入れた。發行日から二箇月ばかり経つた晩秋の眞晝」に手に入れていて〈私は、少くとも「水葬物語」の私はこの日誕れた〉（「無限」1972.8）と書いている。また、「メトード」第二号の杉原一司「感傷排除の態度」という論には、小野十三郎の『詩論』についての言及がある。そこで、この時期の時系列を追ってみる。

桑原武夫　「第二芸術――現代俳句について」　初出「世界」昭和二十一年十一月号
　　　　　『現代日本文化の反省』所収　昭和二十二年五月刊　白日書院
桑原武夫　「短歌の運命」　「八雲」昭和二十二年一月号掲載
小野十三郎　『詩論』　昭和二十二年八月刊　真善美社
西脇順三郎　詩集『あむばるわりあ』　昭和二十二年八月刊　東京出版
　　　　　詩集『旅人かへらず』　昭和二十二年八月刊　東京出版
小野十三郎　「奴隷の韻律――私と短歌」「八雲」昭和二十三年一月号掲載
西脇順三郎　『古代文学序説』　昭和二十三年刊　好学社
　　　　　『風刺と喜劇』　昭和二十三年刊　能楽書林
「メトード」創刊（第一号）　昭和二十四年年八月

こうして見てくると、「メトード」創刊までの昭和二十二年、二十三年は、塚本邦雄や杉原一司の詩想を担う重要な契機となったことがうかがえるだろう。特に小野十三郎の『詩論』、西脇順三郎の詩集『あむばるわりあ』と詩集『旅人かへらず』が、同時期に刊行されていることは注目に値する。この小野十三郎の『詩論』における短歌的抒情の否定が「奴隷の韻律」論の書かれる契機になり、西脇順三郎の詩集

『旅人かへらず』の「はしがき」の「幻影の人」は、『古代文学序説』の序と呼応するし、『風刺と喜劇』については「メトード」第三号の特集「風刺の精神」とも関連する。

塚本が〈私は、少くとも「水葬物語」の私はこの日誕れた〉と書く『あむばるわりあ』との出会いから、小野十三郎、西脇順三郎の同時代のテクストを参照しつつ、「メトード」を検証していく。

1　「メトード」と『あむばるわりあ』の「詩情（あとがき）」について

「メトード」はフランス語で「方法」を意味するという。「メトード」第一号に杉原一司は「方法の位置…やさしい短歌論…」を執筆している。

> 文學の上での方法といふものにもうすこし限定をしてみれば、（いかに書くか）といふことになり、これは作る人その人の、（ものの見かた）といふこととも深い關係がある。それは（素材をどう解釋するか）といふことにもならうし、（どういふふうに組みたててゆくか）といふことにもなる。だから、始めにも言つたやうに、方法といふものは、僕たちの生活のすみずみにまでゆきわたつており、學問のもととなる大切なものである。（略）すなはち、僕たちはこれを創作態度の問題として、とり上げることをすすめたいのだ。〔傍点・彦坂〕

ここで杉原は、方法を創作態度の問題として取り上げるとして、方法とは、（いかに書くか）と作者の（ものの見かた）に関係し、素材の解釈や構成に関わるものだという。それには、「見るといふことの自覺、すなはち方法的な態度が必要であり」、方法的態度とは実験的態度とほぼ同じだと述べられている。そして、作品の方向性については次のように書かれている。

客観描写、ものがたり的なものの描写も重んずべきであり、構想する態度を忘れては、詩情はむなしいあこがれの姿勢に終るものだと言へるだらう。ただふとしたしらべへの愛着などが、詩作のかぎとなるとはとても考へられないし、これから、歌ふ詩、讀む詩から脱化して、書く詩、見る詩、考へる詩の分野をきりひらくとすれば、とくに計算的な構想力を必要とするやうになるだらう。

客観描写、ものがたり的なものの描写、構想する態度を重要視し、「文体やしらべなどは案外体臭ていどのもので」と、歌の要素ともいえる「しらべ」に対して否定的な見解を示し、歌う詩、読む詩から書く詩、見る詩、考える詩へ作品世界を切り開こうとする。それは、短歌の音数律を「短歌的抒情」の根源のように否定する小野十三郎の『詩論』に対する杉原や塚本の挑戦であり、歌の側からのアンチテーゼともいえる（少なくとも小野十三郎の『詩論』における短歌的抒情の否定は、感性的なレベルでの記述でしかなく、音数律と抒情との関係性に対する具体的な論証はない）。また、この「しらべ」に対する考え方は、のちに、塚本邦雄と大岡信の論争（一九五六年「短歌研究」誌上で、三月号から八月号までの三回にわたる論争）に際して、塚本が最後まで大岡の「しらべ」に異論を唱える根拠とも重なる。

「メトード」第一号には、そういう外部の批判を引き受けて、なお短歌定型を選択する杉原や塚本らの詩想の発露を見る思いがする。

なほ僕たちの言ふ方法的態度といふものは、ギリシヤで（藝術）に（技術）といふことばを當ててゐた精神におもひをはせ、同感を示すもので、わたくしごとから脱し、本格の道へいたる悲願として、これを立てたのでもある。

ギリシャ語で技術を意味するテクネーは、そのカテゴリーに芸術をも含んでいる。それ故、芸術も創作、構想の方法意識が必要という。論文は「事實僕たちは方法への自覺を短歌再生の最後の注射液と考へるものである」と結ばれていて、これは、これまでの短歌の「わたくしごと」から脱して、本格的な短歌の道を求めるマニフェストともいえるものである。

この杉原の論の「方法」については、塚本が手に入れた西脇順三郎の詩集『あむばるわりあ』の「詩情（あとがき）」に大きな示唆を受けたとみられる。そこには次のように書かれている。関係の箇所を列挙してみる。

「詩の世界は創作の世界である。如何なる方法で創作するか。私の詩の世界は私の方法で作られてゐる」

「詩の世界は一つの方法によつて創作されるのである。その方法とは一つの考へ方感じ方である」

「一定の關係のもとに定まれる經驗の世界である人生の關係の組織を切斷したり、位置を轉換したり、また關係を構成してゐる要素の或るものを取去つたり、また新しい要素を加へることによりて、この經驗の世界に一大變化を與へるのである」

「私のつくる詩の世界は人生の關係的價値はなるべく一見變化させないやうにして、ただ出來得るだけかすかな爆發を起させるやうに仕組み、その人生に小さい水車をまはすつもりであつた。この水車の可憐にまはつてゐる世界が私にとつては詩の世界である」

「昔からの哲人の言葉を借りるなら、詩の世界は老子の玄の世界で、有であると同時に無である世界、現實であると同時に夢である。またロマン主義的哲學を借りたなら、詩の世界は圓心にあると同時に圓周にあるといふ状態の世界であらう」

ここには西脇の詩論が述べられている。方法によって制作される詩の世界。方法とは、考え方感じ方である。それは関係を変化させることであり、切断や転換、構成によって一大変化を与えることが重要である。小さな爆発によって、水車を回す世界が詩の世界である。その作品世界は、有であると同時に無、円心と同時に周縁（円周）という状態であると書かれている。

この西脇の論と「メトード」第一号の杉原の論を照合してみると、杉原の「方法」意識の重視は、西脇の詩の創作の方法と呼応する。また、方法とは、「いかに書くか」と「ものの見方」に関係するという杉原の言は、西脇の「一つの考へ方感じ方である」に対応するだろう。客観描写とものがたり的な描写、すなわち相反するような世界を双方とも重視するには、計算された構想力が必要だという杉原の考え方は、切断や転換によって経験世界に一大変化をあたえるという西脇の論と似ている。「メトード」創刊までの塚本の歌の変遷、塚本と杉原の熱い交流については、楠見朋彦の『塚本邦雄の青春』（ウェッジ）に詳しいのでそちらを参照されたい。二人の交流から、杉原の論は塚本の詩想と共有されているとみなしてもいいだろう。

「メトード」第一号に、塚本は「アルカリ歌章」と題して、歌を十五首掲載している。それは、杉原と塚本が目指した、構想する態度による客観描写、ものがたり的なものの描写を含む方法的態度の実践、作者の〈ものの見かた〉〈いかに書くか〉の方法への自覚が込められた歌であったと考えていいだろう。「メトード」第一号の塚本の作品は、「アルカリ歌章」と題して、A、B、C、の三部に分けられ十五首が掲載されている。そこから抄出する（五、六首目の誤植と思しい箇所の注を下に加えた）。

赤い旗のひるがへる野に根をおろし下から上へ咲くヂギタリス
贋札の類かろらかに街を流れ野にながれ暗い夕日にひびき
炎天の河口に流れくるものを待つ晴朗な僞ハムレット
僞公爵と踊りたる夜の霧に濡れ銀色の黴をふくバル・シューズ
卓上に舊約、妻のくちびるはとほい鹹湖の味爽《あけ》のねむりを〔原文のママ　味爽の誤植〕
アルカリの湖底に生れて貝ゐるはきりきりと死の螺旋に巻かれ〔歌集では、貝類〕
永いながい雨季過ぎ　巨《おほ》き向日葵にコスモポリタンの舌ひるがへる
表には蛇、裏に首くつきりと刻みたる金貨麵麭屋にわたす

これらの歌に於いて、塚本の〈方法意識〉は何処にあるか。例えば一首目のジギタリスの花は、猛毒を持つ植物で、花は下から上に咲く。「赤い旗のひるがへる野」とは何を意味するのか。赤い旗は革命を象徴する旗、危険を知らせる旗、赤色は人の血を表すなど、様々な意味がある。ここには、ジギタリスの花の性質を人間の世界へ架橋して赤い旗に意味を込めるように作品の世界が創られている。「贋札の類」の歌や「炎天の河口に」、「僞公爵と」の歌のように〈偽〉が意味を持つ歌がある。この〈偽〉の一字が無ければ、これらの歌は現実へのアイロニーの歌として読まれるだろう。しかし、〈偽〉が入ることによって、歌は、ものがたり性を持ち、現実から世界がもう一つ浮き上がる。客観描写とものがたり的な世界の二重構造は、アイロニーに縁どられて、深いところに批評を定着させる表現を実現させているといえよう。また「卓上に」の歌の鹹湖は、塩分の強い湖で、死海やカスピ海などで魚類などの生物の生息には不向きだ。「アルカリの湖底」の歌の貝が死を顕《あらわ》にするように、「卓上に」の歌の妻のねむりも死に繋がっている。また、「永いながい雨季」の歌の、「永い雨季」は全体主義に覆われた戦時下だろうか。夏の花の向日葵に敗戦時期が重なる。敗戦後、コスモポリタン（世界主義者）が饒舌になった状況が語られている。こ

の雨と舌の取り合わせなど、西脇の詩集『あむばるわりあ』の「雨」という詩にヒントを得ているところもあるように思われる。

雨

南の風に柔い女神がやって來た
青銅をぬらし噴水をぬらし
燕の腹と黄金の毛をぬらした
潮を抱き砂をなめ魚を飲んだ
ひそかに寺院風呂場劇場をぬらし
この白金の絃琴の亂れの
女神の舌はひそかに
我が舌をぬらした

この西脇の詩は、いろいろなものをぬらす雨が、女神として、我が舌をぬらすという、女神と我の舌という身体性へ転移させられているが、塚本の歌は、詩の何行もの「ぬらし」を「永いながい雨季過ぎ」という一行でまとめて、「コスモポリタンの舌」という敗戦後の社会状況への批判を含む歌になっていて、西脇の詩を越えようという塚本の自信と自負をみせている。
また「表には蛇」の歌も、西脇の詩「眼」の第二連の次の部分の影響が見られる。

表に女神の首があり

裏に麥の穗にひばりのとまる
金貨がないかときいてみた
そんなものはありませんよ

西脇の詩は、「そんなものはありませんよ」とあっさり否定する。が、塚本の歌は「表には蛇、裏に首くつきりと刻みたる金貨」を麺麹屋に渡した歌で、金貨の裏の「首」がどういう形状か特定していないから、異様な感じも生み出されている。しかもそれを日常の食生活と関係するパン屋に渡すという、現実の中に違和感を生み出すように世界が構成されている。この違和感の表象こそ、現実への批判を含む塚本の方法の一つだといってもよいだろう。

2　小野十三郎の「短歌的抒情の否定」や、「奴隷の韻律」を越えようとする意志

「メトード」第二号に、杉原一司は「感傷排除の態度」という評論を書いている。その重要な部分を抜き出してみる。

「吾々のアンチ・センチメンタリズムの態度は拉がれた世代の不信の魂からの發想であり、二十世紀への解明の意慾から、方法確立の叫びへ引かれる清潔な一條の白線であると言ふことも出來るだらう」
「所謂言靈的言語觀を根柢とする思惟の及ぼした害毒は、まことに大きく且つその傷手は深い。今後短歌の正統性回復は言語觀の修正なしには絕對不可能であらうが、勿論言語は純粹に物質的であり得ないとしても、吾々がこれを物質的に規定することによつて、自由な驅使への道を開き實驗を可能ならし

め、宿命視されてゐる性格からの脱出をこころみることは、實驗がジヤンルへの最も有用な批評であることを知るとき、決して無意味な遊戯と考へられるやうなことはないであらう」

「次に吾々の問題となるのは、言語のもつ音樂性と、これに不當に依據するセンチメンタリズムである」

「戰後、短歌の世界をかけ狂つたかに見えた『第二藝術論』も小野氏の『詩論』も、一種のアンチ・センチメンタリズムの態度確立への宣言と理解してよいが、反つてこれらの反撥にあつて短歌は益々その雜草としての性格を暴露するに至つてゐる」

この論で杉原は、「第二芸術論」や小野十三郎の「詩論」の短歌的抒情に対する否定を念頭に、センチメンタリズムからの脱却を意図して、新しい方法の出発にむかう根本的な詩想を述べている。それは、アンチ・センチメンタリズムの実現だが、音数律を有する短歌ならではの「歌謡的なもの」と「詩的なもの」の区別、言霊的言語観の否定、「うた」であることへの疑義、である。

桑原武夫の「第二芸術」には「——現代俳句について」というサブタイトルがついている。作家の思想的社会的無自覚の安易な創作態度を批判するために、そのモデルとして俳句作品を例に挙げ一流大家と素人の区別がつかない、芭蕉の俳句が第一芸術なら現代の俳句は党派性をもつ第二芸術に過ぎない、という現代俳句に向けられた批判だった。短歌に対する直接の批判ではないが、結社という党派性を持っていることは短歌も同じであり、音数律を持つ詩形として、意識せざるを得なかったと思われる。

くわえて、小野十三郎の『詩論』では、短歌に対して感情的な否定が散見される。

71・詩に於ける「音楽」の中でも、私はおしなべて現代の短歌が持つ声調（音数律）に最もいやな音楽を感じる。私の短歌嫌いは今にはじまったことではないが、それも根本的には、万葉に発する歌ごころの伝統がどこかで断ち切られているような気がするからである。

79・言霊の幸おう国の「言霊」とは事物ということだそうである。ことは事、たまは核。即ち、言霊の幸おう国とはすべての事物が栄えるという意味である、言葉の魂などということではないのだ。

98・歌と逆に。歌に。

197・現代詩は、その抒情の科学に「批評」の錘を深く沈めていることによって、短歌や俳句の詩性と自から区別される現代の歌であることを忘れてはならない。この批評精神が失われたならば、おそらく詩は短歌や俳句の一般性、通俗性に対して抵抗することは出来ない。詩人は、現代詩のこの独自の要素を深く自覚することによって大衆に見えようとする。リズムとは批評である。（略）「批評」の要素に於て妥協した抒情に真実の歌がこもる筈がない。

小野は『詩論』で、「歌の世界が持っている美の先験性乃至は咏嘆の先験性には時々強い反撥を感じる」という、「短歌憎悪」についての自己の思想を開示している。ここに書かれるのは詩論であるから、求められる詩とは何か、というテーマであるが、〈4・リズムというものは「音楽」である前に批評なのだから〉と書く時、小野詩論のテーゼともいうべき「歌と逆に。歌に。」には短歌の音数律否定が前提になっている。『詩論』の後に書かれた「奴隷の韻律――私と短歌」（「八雲」昭和二十三年一月号掲載）は、短歌の音数律が、「濡れて湿っぽいでれでれした詠嘆調」の抒情を生み出すとして「奴隷のリリシズム」からの解放を求める。そして、新しい抒情の創造を、詩人＝批評家として短歌的抒情に対置させる。以下は「奴隷の韻律」の抜粋である。

「短歌や俳句の音数律に対する、古い生活と生命のリズムに対する、嫌悪の表明が絶対に稀薄だということである。特に、短歌について云えば、あの三十一字音量感の底をながれている濡れて湿っぽいでれでれした詠嘆調、そういう閉塞された韻律に対する新しい世代の感性的な抵抗がなぜもっと紙背に徹して感じられないかということだ」

「詩人は究極に於て最も実践的な俳句や短歌の批判者たり得る。そして反対に、どんなに伝統を剔抉《てつけつ》し、その歴史性に犀利なメスをあてて、よってくる論理の帰結を予想し得ても、生活のこの韻律を質的に識別し得ない鈍磨した感覚の持主は、永久に歌俳の世界をながれている奴隷のリリシズムから解放される時はない。古い抒情を否定出来るものはただそれに対して異質の新しい抒情を創造し体験し得た者だけである。そしておそらくこれが詩人は究極に於て批評家であるということの意味である」

小野十三郎の『詩論』や「奴隷の韻律」を読めば、「メトード」第二号に、杉原一司が書いた「感傷排除の態度」という評論が何を踏まえて書かれているか、が分かると思う。杉原の「言語を物質的に規定する」という言語観の提示は、明らかに、小野の「言霊」批判に対する表現意識の表明であるし、杉原の「短歌の音樂性に依據するセンチメンタリズム」という認識は、小野の「音数律に最もいやな音楽を感じる」という批判を受けての言だろう。それを越えていく表現を試行する意図を述べている詩人が批評家であるなら、歌人も批評家として成り立つことを証明するという意識で杉原の論は書かれている。いかに小野の短歌的な抒情に対する批判を意識していたか、それを越えようとしていたかが理解される。声調・音数律が抒情を生むという歌が「批評」をどのように表象するか。その課題を、杉原も塚本も意識的に越えていこうとしている。

これらの杉原の詩想を、塚本が共有していることがよくわかるのが、同じ「メトード」第二号に掲載された塚本の「齋藤史論（中）――「魚歌」を中心として――」である。批評は、評者の論拠を要求するものであり、他者の作品に対する批評論文は、自ずと評者の思想を顕にする。齋藤史の作品が書かれた昭和九年から十年頃にかけての歌壇に対する塚本の言がある。

その当時もなほ、現在と同様、否、それ以上に退屈で魯鈍な歌壇といふ特殊部落は、嚴然として存在してゐた。

惰眠を貪つてゐる諷詠派は論外として、日常の可視的現實の報告を孜々として営む「寫實派」、脆弱な精神主義の壁に凭れて、自分で造りあげた悲劇的環境の中で、愉しげに哀訴する「浪漫派」。そして彼等の持合せてゐるものは、散文（綴方の域を脱しない）の用語と發想、象徴には百歩の差ある下手な隠喩と輕薄な調べ、イマアジュではない妄想、等々の粗悪な、不健康なものが大部分であつた。

塚本の、当時の写実派、浪漫派に対する批判は、下手な隠喩、軽薄な調べ、妄想と手厳しい。そして、齋藤史の歌「きちがひはすみやかに死ねべたべたとどとても堪へ切れず赤き夏花」に対して、「九年末から十年にかけては、容易なコスモポリタニズムと、抜けきれない感覚依存の惰性が、未だ不用意に顔を出してをり、それはそのまゝ作者の未完成と発展途上の動揺を示してゐる」、「センチメンタリズムの裏返しにすぎない」とマイナス面を指摘しながら、評価する歌も挙げている。

湖ぞひの樹樹に花咲く道を來て日昏れには旅を終らうとする
放射路のどれもが集まる廣場なればまんなかに噴水はまるくひらきぬ

これらの齋藤史の歌に、塚本は、舌足らずな異国趣味も醜い誇張もなく、ロマネスクな効果が企図されている、平凡な素材と普遍的な用語が緻密な構造と巧妙なレトリックを持っており、斬新な発想と柔軟な機智がそれまでになかった世界を形作っていくと、評価しているが、ここに挙げられている方法や視点は、そのまま塚本が自らも求めている歌への詩想ともいえよう。そして、齋藤史の「スケルツォ」の一連に対する評価は、個々の作品の叙事性に注目し、そこに情景、環境、事件を鮮明に展開していく技術をみている。こういう齋藤史の短歌作品に対する批評の言葉によって、塚本が短歌表現をどのようなレベルで思考していたか、がよくわかるだろう。それは、容易なコスモポリタニズム、感覚依存、センチメンタリズム、異国趣味や醜い誇張を否定し、平凡な素材と普遍的用語による緻密な構造を持つ作品、巧妙なレトリック、斬新な発想、柔軟な機智をもつ表現の肯定である。これは、塚本の歌が目指している表現の世界だといってもよい。

3　風刺の精神

もう一つ、「メトード」の塚本と西脇の接点を考えさせるものは、「メトード」第三号の特集・風刺の精神における塚本の文章「現代文學と風刺」である。塚本の文章には西脇の『諷刺と喜劇』（昭和二十三年能楽書林）の影響がみられる。「メトード」第三号の特集に風刺を持ってくることも、その時代の杉原や塚本の意識の在処を考える手掛りになるだろう。西脇は「諷刺と喜劇」という文章で、諷刺は文化批評から生まれてくる、諷刺文学としての喜劇的文学は文化が相当進んできたときに発生するように思われる、として諷刺文学は、「皮肉な批判と笑ひとを含んでゐるものをいふのである」という。西脇が諷刺文学として認めるのは、痛切な批判のみのものではなく、喜劇的な諷刺文学であり、ジェイムズ・ジョイスの『ユリスィズ』（ユリシーズ）を「現代人に対する喜劇的諷刺文学として最新なもの」と評価している。また、ボードレールの詩についても、「強烈な皮肉な非人間的な苦々しい諷刺的態度に、その偉大な文学的生命があるのではないかと思ふ。ボオドレエル自身もイロニイと超自然的な態度は文学に大切なものであると何処かでいつてゐたと記憶する」と書く。

西脇は、ここで「諷刺」という意味をSatireという意味で使っている。この語には笑いも含まれるのだという。

塚本の「メトード」第三号の「現代文學と風刺」には、風刺精神の根底に「現實に對する假藉なき批判」があるとして、その批判が現実の日本の状況に向けられる。塚本も風刺を「サティール」という語で使用しており、太宰治の作品には、〈「道化の華」的（アルルキャンを装つた）「逆行」的（パラドックス）な風刺精神〉が流れているとして、「駈込み訴へ」「ロマネスク」「新ハムレット」「虚構の春」等は、「はつきり風刺文學と銘打つても十分通用するものであり、獨白体、アレゴリイ、戯曲、書簡集等のヴァラエティに富んだ形式は、そのまま、SATURAの原意である（寄せ集め）にも通じるものがある」と書く。そして、「ユリシイズ」にも風刺精神を認めている。塚本は〈所謂レアリスムが「その向ふに何もない塀」であるとすれば、明日の風刺文學はその塀――をつきぬけて、向ふに新しい原野を發見するべき原動力ともなるだらう〉と、風刺文学にリアリスムを突き抜ける表現の可能性を見ている。

風刺文学の持つ批判性、それは戦後短歌に課せられた批評という課題を表現の上で実現できる方法として、杉原や塚本の意識に上ったのではないだろうか。ここでも、西脇から少なからず影響を受けていたことがうかがえるだろう。

その「メトード」第三号の塚本の作品は、「平和會議」と題する七首が掲載されている。それから三首引く。

輸出用蘭花の束を空港へ空港へ乞食夫妻がはこび

元平和論者のまるい寝台に敷く純毛の元軍艦旗

聖母像ばかりならべてある美術館の出口につづく火薬庫

外国へ輸出する高価な蘭の花を運ぶのは乞食夫妻というアイロニー。この乞食夫妻は日本人の姿かもしれない。平和論者が軍艦旗を寝台に敷くなら、普通にアイロニーだが、平和論者にも軍艦旗にも「元」がつくことで、二つとも現在は実体が無いことになる。この寝台に寝るのは誰なのだろうか。宗教と芸術の先に火薬庫があることの意味は？　これらはアイロニーを持つ作品だが、どれも二重のアイロニーに取り囲まれているように深い意味をもっている。

短歌における批評をどのように表現できるか、それに向かって色々な方法が模索されている。塚本の作品にみられる美意識も、単なる個人的な趣向だけではないことが、「メトード」第四号に書かれた、塚本の「『ナルシス』に就いて」という文章を読むと理解されよう。ここで重要なことは、「ナルシス」が、美しい若者の物語でも水仙の花のことでもなく、塚本が見ているのはダリのタブロオ「ナルシスの變貌」にみられるメタモルフォーズの「過程」であることだ。そのことを次のように書く。

> 私は、定型詩を唯一の據としてゐる現在において、それゆゑに尙、完全なナルシスを愛し、自らがナルシスたり得ることを希はずには居られない。それは決して妄想でも、感傷でも、まして浮薄なロマンティシズムでもない。既性*の、オルソドクスの神々の命によつてでなく、正当な優越性の獲得によつて、完璧なメタモルフォーズをとげ得るナルシスでありたいのだ。
>
> 定型詩のもたらす意義は、詩人の内面の深部に、創作とその完成への個人的な努力の招致する、愉悦と秩序の中にこそ存在するのであらう。〔＊筆者注・既成、か〕

メタモルフォーズの過程を獲得するナルシスに自らが変貌すること。それは定型詩の秩序の中の愉悦をメタモルフォーズによって体現すること。それこそが定型表現の意義だと、塚本は自覚する。定型詩を據（よりどころ）とするということはそういう事なのだと、塚本の自負が垣間見える。そこには、定型という強固な枠を利用して、完璧な変貌を遂げることが出来るという可能性を確信する塚本がいる。

4　西脇順三郎詩集『旅人かへらず』の「はしがき」と塚本の「アルター・エゴ」

西脇の詩集『旅人かへらず』は、詩集『あむばるわりあ』と同じ時期に刊行されている。この『旅人かへらず』の執筆は、〈終戦の年の八月に疎開先の郷里小千谷の「カヤの中」にはじまった〉（講談社文芸文庫　西脇順三郎『Ambarvalia・旅人かへらず』）と「人と作品　眼の詩人」で新倉俊一が書いている。戦前の『アムバルワリア』と戦後の『あむばるわりあ』にも相違があるが、『旅人かへらず』の内容は「淋しい」という語句の多用と、庭や雑草、樹木に深い趣を感じる「東洋風な古淡の詩情」に満たされていて、当時、北園克衛らからも冷たい反応を受けたという。

二
　窓に
　うす明りのつく
　人の世の淋しき

三
　自然の世の淋しき
　睡眠の淋しき

四　かたい庭
五　やぶがらし

（『旅人かへらず』より）

塚本は同じ時期に刊行されたこの詩集については言及していない。西脇の『旅人かへらず』のこういう表現は、小野十三郎が指摘した短歌的抒情を顕現しているように見えたからだろうか。湿潤な短歌的抒情といって、批判の矢面に立たされた歌人にとって、そしてその批判を乗り越えようと表現を模索していた塚本らにとって、こういう表現は肯うことが出来ない類のものだったかもしれない。

しかし、この詩集の「幻影の人と女」と題された「はしがき」には、塚本も注目していたのではないか、と思われる。その「はしがき」から引用する。

自分を分解してみると、自分の中には、理知の世界、情念の世界、感覚の世界、肉体の世界がある。これ等は大体理知の世界と自然の世界の二つに分けられる。
次に自分の中に種々の人間がひそんでゐる。先づ近代人と原始人がゐる。（略）
ところが自分の中にもう一人の人間がひそむ。これは生命の神秘、宇宙永劫の神秘に属するものか、通常の理知や情念では解決の出来ない割り切れない人間がゐる。
これを自分は「幻影の人」と呼びまた永劫の旅人とも考へる。（略）
次に自分の中にある自然界の方面では女と男の人間がゐる。（略）

この西脇の「幻影の人」について、新倉俊一は〈人間の限定性とそこから生まれてくる「もののあわれ」の意識のシンボルにほかならない〉と解説しているが、塚本はまた別の意味で大きな示唆を与えられたのではないかと思うのである。

そう思うのは、その後、だいぶ年月が経ってからの大岡信との論争（一九五六年「短歌研究」誌上で、三月号から八月号までの三回にわたる論争）の三回目、大岡の問いに答える形の「ただこれだけの唄　方法論争展開のために」と題された文中の言葉に目をとめたからである。

大岡が「新しい短歌の問題Ⅲ」で塚本の「われ」に関わる歌を引用して、その中の「暗渠はげしく汚水ながせり神父の子なれば劇しきものひたに戀ふ」という歌と、ほかの「父母金婚の日は近みつつ食鹽のつぼにかわきし食鹽あふる」という歌のどちらがフィクションか、両方ともフィクションなら同じ集中に相容れないようにみえる歌の共存は妙だ、といい、塚本氏にとって「われ」とは常にネガティブに捉えられるものであるらしい、ここでは「われ」は不在に近い、レアリテはどのように追及されるものか、と書いたことに対する塚本の文である。塚本は前掲の二首に対して次のように書く。

又この一首〔筆者注・「暗渠」の歌〕も「父母金婚」の一首も勿論フィクションである。一人称的三人称であり、同時に自己の内部に棲む「アルター・エゴ」に他ならない。作者と作中人物の関係に氏がこのようなこだわり方をされるのが、僕は不思議な位だ。

「アルター・エゴ」とは、別の自分、別人格、分身と言えるもので、塚本が二首ともフィクションであり、同時にアルター・エゴというとき、西脇の詩集『旅人かへらず』の「はしがき」が思い出される。――「自分の中に種々の人間がひそんでゐる」「自分の中にもう一人の人間がひそむ」という部分である。当時、西脇の「幻影の人」に触発されたところもあるだろうと思う。しかし、塚本は「もののあはれ」的幻影に戻らない。塚本は自分の歌の「われ」について、「一人称的三人称」だという。これは「われ」と書かれていても三人称の位相を持つということである。同時に「アルター・エゴ」だということは、この三人称の位相を持つ「われ」は自己の内部にひそむ別人格でもあるということで、そういう作品は、古くはドストエフスキーの小説『分身』(『二重人格』とも訳される)もあり、現代ならドゥルーズ・ガタリ著『アンチ・オイディプス』(一九七二年)にいう「n個の性」の魁《さきがけ》的表現ともいえるだろう。

それまでのレアリテを保証した近代的な「われ」の価値観からするなら、大岡がいうように「われ」は不在に近い。しかし、自分の中にひそむアルター・エゴに気付けば、逆に、一人称的三人称の位相に表現される「われ」しかない、ともいえる。そして、バーチャルな世界を行き来する現在なら、塚本がここで述べていることは、問題なく受け入れられる考え方であろう。

おわりに

さて、こうして見てくると、私の最初の疑問、〈塚本の作品には「主体的自我の消滅」「自我の消去」「非人称性」というような特徴が表れている。なぜ塚本はそのような詩想・思想に至ったのか〉ということについて、塚本の初期の詩想を語る「メトード」には、短歌定型に対する批判を乗り越えようとした時期として、西脇の詩集『あむばるわりあ』や『旅人かへらず』、小野十三郎の『詩論』などに様々な形で影響を受けたことが分かる。その上で「方法」を模索した塚本たちが獲得した詩想・思想が大岡信との論争で明確に提示されたといえる。

塚本の歌に見られる「主体的自我の消滅」「自我の消去」「非人称性」は、一人称的三人称の文体と、アルター・エゴの表象によるものであり、それは自ずと、作者と作中の「われ」がイコールではなく、「われ」は私を含む多数の他者を示すものだったといえる。そして、その詩想・思想が求めた「方法」は、第二歌集『装飾樂句《カデンツァ》』が刊行された後に行われた、大岡信との論争ではっきりする。そこには次のように書かれている。

僕は朗詠の対象になる短歌をつくりたくない。結果的には語割れ、句跨りの濫用になっても些も構うことは無い。イメージを各句で区切って七五のリズムで流していると、そこにはいつまでたっても情緒だけの、リリシズムの滓がつきまとい造型的な空間へのひろがりを喪い易いのだ。韻律を逆用して、区切りは必ず意味とイメージの切目によることとし、一つの休止の前後が或時は目に見えぬ線で裏面から繋がれ、又一つの区切りは深い空間的な断絶を生むというような方法は多々可能である。

『定型幻視論』

短歌的抒情と韻律の関係について、韻律を警戒し、調べには懐疑的になり、調べを破壊し、「短歌に於ける韻律の魔は単に七・五の音数だけでなく、上句、下句二句に区切ることによって決定的になる」ことに意識的になり、なおその上で短歌定型を自己の表現詩形として選び取ったとき、塚本が見つけた「方法」とは、前述のように、語割れ、句跨りを許容し、句切りを意味とイメージの切目とし、一つの休止が背後で連携し、一つの区切りが空間の断絶を生むような方法、だった。ここに、「メトード」創刊で「方法」を求め続けた塚本の短歌表現に対する詩想・思想が確立していることを、私たちは確認する。

われの不和 ――『装飾樂句《カデンツァ》』から『日本人靈歌』の時期

楠見朋彦

1

どちらかといえば地味な第二歌集『装飾樂句《カデンツァ》』を、作者の実人生も含めて作品を鑑賞する観点からみるとき、内外に表現の核を探る葛藤が刻まれた大切な歌集であるように思える。外界への熱い視線は、第三歌集の社会詠へと展開するのだが、本論ではまず、第一歌集以降、第三歌集をまとめるまでの期間の、「われの内部」や「わがうち」に直接関わる発熱と病の歌を辿ることとする。塚本邦雄はながらく私生活や私的閲歴が謎に満ちていた作者であったが、一九八二（昭和五十七）年になって、文藝春秋から刊行された全歌集『定本 塚本邦雄湊合歌集』別巻に、当時ほとんどの造本を手掛けていた詩人政田岑生《きしお》による詳細な年誌が発表された（以下、「年誌」と表記する。これに先立ち、「國文學」一九七六年一月号の特集でも、政田岑生による「塚本邦雄年譜」が出ている）。後にふれるように、実年齢よりも二歳若いことになっていた「年誌」は、ゆまに書房版全集別巻（二〇〇一年六月）の年譜（以下、断りのない限り「年譜」とは本書を指す）でも踏襲され、全集完結後に、精確な資料に基づいて実年齢に訂正されていくことになる。最新版としては、講談社文芸文庫に順次収められている塚本邦雄の著書の、年譜付きの最新刊を参照するのが正確である。年譜の内容は最終学歴や就職の時期等についても同様に改められていくことになる。「政田岑生編纂」の「年誌」により、結核のため二年間休職していた事実等の詳細が広く認知されるに至った事情をまずおさえておきたい。

1-1　われ、われら、吾

結核の診断から完治に至る時期について、年譜の年齢を実年齢に直してまとめてみる。引用元や記載に関しては、筆者が、塚本の生年から第一歌集をまとめるまでの足跡をたどった『塚本邦雄の青春』（ウェッジ、二〇〇九年）において試みたように、活字媒体に既発表のものを基本資料とする。本稿では特に、一九九二（平成四）年に出版されたアンソロジー『私の三十歳　男が人生と出会うとき』（大和書房）収録の、「過去完了未来形」という随筆を参照した（本文は「年誌」に基づく年齢で、常用漢字・歴史的仮名遣い。明らかな誤植を訂正して引用する）。

一九五三（昭和二十八）年十一月、塚本は満三十三歳。職場集団検診で胸部写真に陰翳が発見され、精密検査により肺結核と診断される。

翌一九五四（昭和二十九）年二月、喀痰培養検査の結果が判明し、療養を命じられる。

三月の胸部断層撮影の後、ヒドラジッドを投薬され、気胸療法を勧められる。複数の医師の診断を仰いだが、それ以外は目下考えられぬという診断に変わりはなかった。

七月、療養のため休職。

七日で満三十四歳となる八月、「思ひ余つて、最寄の、開業早々の、三十歳の青年医師」に診断を乞うた。熟慮の末、週二回往診、ストレプトマイシン注射を二年間継続との治療方針が決定する。

必ず治すという医師の言葉通り、治療を二年間続けた結果全治し、一九五六（昭和三十一）年七月、ちょうど二年ぶりに復職を果たす。医師は以前、詩人の伊東静雄にヒドラジッドをもたらし闘病への意欲を改めさせたという縁《えにし》もあった。

『装飾樂句《カデンツァ》』は、まだ休職治療中であった一九五六年三月、三十五歳のときに刊行されている。結核と診断されてはや二年四箇月が経過しようとしていた。そういう経緯のため療養歌集といわれることもある歌集を改めて読み直してみると、微熱、発熱の歌が思いのほか多かった。熱の歌から立ち上がる作者像がある。

夜の蝶の翅ひろげたるけはひあり熱兆しつつさむきわが額《ぬか》
『装飾樂句《カデンツァ》』「装飾樂句」

氷嚢のぬるきしたたり白馬を冷せし遠き河に流れよ
「靈歌」

高熱の遠き闇にて噴水の芯の青年像濡れどほし

発熱まえの悪寒、氷嚢で頭を冷やしている時間、高熱に魘《うな》されているさまが歌われている。単純にくるしい、しんどい、と言うのではなく、蝶が翅をひろげるという喩に転じたり、白馬を鎮める遠い河に想いを馳せたり、噴水の青年像に想念を拡げる。これらの歌からは、病気がちでよく発熱している作者の姿が浮き上がって来る。

濃藍《のうらん》の壜の錠劑減らしつつ恚《や》みをり社會病むより篤く
『装飾樂句《カデンツァ》』「默示」

われらすでに平和を言はず眞空管斷《き》れしが暑き下水にうかび
「向日葵群島」

さむき晩夏、ゆるしあふことなきわれら家族の脂泛かぶ浴槽
『日本人靈歌』「死者の死」

もろき平和いたはり來つつ冬ふかき夜の花臟《はなおこぜ》つつける家族

錠剤が、自身の病のために服用していたものかどうかは即断できないが、なかなか癒えぬ身体を苦々しく受け止めている人物像が浮かんでくる。その人物は社会の大きな罪過に想いを馳せつつ、それを糺《ただ》すこ

とも、またおそらくは参画することもかなわぬほど、打ちひしがれている。世の中では人々は役に立たなくなった真空管のようにばらばらで、すでに平和について語り合おうとしない。

第三歌集『日本人靈歌』では、「われ」への求心が強まる一方、「われら」の歌もさらに増える。われを含む、最も小さな集まりである「われら」は家族であり、さまざまな家族が再再詠まれている。家族をなしていることを自らに赦《ゆる》さず、気をゆるすことのない人間関係であっても、同じ風呂に入らざるを得ないのが、家族というもの。膾の肉を複数の箸がくずしてゆくさまに、いたわっているつもりの平和であっても、些細なきっかけで総崩れになりかねないという危うさを視る。第二歌集「默示」の、社会も病んでいるが、なんら行動をとらない（とれない）自分も、また篤く病んでいるとの自覚がさらに深まっている。

歌集に頻出する水道管・ガス管・電線・レールの類は、身体から延長されたものの比喩として、成長する（あるいは復興する）都市を生体として捉えていると読むこともできる。それらはつながっている限りでは社会と自分をつなぐものとして、また呪縛として機能し、また時に断たれ、行き詰まり、社会と自分との接点が危うくなるようにも歌われる。よく知られた第二歌集巻頭歌のように（「五月祭の汗の青年病むわれは火のごとき孤獨もちてへだたる」）、ガラスが最も効果的に実社会と孤立した人間の隔たりを表すことができる。うちと外をつなぐものとして家族が機能しないのであれば、なにを頼ればいいのか。次に挙げる歌の三首目、おそらく尾を絶たれた蜥蜴が、その断絶した繋がりを象徴する。己の危機が深刻になり、次第に日本全体の危機とずれてゆく中、殻で守られている貝の肉を、甘いという（五首目）。内耳という喩が戦前の密告社会を想起させるようで、効いている。熱と病の歌は次のように詠み継がれる。

干網黒くはげしく臭ひわがうちにしんしんと網目ちぢめゐる肺　「嬉遊曲」
水中の黑き鳥貝、高熱のわが目とざせばしづかにひらく
きずつきし蜥蜴が鈍きひかりもてわがうちとほき外部をつなぐ　「死者の死」

「日本人靈歌」
「死せるバルバラ」

熱の中にわれはただよひ沖遠く素裸で螢烏賊獲る漁夫ら
われの危機、日本の危機とくひちがへども甘し內耳《ないじ》のごとき貝肉
高熱に伏すわが額《ぬか》に觸れゆける家族の手それぞれにつめたし
揚雲雀くらき天心指しわれのむね芥子泥濕布《からしでいしっぷ》が熱し
復活してわれなになさむ健啖のうからと黑き鰶《このしろ》かこみ
吾もすみやかに癒ゆ　幻の汽罐車を停めて火明《ほあか》りに鹽嘗《な》むる火夫

年譜によると、療養前の検査で、左肺に空洞、右肺にも小病巣の点在が認められていた。一首目では、肺が侵されていくのに痛みのない（らしい）不気味な感覚を、実感をもってみつめ歌おうとする凄みがある。鳥貝と螢烏賊の歌は、前歌集の詠み方を踏襲している。六首目の高熱の額に、ひんやりと家族の白い掌が順番にふれてゆく歌には、歌集に頻出する、物語化された家族とは明らかに調子のちがう親密さがある。

臥していた私であったが、復活、快癒の時は到る。さいごの一首、初出は「短歌」一九五八年五月号「死せるバルバラ」。初出誌では「吾」を「あ」と読ませている。「幻の」という語は修辞としてわざわざ断る必要はなかったといえるし、機関車の停止を病の進行が止まるという比喩としてとるなら、黒光りする鉄の相貌はおそろしく醜い。だがそれにも増して、治癒ののち突如現れる幻影の機関車の重量感は圧倒的でうつくしい。罐《かま》の火明りに、これも幻の火夫が塩分を補給する、その塩の熱さに、溜飲が下がる生身の作者の想いが重なるのだ。

1-2　優しき歌

家族の歌にふれたところで、付記しておくべきことがある。
塚本が、戦前から熟読、私淑し、戦後になって師事した前川佐美雄からの影響の深度についてである。ここでは、なぜ『水葬物語』の末尾に、他の一連と異なる味わいの「優しき歌」が配置されていたのかを読み解くのに、幾何かの参考になると思われる歌があるので紹介する。前川佐美雄の歌集と、塚本邦雄の歌集から五首ずつ引用する。

前川佐美雄

わがつたなきいのち亡《ほろ》びてゆくときも如月《きさらぎ》の街《まち》の泥《どろ》はおもふな　『春の日』
母となる日はいつならむわが妻に夜霧に濡るる草花見しむ（昭13）　『大和』
冬の日に菜の花活《い》けてゐる妻よきららなる思ひしばしとてよき（昭15）　『天平雲』
秋雨のふりけぶる野に憎しみぬ曼珠沙華の花今年は咲くな（昭20）　『積日』
吾子《あこ》よ吾子文字はただしき字劃《じくわく》もて一心《いつしん》に書け書きてあやまるな（昭21）　『積日』

『水葬物語』以前の既発表作を収める『初學歴然』より

曼珠沙華のきりきりと咲く野に佇てば身の底にわく飢ゑもくれなゐ（昭22・11）
誰も見てくれるな今朝は霜にまみれ生命《いのち》ひきずりてゆく秋の蝶（昭22・12）

『水葬物語』「優しき歌」より

受胎せむ希ひとおそれ、新緑の夜夜妻の掌《て》に針のひかりを
君と浴みし森の夕日がやはらかく捕蟲網につつまれて忘られ
優しき歌選りて教ふる日日の吾子よブリキの喇叭を厭ひ

懐妊中の妻を思いやる夫、幼児の生育を見守る父親の立場で詠まれた前川佐美雄の歌は、戦中戦後の歌集にまたがっている。戦前の芸術志向の作品や戦時中の熱狂的な時局詠、敗戦後の虚脱感や悲哀の歌群の中にあって、目立たないが心にのこる「やさしい」歌である。同時代でも、継続して熟読していると、生身に近い作者像が如実に浮かび上がってきたはずだ。そういう家族詠を、独身時代折にふれ孤独を託《かこ》っていた塚本は、自分も詠みたいと、ずっと願っていたのではなかったか。

塚本が戦後復刊された「日本歌人」に参加したことは「年誌」にもあり本人も随筆に書いている。語彙を丁寧に検討していくだけでも、その影響の深さは明らかである。前川佐美雄の影響を超克すべく、杉原一司との切磋琢磨により特訓にはげんでいたことも、よく知られている。捕虫網の歌は、「日本歌人」と「青樫」に重複して発表。思い入れの強い作品は、複数の媒体に二重投稿、三重投稿をしていた。「生命」は初期から塚本が頻繁に主題にし、また命令形を頻繁に用いているのも文体模索の時期の特徴といえる。かけがえのない「私の家族」を詠む一連を編むにあたって、師事していた歌人を意識していたことは十分考え得る。

『水葬物語』にもっともはやく讃辞を送った一人に、「青樫」同人であった下条義雄がいた。頭から拒否するのではなく、しっかり読んでくれた読者の中にも、モダニズムの二番煎じに過ぎないといった受け止め方があることはあった（「短歌」編集長を務めた、斎藤正二）。ピカレスク・ロマンや寓話、風刺、スペイン音楽のリズムを日本語の詩に移すような試みの背後にも、師事していた前川佐美雄の生き方や作品に憧れ、歌集末尾に秘かな想いをこめて「やさしい」一連を配置した作者（「吾」）がいた。『水葬物語』の「優しき歌」一連では、いわば実作者の存在証明として、家族を詠み、「吾」も一人の「歌人」たらん、との志を明らかにしていたといえる。

2

次に、第二歌集をまとめるに至った経緯を、もう少し詳しくたどりなおしてみよう。

塚本邦雄は主だった歌集を「序数歌集」として特別に数え、生涯に二十四冊刊行している。それ以外にも小歌集や、未刊歌集と銘打った歌集を複数持つ。2章では、『透明文法』と『驟雨修辭學』の二冊を、第二、第三歌集にまたがる時期の未収録歌をまとめたものとして参照しつつ、いずれの未刊歌集にも収録されなかった既発表作を中心に、「われ・吾」がどのように表現されていくのか、あるいはどのように虚構化されていくのかを検討する。

『透明文法』は一九七五（昭和五十）年刊、七章三百首。「――『水葬物語』以前」という副題がつくけれども、厳密にはそれ以降の作も含まれている。表記に多少の異同はあれ、『水葬物語』収録歌と重複して再録されている作「濕りたる帽子抱きて抜けいづる巷なり黒き虹かかりゐし」他、明らかなヴァリアントも含まれる。『驟雨修辭學』はその前年の刊行となるが、跋文に、昭和二十七年から三十年にかけての作品で大半は未発表作品と記される。五章三百首から成る。

2-1　塚本邦雄、戦後派、「日本歌人」同人

第一歌集発刊後、「短歌研究」編集長中井英夫の理解を得られ、塚本は複数の結社誌から歌壇総合誌に発表の場をうつしていくのであるが、結社所属時代、同じ作品を複数の媒体に出す傾向も、そのまま続いていた。まず、「短歌研究」一九五一年八月号の「モダニズム短歌特集」に、「弔旗」十首を発表。ここでは「日本歌人同人」と肩書がついている。総合誌での実質的なデビュー作といってよい。続いて、「日本短歌」一九五一年十月号に「戦後派の言葉」が出る（年誌・年譜の、「短歌研究」十月号は誤り）。昂揚した文

体で二十代を代表するような苛烈な文学観が披露される。

『水葬物語』にまとめる作品群は「青樫」に一番まとまって出されていたが、初出が総合誌の一連もあり、一首が第一歌集に収められず、後年の『透明文法』等にも未収録のままであるので、転記しておく。

二首目以降は、歌集発刊後の発表作から未収録のままの作品を拾った（＊印は、『透明文法』に収録済みであるが、珍しい一連なので全首引いた）。

炎天の黑き運河のいづこよりひびききて心冷やす喇叭か
「鮭色の踵」五首より 「日本短歌」一九五一年九月号
忘られし軍歌また彈かされるとき柩のやうにきしむセロたち
「HYMNE A LA GLIERRE（GUERRE の誤植）」十首より 「薔薇」一九五二年八月号
未開人より健やかに夜を待つ退屈な原子學者と下婢と
礫刑圖　黑き血にぬれ落ちありき市民逐はれしのちの廣場に
鐵くず《ママ》のかげに春夜をささやける明日ありといふ心か知らず
「不毛の歌」十首より 「薔薇」一九五三年四月号
春の蚊のまつはり落つる燒酎に酷《むご》きひと日の疲れを遣らふ
牛の肝炙《や》かれつつあり花街へのほてり冷めざる飴いろの道
「靈歌」十三首より 「短歌研究」一九五三年五月号
＊獸肉の脂光れるてのひらを夜《よ》のをはりとてあはせ　禱らず
＊春の夜と濡るる屋根屋根ゆきずりの昏き睡りに逅ふ一時《ひととき》を［歌集では「ひとときを」］
＊傳導館うらの濕路につくりばな散りゐき　街はさむき花季《はなどき》［歌集では「傳道館」］
地下よりの夜氣なまぬるく身にまとひ眸《まみ》孤獨なる第三の性

「昏き眠り」六首　「短歌研究」一九五四年四月号
赤き蟻たまごはこべるひそかなる列　少年のねむりにつづき
「装飾樂句」三十首より　「短歌研究」一九五四年六月号

俳人富澤赤黄男を擁した俳誌「薔薇」の中心には、『水葬物語』刊行に骨を折った高柳重信がいた。同誌発表「HYMNE A LA GUERRE」（戦争讃歌の意）の十首のうち四首は『透明文法』に収録される。「忘られし軍歌」は「青樫」五月号発表作と重複している。一箇月後には「文学界」九月号に、三島由紀夫の推輓の第一歌集抄出「環状路」十首が掲載される大切な時期である。続く「短歌研究」十月号の「過ぎさりし未来のために」は五首中、四首が第二歌集に収められるので、すでに次の歌集へ向けて動いている移行期でもある。

翌一九五三年――。「不毛の歌」では、十首中七首が『透明文法』に回っている。つまり、当時は歌集に収録するには作品として弱いか、なんらかの躊躇する要素が残っていたということであろう。二首が『装飾樂句《カデンツァ》』に入り、最終的に、今日ではまず容認されない語彙を含む引用歌のみが、未収録歌として残った。

次は、一九五四年、休職までの既発表作から。「人間の喪失と復活」特集に出された「昏き眠り」は、焼酎を飲んだり、焼肉の煙が漂う仕事帰りの繁華街を思わせる一連で、作者にとっては異色といってよい一連。誌面にはネオン街と思しいカット。当然のごとく序数歌集には収録されていない。引用中、三～五首目のみ『透明文法』に残された（「八日物語　其の二」「其の八」）。最後の一首は当世流行の実存主義やボーヴォワールの女性論『第二の性』を意識していた。表題の言葉の響きに重きをおいているようで、論へのシンパシーや協同性をうかがわせるような態度はこの時も、この後も表立ってみられるわけではないものの、後の第四歌集へつながる布石の一つのようでもある。会員制の同人誌「ADONIS」（および

「APOLLO」）に、別名義で、オスカー・ワイルドやアンドレ・ジッドの伝記に基づく同性愛を主題とした作品を出し始めるのが、前年の秋ごろからである。「昏き眠り」掲載号は、第一回五十首応募作品の特選、中城ふみ子の「乳房喪失」が発表された号でもあった。

「裝飾樂句」（初出誌でも表題に振り仮名はない）はいうまでもなく第二歌集の表題にもとられた自信作で、歌集収録に際して四首が入れ替えられ、引用以外の三首が『透明文法』に収められた。

2-2　塚本邦雄、三十代半ば、無所属

未収録歌をさらにみてみよう（ここからは、一九五四年七月の休職以降の既発表作）。

青年期をはりにちかき蜜月の電球の芯赤くともれる
少年殺人犯雪を視つ　戦争《いくさ》あらばいくさに燃えむくらき眸《ひとみ》に
　　「默示」十四首より「短歌研究」一九五四年十月号
あひびきの夜の罌粟畑頸ほそき少年のズボン風にはためき
　　「海色の服」十四首より「短歌研究」一九五五年三月号
サキソフォンの腹に孔あき青銹びの過去と重たき睡覗かるる
　　「聖金曜日」三十首より「短歌」一九五五年三月号
初夏昧《くら》きあかときの夢よぎりゆき死者の軍靴の裏金ひかる
　　「地の創」二十八首より「短歌研究」一九五五年十月号
みじめなる眠りの後に向日葵とヘリコプターとある日々の天
建物沈下しつつある一區域にて夏されば靜脈色《じやうみやくいろ》の紫陽花

「クレーヴの奥方」を貸しあたへむに少女熱患《や》みて褐色の舌
翳ふかき方へそれぞれ貌むけて青きトマトを喰ふ聖家族

「飼猫ユダ」十首より　「薔薇」一九五六年一月号

われに無き未來をもちて青年が寒の硝子扉《がらすど》の彼方に佇てる
凍てし秤の針搖れうごき體重のいくばくか過去の穢れを示す
晴天の町に遇ひつつゆかり無し暗き眸《め》の電氣熔接工も
われの睡りの底の干潟に日は白くてりつつ何も照らされてゐぬ
酬いなきおほくの愛をわれに强ひ蟬色《せみいろ》の衣《え》の孤りなる母
誕生日の夜のルナパークうつうつと月光に堪ふる赤き木馬ら
君も昏き婚期にありて水貝の死にたる水が此處までにほふ
すりきれし映畫のドン・キホーテ觀て暗がりに笑み交せる我等
蜜月の部屋に二つの洋傘《かうもり》を干せりあはひに寒き翳おき
樂器店の樂器こころに搔き鳴らしゐたれ暗澹と鎧戸下る

「祝婚歌」十首――すべて未収録　「短歌研究」一九五六年二月号

少年や青年は作者の作品には頻出する。色では黒と赤を多用する。妙な言い方になるが、死者の歌も少なくはない。未収録歌を、歌集に入った「青年の群に少女らまじりゆき烈風のなかの撓める硝子」（「地の創」初出。歌集では「群れ」）「少年發熱して去りしかばはつなつの地に昏れてゆく砂繪の麒麟」（「海色の服」初出。歌集では「初夏《はつなつ》」）といった作と比べると、確かに見劣りし、編集で絞っていくうえで、割愛したのかもしれない。「サキソフォン」を削っているが、歌集には楽器としては「（自動）ピアノ」や「セロ」の歌が収められている（『日本人靈歌』以降は「チェロ」の表記となる）。

「地の創」は、イエス・キリストと対峙して、その没年齢とされる三十四歳（という説）を生き延びた、という重要な一首を含む一連である。掲載時、作者の実年齢は三十五歳。後に引用する作の歌意からいって実年齢に即した感慨を読み取れる。あまつさえ、肺結核はまだ完治していない。二十八首中「皮膚つめたく病みゐる夏を暗然と砲鳴りアメリカ兵の祝日」一首が、「皮膚つめたく病みゐる朝を慘然と砲響《な》りアメリカ兵の祝日」と改稿されて、『驟雨修辭學』巻頭に収められた。占領下にしばしば国内で行われたという軍事パレード（『朝日20世紀クロニクル』）も想像させるが、病んでいる「われ」の視点であるためか、怒りや嫌悪感よりも暗鬱な気分が濃厚で、やはり序数歌集にはない調子が読み取れる。「病みゐる」われの時代が作者にとっていかに大切であったかが、巻頭歌という配列からわかる。「地の創」一連には「モスクワ」「ゴリキー街」を詠む、冷たく、暗い歌があり、暗然たるアメリカ兵の祝日の一首が入ることで、後半の「不安なる平和なれど続けよ」という文言に真実味を持たせる緊張した文脈が生まれそうなものだが、歌をはずした真意は安易には推測できない。

「地の創」に続く「惡」は、少し編集して十五首すべてを第二歌集に収録（巻頭の「惡について」一連三十首）、初出誌「短歌」一九五六年新年号では、作品末尾に《無所属》と記載されている。

ここで総合誌に、推測のつく年齢と所属結社の有無、という歌人にとっての基本的な記載が出そろったことになる。読者は、三十代半ばで無所属の新人、という作者像を結ぶことができる。塚本は五年前に満三十一歳で書いた「戰後派の言葉」において、二十代を代表するように発言していた。初出誌「日本短歌」一九五一年十月号の特集は「世代の声」であり、坪野哲久が「四十代独語」を寄稿している。もし、塚本の書くものを丹念に読みたどっている読者がいれば、おや、と指を折って数えたかもしれないが、そういう読者は当時も、その後も、ながらくいなかったようである。第二歌集出版後の、「短歌研究」一九五六年七月号「戦後新鋭百人集」では眼鏡に蝶ネクタイのポートレートを掲載、「裝飾樂句抄」六十首に付された略歴には、生年はなく、「現在何れの結社にも属せず」と明記される。中井英夫との間では同年同月生まれ（一九二二年九月生）ということで話を通していた（中井英夫『暗い海辺のイカルスたち』一九八五年）。

「飼猫ユダ」一連は、総合誌発表作の方に全力を注いでいたと思しく、拾遺というわけでもなかろうが印象深い表題作（「地の創」に編入）を除いて、やや調子が劣る作となる。翌二月「短歌研究」に出された「祝婚歌」一連、一首目に、結核を病む実作者の悲痛な思いがにじむようであるし、眠りや洋傘、楽器店といった作者が好むキーワードが出てくるなど、それほど悪い内容ではないにも拘わらず、歌集編纂には間に合わなかったたか、結果的にどの歌集にも収録されていない。「祝婚歌」一連は、前記の随筆「過去完了未来形」によれば、岡井隆の婚姻に寄せて書かれたものらしい（それをふまえて読み直してみるが、かなり暗い印象は否めない一連ではある）。同号は巻頭に相良宏の遺稿「無花果のはて」四十五首を掲載、塚本の作品は六人の並ぶ作品欄で、森岡貞香の次に掲載されている。そして、三月には第二歌集刊行、「短歌研究」三月号には「ガリヴァーへの献詞」が掲載され、いわゆる前衛短歌論争の渦中へ入っていくのである。「その頃、X線写真はやうやく、全治に近いことを告げてゐた」（過去完了未来形）。

2-3　塚本邦雄、大正11年生、無所属、貿易商社員

皇帝ペンギンの一首を含む「貝殻追放」二十八首（「短歌研究」一九五六年六月号）は、第三歌集巻頭の一連「嬉遊曲」五十首に一部配列を替えて全歌収録されているが、第三歌集への過渡期において、編集によって収録されなかった歌は他にもある。

夜の遊園地にシーソーが空《から》のまま上下し　ソヴィエットに父はゐる
地の凍雪うらがは黒く融けはじめわれともう一人のわれの不和

父と子のなににものうくつながれて春夜黄色き足あらひあふ
母と來て觀るハムレット　洋傘《かうもり》の生乾きひしと身にひきよせて
われの孤りの夜にかへりゆく溺死人の若き貌ある夕刊を買ひ
背《そびら》たたきわれの內部を聽き終へし醫師がピラトのごと手を洗ふ
家族みな齡《よはひ》たけつつ家成さず無花果煮られゐる夜の厨
メーデー前夜あつき湯流す青年の貝殼骨の銅色の谷
落花生齒にきしきしとこのロシア映畫も感動的に終らむ
無爲の日のニュース映畫にヒマラヤの崖視つむ膝頭しびらせ

「ピラトの手」十首――全首未収録　「薔薇」一九五六年八月

多產系母子一族が曇日のプールにひたりゐる干乾びて
＊駝鳥の檻に若き駝鳥らそだちつつ昏々《こんこん》と初夏の日本砂漠
鹽水に沈める苺、平和語るときたれの目も異邦人めき
放浪やめし父がこもりて音讀す暑きシエークスピア全集よ
弱點をすでに知られて蜜月の雨きりもなく吸ふ屋根瓦
白鳥が肉色の舌見せて鳴く　今死ねばわれも夭折のうち
壺に麴の花が泡だつばかり咲き日本人の黑人靈歌
われの人生の晩夏の町　斜《はす》に身を構へコルクの彈丸《たま》撃ちまくる
＊不思議なる平和がつづきゐて空に肌すり合す白き氣球ら
氣弱き父がまた買はされし南畫にてあまたの靜止せる小さき瀑布《たき》
晩夏　脱出するあてはたと莫しプールにはぎつしりと人ら詰まりて
唄はむと來し屋上にこゑ嗄るるばかり犇めく晩夏の屋根が

婚期逸しゐつつみどりの蝙蝠傘《かうもり》を骨まで濡らす冬の豪雨に
はじめての燕汚れて着きし日を知らざる〈ユダの誕生日〉とす
「日本砂漠」三十四首より、十四首未収録「假說」8輯一九五六年十一月
〔＊印は大幅に改稿後収録。漢字は正漢字に統一した〕

親子関係の葛藤を主軸に、無力感の漂う一連「ピラトの手」。表題は、検診の後の医師を、イエス・キリストの処刑に我関せずと手を漱いだというピラトになぞらえた一首から。医師は、ここでは善でも悪でもない。病の進行ないし治癒を冷徹に観察し、伝えるのみである。その冷静さ、その澄ました顔にしかし、作者はいいしれぬ蟠《わだかま》りを持つという秀作であるが、カットされたのは、作中の医師に、現実の主治医の反映が濃過ぎると反省されたためだろうか。

一首目は、問題作である。塚本の父は、邦雄が生後間もないころ逝去していることが今日では年譜の常識となっている。母も、戦中に逝去している。しかし、それらの事実が公表されたのは戦後数十年も経ってからのことだった。もっとも詳しい年譜が公表されたのは、はじめに述べたように、一九八二年刊『定本 塚本邦雄湊合歌集』別巻の政田岑生筆になるものである。一九五六年という発表当時の時代情勢を鑑みると、架空の家族の肖像ではあれ、「薔薇」一首目のような歌は不要な誤解を招きかねなかったであろう（寺山修司の新人賞特選「チェホフ祭」の応募時原稿タイトルは「父還せ」であったことも思い合わせよう。寺山の父は修司五歳の時に応召。戦後、セレベス島で戦病死したという報を家族は受け取る）。郷里の近江五個荘では、国外で捕虜となって数年間帰国できなかった人が実際にいたし、戦後十年以上経ったとはいえ、時代の傷跡はまだまだ生々しかった。

凍雪の融ける裏側を視る二首目、『装飾樂句《カデンツァ》』では「われに應ふるわれの内部の聲昧《くら》し乾貝が水吸ひてにほへる」のように、まだ応答の成立していたわれと、われの内部のあいだの軋みが、増幅している。

他にも、洋傘や医師やメーデーといった重要な語句がみえるものの、一連は全首歌集未収録。映画や音楽等の芸術表現にふれて東西陣営の東側にある種のシンパシーを持っていたのかもしれないが、この年に起こった、ハンガリー動乱（民衆の蜂起をソ連軍が弾圧）を受けて、翌年の「短歌」一月号に「洪牙利組曲」を発表、「赤き菊の荷夜明けの市にほどかるる今、死に瀕しゐむハンガリア」「運河、今朝油の蒼き膜にうつりハンガリア青年の炎《ほのほ》の眼《め》」などと歌うことで旗幟《きし》は鮮明となる。同一連は、歌集では「日本民謠集」一連に改変、編入された（振り仮名に異同あり。引用は初出誌より）。

「日本砂漠」一連は三十四首中、十四首が歌集未収録。＊印のある歌は、次のかたちで総合誌にも発表され、こちらが歌集に収められた（一首目は、「貝殻追放」――「短歌研究」一九五六年六月号初出なので、こちらが原形かもしれない。二首目は、「死せるバルバラ」――「短歌」一九五八年五月号初出）。

駝鳥の檻の中に荒野がしらじらと顯つ　その果てにわれは赴きたし

不思議なる平和がつづきゐて檻の石胎の鶴、多產の駝鳥

『日本人靈歌』

初出誌「假說」８輯（昭31・11）は、塚本同様、合同歌集『高踏集』にも参加した岐阜在住の日本歌人同人平光善久が発行していた同人誌（正漢字と略字が入り混じっている）。「駝鳥の檻」の一首、「日本砂漠」では檻の中にねむる若き者たちの行く末を案じつつ静的な視点となっているけれども、歌集では檻の向こうまでをも見据え、自分も見えない檻の中にいることを自覚する「短歌研究」発表の作を収める。「白鳥」の歌からは、この時点では「夭折」にまだ未練があったことが読み取れる。「日本人の黑人靈歌」とは、おそらく次の歌集標題が「日本人靈歌」に定まる前のことで、主題がここにある（細やかな日本語の詩に賭け、死ぬるほかない）ことを作者に認識させた重要な佳作である。一方で、プールに群れる人々や犇めく屋根など、確かにいまひとつの作もある。「脱出」という重要語句もみられるが、「日本脱出したし」と

歌った巻頭歌は「貝殻追放」に発表済み。引用以外の二十首（「犬殺し」「鹽壺の匙」「國家なき日本」「父の日」「母の日」などの作）は、歌集収録にあたって「電車」を「市電」に改めるなど細かい改作が行われた。

以上の、なかなか力のこもった二連の取捨選択から、発表媒体としては総合誌を最上位に置いていたことがわかる。また、第三歌集では第二歌集ほどには聖書に関わらず、むしろ意図的に距離を置こうとしているようだ。

一九五八（昭和三十三）年、「短歌」七月号にて、結成二年になる青年歌人会議の作品特集が組まれる。塚本の作品は「Annunciation」（目次では「受胎告知」）十首、ここでも無所属と明記される。青年歌人会議は、一九五六（昭和三十一）年二月、「アララギ」出身の「短歌」編集長斎藤正二の呼びかけで発足した「青の会」を母体とする新鋭歌人の集団で、当初の参会者は全国から四十四名。第一回の例会は「モダニズム短歌――塚本邦雄歌集『裝飾樂句』をめぐって」をテーマとし、関西では塚本が中心となって岡井隆の『斉唱』を取り上げている。多様なテーマで基本的に月一回の例会を開き地道な研究会が持続されたが、一九五九（昭和三十四）年三月に解散した。「年誌」「年譜」共に、青年歌人会議についての記述は見当たらない（第一回「関西青年歌人会・黒の会」に出席し、中心的・指導的存在となるのは、ここから四年後、四十代になってからのことになる）。一九五七（昭和三十二）年を通して、主に「短歌」誌上で行われた斎藤正二からの論難と、塚本の応酬についても一切記述がない。論争中、モダニストと一刀両断にされ作品の分析が足りないことを塚本は不満としていた（「石胎の馬――前衛短歌の批判への一考察」「短歌研究」一九五七年十一月号）。終盤で斎藤は「日本人靈歌」（「短歌研究」一九五七年八月号）の作品に触れるに至って、塚本の開眼と転回に賞賛を惜しまないと評言が軟化していた。

第三歌集として『日本人靈歌』が出版されるのは、第二歌集から二年七箇月後の一九五八年十月。巻頭一連は「貝殻追放」を中心に、「嬉遊曲」と改められる。この題は、同年「短歌」十一月号の自選百首表題と合わせた（また、青年歌人会議編集の『現代短歌事典』が十一月号別冊として刊行されている）。同特集は「新唱十人」と銘打ち、塚本に続き岡井隆、中城ふみ子、石川不二子、寺山修司、春日井建、松田さえこ、安永蕗子、相良宏、田谷鋭の「決定版歌集」を一挙掲載（掲載順）。冒頭に顔写真とマニフェストを掲げ、末尾に略歴が付されている。略歴に「大正11年生。無所属。貿易商社員。現住所・大阪府河内市鴻池」と明記される（実際は大正九年生）。マニフェスト全文は以下の通り（仮名遣いはそのまま）――。

作家の今日生きる社會への參加は、美郎ちレアリテの想像と發見以外の如何なる營爲によつてもなされ得ない。特に日本の最も古典的な定型詩にかかわる僕たちは、短歌というきびしいフォルムの内部に、喪われた日本人のたましいと言葉の秩序をととのえ、その美を極限まで究めるべくさだめられた、まさに「荊冠詩人」ではなかろうか。「葬り」から「靈歌」までの十年、僕が僕自身の歴史を生きた證しとして「嬉遊曲」百首を擇んだ。

翌月、大阪北浜での出版記念会では前川佐美雄をはじめとする錚々たる歌人たちに加え、「短歌」に移っていた中井英夫たちと対面する。療養のため封じられていた映画鑑賞も、解禁となった。

こうしてみてくると、歌集に収められず削られた歌群は、生身の「われ」に近い、私的閲歴が特に濃いという類のものではなかった。強いていえば、「祝婚歌」の未来をもたぬ我が、最も作者自身の内心を反映していたと読める。その我は、一向に落ち着かず、創作した我が創作したはずの我に口出ししてくる。「ピラトの手」にある「われともう一人のわれの不和」、その葛藤は、熄《や》まないのである。また、虚構の家族をつくり、創作して詠むうえでも、試行錯誤をしていたことが読み取れる。

復職後の二年余りは、第三歌集の中核をなす一連の総合誌発表が続く充実した期間であった。第三歌集を上梓したとき、塚本邦雄は虚構の履歴書を携えたまま、いずれの結社も退会して、孤りの歌人として立っていた。

2-4　塚本邦雄、大正9年生、戦中派

2章の終わりに、年齢の詠まれた歌について簡潔にまとめておく。まずは『装飾樂句《カデンツァ》』から。

　三十歳　アレクサンドリア種葡萄黒き一つぶ喰みてあと棄つ　「默示」
　イエスは三十四にて果てにき乾葡萄噛みつつ苦くおもふその年歯《とし》　「地の創」

　一首目、初出は「短歌研究」一九五四年十月号で、掲載時の実年齢は満三十四歳であった。例えば二十歳を迎えて何年も経ってから二十歳前後の歌をつくる（あるいは発表の時期がずれる）ことはあり得るので、それほどおかしなことではないが、「三十歳」との歌が誌面に出た場合、単純にいって読者には同年齢の作者像を結ばせるものである。『水葬物語』に、「當方は二十五」という歌があった。奥付は一九五一年八月七日、つまり三十一歳の誕生日。その頃は生年未詳で、限定版でもあったため、約五年後の第二歌集に「三十歳」の歌が出てきても違和感はない。

　二首目は、イエス・キリストの生涯が三十四年であったという前提で書かれている。一連冒頭には、水の上を歩んだイエスを恋い妬むと詠まれ、末尾では、キリストの年齢で自分は死ななかったと詠まれている。つまり、聖書に親しみ、イエスに親炙してきた作者自身は三十五歳を迎えた、ということになる。この年まで生きて、何を成し得たのか、という自省もあって、通常、酸味や甘味を感じるはずの乾葡萄を苦々しく噛みしめている。「地の創」初出は前記の通り、「短歌研究」一九五五年十月号。発表時点で、

一九二〇年、大正九年八月七日生まれという実年齢に即している。
さらに、時代は下るが、後年の歌集において「戰中派」の歌が散見されることに注目する。

戰中派たりしよしみにふるまはれつつありおそろしき泥鰌鍋　『黄金律』「敗荷症候群」

ちよろづのいくさのわれら戰中派微笑もてにくしみをあらはす　『魔王』「還城樂」

花石榴ふみにじりつつ慄然たり戰中派死ののちも戰中派　「國のつゆ」

國に殺されかけたる二十三歳の初夏《はつなつ》勿忘草《わすれなぐさ》のそらいろ　「惡友奏鳴曲」

最初の遺書書きしは二十歳《はたち》雨に散る紅梅敗戰五個年以前　『獻身』「必殺奏鳴曲」

自身を戦中派と詠んだのは、七十歳の春に刊行した『黄金律』の一首が初出と思われる。一首目は久生十蘭の小説にあってもおかしくないような場面で、これまでにもあった創作ドラマ風の一齣ととれる。「われら」と歌う二首目は、高橋連虫麻呂《たかはしのむらじむしまろ》の歌を踏まえていると思われる。（「千万《ちよろづ》の軍《いくさ》なりとも言挙げせず取りて来ぬべき士《をのこ》とぞ思ふ」『万葉集巻第六』）。西海道の節度使を送り出すに際し筑紫での任を果たして早期の帰郷を願う長歌への反歌で、歌意は、敵がたとえ千万の軍勢であってもあれこれ言わず討ち取って帰還するという勇ましい内容となっている。『魔王』の歌では、軍勢はわれらである、と軍の意味合いが反転。戦中派としての挨拶は憎しみをこめた微笑である、あるいは自然にほほえむことなど出来ず、よろずにつけ感じるのは憎しみだけ、ということか。本当の敵は自らの裡にいるという箴言ではないが、主体が複数形であることで多様な読み方ができ、言い方を換えればぼかしているようにもとれる。

　ところが三首目に至って、陰にこもる「われ」は「戦中派」であった、という読み方ができるようになる。ひとの出自自体を書き換えることはできない、自分は死んで後も戦中派であり、そうあり続けるしかないことを自覚して愕然とする。

四首目の「二十三歳」とは、一九四三年、ないし一九四五年の両様に読みうるが、七十四歳のときの第二十歌集『獻身』に至って、一九四〇年以前に二十歳を迎え遺書を書いたということで——実際に遺書を書いたかどうかは別問題として——実年齢に即した詠み様になっていることがわかる。戦時下が悪夢のようにフラッシュバックする、「短歌研究」誌短期集中連載を核とした第二十三歌集『汨羅變』創作の原点は、この辺りに求めてよさそうだ。『獻身』は、「年誌」の文責を負う政田岑生に献じられた集であった。政田岑生は、一九三五（昭和十）年広島県生まれの詩人で、一九九四（平成六）年六月肝癌のため急逝した。塚本と対面したのは一九七〇年、三十五歳の時のこと。翌年、塚本の評論集『夕暮の諧調』、第七歌集『星餐圖』を刊行。以後四半世紀、百を超える塚本の著書を編集、装幀し、出版社等との折衝も一身に引き受けていた。

3

かつて釋迢空が希求したように、作者から自立した作品を確立すること。鋭利な眼をもって歌を批評すること。そのためには、生身の作者像をできるだけ直截には出さず、歌から立ち上がってくる歌人像ですら、引き絞ってゆく必要がある。それは創作として、茨の道であった。では、ここで、従来語られることの少なかった筆名の作品を加えてみると、何が見えてくるだろうか。

総合誌での評論活動の出発点といってもいい「戦後派の言葉」（「日本短歌」一九五一年十月号）以降の執筆歴を見直してみると、あることが浮かびあがってくる。

一九五二（昭和二十七）年一月、「青樫」に「八日物語《おくためろん》」の第一回を発表。筆名は菱川紳士。一回はきっちり八首で、同シリーズは翌年十二月まで八回にわたって連載され、第八回目は本名で発表という趣向であった。本名で発表するまでの約二年間、同結社の歌会出詠作にも同じ筆名を使っていた。「短歌研究」、

「薔薇」発表作と重なるものもあり、六十四首中六首が第二歌集末尾（逆年順であるから、最も古い時期の作という一連）の「收斂歌章」に収録されている。『透明文法』にほとんどが収められているが、未収録のまま残された歌もある（表記は正漢字に統一した）。

忘られし軍歌また彈かされる時、柩のやうにきしむセロたち　「其二」
五月、そのにほへる夜はいつよりか人坐らせぬ電氣椅子錆び　「其の三」
花束の底に銃器を祕めて發つ船、つづくその澪きれぎれに　「其の四」

「八日物語」は一読して『水葬物語』のものがたり風傾向が濃いが、第六回は字数をすべてそろえたり、第七回では八首の頭韻鎖歌にするなど、構成に工夫があった。右未収録歌の一首目は、同時期の「薔薇」と重複。二、三首目は語彙の似た歌が後出するため、あとの方を採ったと思われる。初出誌から第二歌集へ採った歌があるため、八首構成をくずさないため『透明文法』収録の際に「短歌研究」既出の歌で補填している。大きな改稿はなく、細かい修正はあるが、異同については割愛する。「八日物語」と、同時期の短歌総合誌に重複して発表されている歌もあった。「八日物語」六十四首より『裝飾樂句《カデンツァ》』に収載された歌より二首を引く。

傷つきし牡蠣薄光るひそやかに武器積みて發《た》つ船の底にて
死によりて救はれし者眠るゆゑ墓原昏く月にほふかな

牡蠣の微光のクローズアップから、カメラが引いていくように密輸船の姿を描き出す一首目、未収録歌（其の四）の船と比べる時、其の四の方があざとく、全体を見直して取捨を決めたのだろう。二首目第四句、初出では「墓地には昏き」、推敲により空間的な広がりが増した。

花笠海月（「短歌人」同人）の筆になる「薔という青年」という、「短歌人」で第三十二回評論・エッセイ賞を受賞した論がある（二〇〇六年七月掲載）。寺山修司との往復書簡集『麒麟騎手』でも言及される太刀川薔という歌人の作品が、一九五五（昭和三十）年の「ADONIS」誌に三度、三連十八首が発表されている。『装飾樂句《カデンツァ》』、未刊歌集『驟雨修辭學』所載の歌と精緻に比較検討した結果、作者は塚本邦雄と断定できることが、花笠論の骨子である（二首はそのまま第二歌集に入っている）。拙著『塚本邦雄の青春』でもふれたが、今日、中井英夫や三島由紀夫が筆名で同誌に原稿を寄せていたこと、塚本は「菱川紳」名義で「獣帯」といった題名の小説を寄稿していたことが指摘されている。一号のみで後の続かなかった「極」（一九六〇年六月創刊）の、続刊プラン表には、「4号（61年冬）」に塚本が担当する、原稿「獣帯《ゾディアク》　小説90枚」という予定があった（ゆまに書房版『全集別巻』解題による）。昭和二十七〜三十七年にかけて六十三号まで刊行された「ADONIS」誌は、中井英夫のパートナーであり、自身の「分身」と呼ばれていた田中貞夫が十五号より編集を担当した。田中は作品社社主として、『われに五月を』『乳房喪失』『装飾樂句《カデンツァ》』等のほか少なからぬ文芸書も手掛けていた。「ADONIS」初出より『装飾樂句《カデンツァ》』に収載されたのは次の二首。

われに昏き五月始まる血を賣りて來し青年に笑みかけられて
穀物祭の町あたたかく若者の耳のうしろにのこれる石鹸《しやぼん》

昏い、というのはこの時期の重要な語句である。お金のために血を売るという生々しい行為をした青年を前に、それまで明るかったかもしれない五月の陽気が一気に暗転する、二句切れが効果的な一首である。シャボンの表記が洒落た二首目には、どちらかというと生を肯定する明るさが出ている。会員制の閉じた誌面という事情を感じさせず、歌集一連の中にあっても、なんら違和感はない作品となっている。

改めて年譜を確認すると、一九五四年七月には休職、一九五六年七月に復職。作者自身が、療養期間のまる二年間に、「どうやら採れるものが一千首は残され」たと記す（「過去完了未来形」）。「太刀川薔」の短歌は、療養期間と完全に重なりあう。以上のことから、筆名による短歌は、実名の作品の枠を大きく越えるものでも、変容させるほどのものでもなく、一部が本名義の作品として採用されるに至った習作と位置付けてよい。

これらに加うるに、一九五二（昭和二十七）年の「短歌研究」四月号、八月号にみられる扉カットの作者は「盾津葦生」。盾津は塚本が在住していた東大阪の旧称である。また、assioという筆記体のサインが、後年の塚本の筆記体と酷似しており、『水葬物語』出版の年末に居宅を購入し生涯を過ごした東大阪市（河内郡）に由来する筆名と思われる。また、これは中井英夫が書いていることであるが、匿名時評「歌壇鬼語」を塚本も交え「書きまくった」という。両者の細かなやり取りは不明ながら、第一歌集で知己と信頼を得、全国の読者が注目する誌面に書きまくるのは、地方に住む無名の新人として、痛快ではあったろう。

4

第二歌集のおとなしさ、第一歌集との落差の大きさ。そして第三歌集の社会に目を転じる作風変化には、これまでも多くの読者が驚き、落胆し、あるいは魅了されてきた。本論では、そういった変遷の随所に、微熱に喘ぎ、高熱を氷嚢で冷まし、侵された肺を気に掛け、生死と真摯に向き合う生身の作者が確かに詠まれていることを確認してきた。

本論を締めくくるにあたって、短歌総合誌発表作から序数歌集を編んでいくという、王道を歩む現代歌人の歩みの中で、そこから逸脱するもう一人の自分、またはもう一つの虚構が、どのぐらいの濃度でどのように歌集へ結実してゆくのか、という見通しを立てておく。

　婚姻の結果、子をなし、育てるのが常識的な家族像だとすると、その営みへの違和感と抵抗を、嫌悪や呪詛までも辞さずに貫いたのが第四歌集『水銀傳説』という歌集の特徴である。中心となる若きランボーと妻帯者ヴェルレーヌの一時期の関係は、未だＬＧＢＴＱなどとかろやかに性的少数者が語られることもなかった時代に、男同士の相聞を設定として書き通した点で異様な迫力がある。広く受容されたランボーの詩を、その生も含めて主題とするならば、そこまで書かなければ書いたことにはならないという主題制作を徹底的につきつめようとする意識の高さを汲み取らねばならない。「われともうひとりのわれの不和」を統《す》べようとする創作家の意識は、新たな不和の表現形態を見出したのである。

　そうした主題制作の意欲にもまして、微熱発熱を詠んでいた生身の作者に近い声の聞こえる歌のその後が気になる。


癒やさざる醫師を見放す七月の松柏琥珀色の花季《はなどき》　『驟雨修辭學』「點燈夫」

立春のくもる葎に十姉妹遺棄せり　生かしおかるるわれが　『水銀傳説』「失樂園丁」

殃《わざは》ひの源《もと》なる肺を診て去りし醫師　夏の日の黑き杉の香　「香料群島」

あざやかに死すべし　實る金雀枝《えにしだ》の扉《と》を胸で開《あ》け醫師來る五月　「弑逆旅館」

われより死うばへる醫師よ浴槽に脚を岬のごとく竝べつ　『綠色研究』「果實埋葬」

死への亡命遂げざりしかば篁《たかむら》に干すシーツかりそめの天幕

　一首目、癒してくれない医師を自分から見放す、という歌が未刊歌集に収められているところが、意味深長である。第四歌集で唐突に現れる「生かされている」という諦念にも近い感慨は、華やかに西洋文学を奪取する作品群の中において、明らかに異質である。年譜を参照するとすでに社会復帰を果たし、若死の可能性は遠ざかるばかり、文学的にいえば夭折者の系譜に列なる惧《おそ》れも希《のぞみ》も潰えたということになろうか。颯爽とした医師を仰望する四首目、「死すべし」は文学に「生くべし」の反語に近い修辞なのである。

死と医師の歌は、世界文学大全のような『緑色研究』において、ゆるやかに変転している。中でも、医師に「死を奪われた」という逆説は、その医師への感謝が底にこもっているようで、見逃せない。岬のように並べる自分の脚には、ランボーが放浪の果てに断たねばならなかった脚が重なって見える。世界各所で紛争は熄まず、刻々と夥しい人命がうしなわれ、また命の全からんこととよりよい生活をもとめて「亡命」が試みられる。作者にとって「死」は、「死への亡命」の謂いとなるほど、苛烈な生の時間を過ごしたことがうかがわれる。だが亡命は果たされなかった。あるいは、果たさずに済んだ。かりそめの天幕に拠りつつ、生を取り戻した「私」は、再び何を志そうというのか。この辺りから医師をめぐる切実な歌はしばらく詠まれなくなる。

螢籠に死せるほたるはともりつつにほふ　みだるることばのはじめ　『感幻樂』「瞠れカナンよ」

言葉、青葉のごとし　かたみに潸然と濡れて世界の夕暮に遇ふ　「星曆」

秋昏るる靜脈のあゐ　詩を視るは火を睹《み》るよりもおぼろなるかな

吾《あ》を超ゆる詩歌まのあたりに二月　豹たをやかにたちあがりたれ　「幻視繪雙六」

中近世の歌謡を大胆に摂取した『感幻樂』より、詩歌と言葉を直接うたう作を引いた。歌謡の詞章は階級を問わず幅広く口ずさまれ伝承されてきたはずで、その言葉や韻律を、正岡子規以降「我」の歌として歌い継がれてきた現代の短歌において復活させる試みは、今日読んでも新鮮である。

死んだほたるの発するにおいは、ほのかな、小さな異変が言葉の秩序をみだすきっかけになる予感につながる。それでも、言葉が青葉のように繁る季節を迎えるときもあろう。つかみがたい詩歌は静脈の青さとどこかひびきあうし、目の当たりにした豹のしなやかさには、思い煩う「吾」と我の言葉をはるかに凌ぐ美が見出される。詩に迫りつつ、とらまえがたい言葉。言葉そのものに執する歌が増えてゆく。

父の不在にかかはりてわが深き夜の紅梅の紅樹《べに》を離れたり
『星餐圖』「Ⅱ茘枝篇　墮天使領　蒼彌撒」

さはれ子の父　夕べ汀の蜻蛉《せいれい》と腸透《わた》くまでに生かしおかれき
「反世界への反歌　陽轉」

掌《て》ににじむ二月の椿　ためらはず告げむ他者の死こそわれの楯
「橙源境　弑歌」

土星の環視しホイヘンス吾《あ》は父にさきだつにがきよろこび知らず
「橙源境　誘惑」

『水葬物語』巻末の「優しき歌」はもちろんのこと、「吾もすみやかに癒ゆ　幻の汽罐車を停めて火明《ほあか》りに臨嘗《な》むる火夫」(『日本人靈歌』)から数えても、いくつかの歌集で巻末にかぎって「吾」の歌が置かれているのは偶然とはいいがたい。ここには感情の素直な表出が読み取れ、もっとも素のわたくしに近い「吾の歌」という意図があるのではないか。前衛短歌は私性を否定することで大きな成果をもたらし、必要な過程であったといえるけれども、こういった第一歌集以来の隠れた「吾」を拾ってくると、今、ここにいるというかけがえのない私性は確実に作品の中に詠みこまれていたことに気づかされる。ここから、後年、『されど遊星』以降、『歌人』でもっともヴォルテージの上がる、境涯詠といってもよい「私《わたくし》」、うたびと、塚本邦雄」の「歌」が歌われ出す意味を読み解いていけるはずである。

春夜、父なる存在の欠落に思いを致す歌、解釈はやさしくないが、もともと闇に紛れて見えにくい紅梅のくれないがかすれてゆくのは、存在そのものが溶暗するかのよう。実体から遠ざかってもくれないを保つのが、言葉なのか。二首目では父親であることの悲哀を滲ませる。さいごの歌のホイヘンスとは、自作の望遠鏡で土星の衛星と環を発見した十七世紀オランダの学者。六十代まで生きているので、父親が長生しているのでないと父に先立つ先例にはなりにくい。父に先立つ苦い喜びとは、遠い土星の環を探る行為のようだという意味でもとれるだろうか。年譜では、塚本の生後間もなく父親は亡くなっているから、事実と重ねれば絶対にあり得ないとわかって歌っていることになる。自らも一児の父であり（「さはれ子の父」）、子は自分の与り知らぬ喜びを得るかもしれないとの惧れも幾分かはあるだろう。占星術で土星の影響下に生を享けた意味合いをもつ『サテュルニアン詩集』を出発点としたヴェルレーヌにもつながってくる。生かしおかれているという意識を持ち、他者の死を楯とすると言い放てるようになった歌人は、恩寵としての時間をなお詩歌に懸けていく。

珈琲噴きこぼれて燃ゆるたまゆらを去りがたしこのまぼろしの生　『星餐圖』

塚本邦雄のポエティク　――リルケのことなど

山下　泉

大地よ、おまえの望むのはこれではないのか、目に見えぬものとなって
私たちの内部で蘇ること。――いつか目に見えぬものとなること、
これがおまえの夢ではないのか。――大地よ、目に見えぬものとなること。
（リルケ『ドゥイノの悲歌』「第九の悲歌」より[1]　高安国世訳）

I　初期詩学の概観

つひにバベルの塔、水中に淡黄の燈《ひ》をともし――若き大工は死せり　（未來史／雨季に）
しかもなほ雨、ひとらみな十字架をうつしづかなる釘音きけり　（鎮魂曲／帆の章）
磔刑の釘うつひびき夜もすがら　死火山の襞に湖《うみ》はひかりて　（水葬物語／アルカリ歌章）

一九五一年刊行の第一歌集『水葬物語』における誘導動機の一つをさぐるとすれば、私には右の三首がひとつながりの作品として思い起こされる。「つひに」「しかもなほ」「夜もすがら」という時間性のきわだつ措辞は、作者の戦前・戦中と戦後をつなぐ意識相を表出しているように思われる。「戦争」が「死」の体験を最も苛烈に深化させる契機であったことを、この三首は、通底する「水」と「釘音」の喩によっ

て、直覚的に持続的に表現している。詩人の石原吉郎は、塚本邦雄の作品について「『いきなり其処から』読みはじめなければならないという困惑」（「単独者とユーモア」初出「短歌研究」一九五八年七月号）を指摘しているが、『水葬物語』には、このような前史的時間性の表出があることも見逃せないと思う。またいっぽうでは次の作品のように、戦前からのモダニズム短歌の風合いを湛えながら、はるかに軽妙で明敏な詩性が展開されていることに気づかされる。

母よりもこひびとよりも簡明で廉くつくダイジェストを愛す　（未來史／市民）
ゆきたくて誰もゆけない夏の野のソーダ・ファウンテンにあるレダの靴　（寄港地／粋な祭）
昆蟲は日日にことばや文字を知り辞書から花の名をつづりだす　（寄港地／麪麭の歌）

一首目の「ダイジェスト」とは、アメリカで一九二二年に創刊された月刊雑誌「リーダーズダイジェスト」のことだろう。世界の一流誌や単行本から一般の興味に照らして厳選した読物や記事の、月刊ダイジェスト誌であり、日本語版は一九四六年に創刊されている。「圧縮された簡潔な形でいつまでも読むに耐えるおもしろいものにする」（平凡社世界大百科事典より）という創刊の辞の通り、手軽に安く世界の文化に触れ得る雑誌として、戦後の文学青年たちに愛好されたのではないだろうか。その魅力が塚本の作品では、「母」や「こひびと」への「愛」よりも「簡明で廉くつく」と表現されている。一人称短歌ではないのだから、それが作者自身の好みなのかどうかは不明である。この歌は、本歌集巻頭の章「未來史」の「市民」十首の中に配列され、意味深長な「市長」批判の作などと並んでいるので、戦後の「市民」の傾向を揶揄した歌とも見えるが、案外に作者自身の文学愛好の実情を明かしているとも感じられる。二首目の「ソーダ・ファウンテン」もアメリカ製のソーダ水製造及び供給器で二十世紀初頭には日本にも取り入れられたようだが、その語感と非現実性を楽しむような歌のタッチが新鮮だ。三首目はデジタルなものを連想させる歌の画像が魅力的である。このようにモダニズムの風合いと言っても、批評性や感覚の独自性が前面に出ているという意味では、戦前のモダニズムを進化させていると言えそうだ。

一九五六年刊行の第二歌集『裝飾樂句《カデンツァ》』の「跋」には、「この一巻が、たとへば壯美・冷嚴な交響樂『現代詩』の中にひびく、孤獨な然し輝かしい『裝飾樂句《カデンツァ》』として繫がり得てゐたら」という一節がある。このカデンツァとはつまり「現代詩」を華麗に変奏するという意味であり、「現代詩」を鋭く視野に容れた創作理念を表す歌集名でもあったことに改めて注意を促される。たとえば吉岡実の詩集『静物』（一九五五年八月）や、田村隆一の詩集『四千の日と夜』（五六年三月）とは、どのような拮抗関係にあるのかなど、検討してみたい点である。好きな作品を少し挙げてみよう。

高度千メートルの空より來て卵食ひをり鋼《はがね》色の飛行士　「聖金曜日」
スラム街に寺院まじりて人の〈死〉に今宵みづみづしき燈《ひ》をともす　「向日葵群島」
甘藍の芯いささかの露たもつ　火刑を知らず果てしキリスト
煤、雪にまじりて降れりわれら生きわれらに似たる子をのこすのみ　「默示」

唐突に出現する「飛行士」の不可解な明るさ。「死」の描出の独自性。皮膚感覚の生々しさを備えたイエス・キリスト。同音・類似音のこきざみな変奏が「生」の乾いた悲しみを引き出すという不思議な文体など、モチーフと表現の広がりをたどる楽しみさえ『裝飾樂句《カデンツァ》』には溢れているのだ。

一九五八年刊行の第三歌集『日本人靈歌』の掉尾には、作中に織り込まれた主に西欧の人文的歴史的モチーフについての「註」が付されている。その魅惑的な知のインデックスの記述を通して、作者の特異な発想源に思いを馳せることもできる。「跋」には方法としての「譬喩の徹底した活用」や「短歌に於けるイマジスムの可能性」が語られ、詩学的な強度に比例した、作品の輪郭線の濃度の高まりを実感させられるのである。

八つの章から、一首ずつ魅了された作品を挙げてみよう。

惡運つよき青年　春の休日をなに著ても飛行士にしか見えぬ　「嬉遊曲」
はげしき飢ゑ目にあふれつつ牡蠣採りの若者の胸までの長靴　「日本民謡集」
熱き湯に佇《た》ちておもへばランボーの死のきはに斷ち切られたる脚　「死者の死」
硝子建築芯まで夕映えて今も惻惻とマヤコフスキーの死　「日本人靈歌」
ハンガリアのそののち知らず　怫然と若き蠶豆《そらまめ》煮をりコックは　「ANNUNCIATION」
養老院へ父母を遣らむとたくらむに玩具のバスの中の空席　「出日本記」
棒高跳の青年天《そら》につき刺さる一瞬のみづみづしき罰を　「餌食」
春雷のひととき少女らが軒に耐へゐるうつし身のエンタシス　「死せるバルバラ」

「青年」「若者」「少女ら」の、垂直的躍動性を一瞬に凝固させた映像、マヤコフスキー、ランボーといった文学的命題を「死」のパースペクティブにおいて生々しく捉えた作品、「ハンガリアのそののち知らず」のように社会事象に独特の呼応を見せる作品、「父母」への屈折した視線を偽悪的な諧謔へと回収する作品など、モチーフは多様だが、それらの表現に共通するのは、明確なイメージや彫刻的な造形性などを特徴とするイマジスムの手法なのだと思われる。

ところで石原吉郎は、先に触れた文章「単独者とユーモア」の中で、塚本邦雄の作品がもたらす「困惑」＝「生の不可解さ」について、次のように述べている。

私たちの生の不可解さは、おそらく突如としてその場所に立たされたという決定的な状況から生れて来るのだと思います。世界は傷口のまま凝固しており、その前で私たちには拒絶して待つという姿勢しか残されていないとき、私たちの内側ではじめて永遠がその鮮明な輪郭をあらわしますが、それはそのまま塚本氏の作品の前で私が味わう終末的な感じに通じます。私たちのそのような劇的な姿勢の中にはいつも、最も深い意味でのユーモアがないでしょうか。私たちが真剣に誤解しているあのユーモアが。

密會のまへの午餐に口とぢし二ひきの鱒の死後硬直《リゴル・モルチス》　（餌食）

このいく分もったいぶった悲劇性の底に、私はおさえてもなおとまらないような、はるかな海鳴りのような笑いを感ずることができます。

過酷なシベリア抑留体験から生還した詩人・石原吉郎(2)の言う「私たちが真剣に誤解しているあのユーモア」とはどういうことなのか。「密會のまへ」という生の蠱惑性に接続された「鱒」の「死後硬直」の形に、石原が死の相対化の契機を見出したのだとすれば、そこに湧出するのは「最も深い意味でのユーモア」なのかもしれない。このような死と虚無とグロテスクの瞬間冷凍において見出される本源的ユーモアあるいはアイロニーの分布もまた、塚本短歌の特異性を浮き彫りにしていると言えるだろう。

このようになんらかの形で「死」をモチーフとする作品は塚本短歌の特質であるが、それよりもむしろ「死」そのものを歌の発生の原基とした、と言ったほうが近いのかもしれない。箴言では「太陽も死も直視できない」（ラ・ロシュフーコー）と言うが、塚本邦雄は能う限りの「見る」力、「見る」技法を駆使して、「死」の顕現する瞬間を歌において把捉し、そのような歌の採集体、構築体としての歌集をつくりつづけたとは言えないだろうか。
《もともと短歌といふ定型短詩に、幻を見る以外の何の使命があらう。…短歌は幻想の核を刹那に把握してこれを人人に暗示し、その全體像を再幻想させるための詩型である》(「短歌考幻學」一九六四年「短歌」初出)とは、塚本の短歌の存立根拠にふれた有名な言葉だが、塚本自身がのちに『綠色研究』(一九六五年刊)の「跋」において、この理念を自己引用し、補足考察を加えている。右の引用につづく部分を見てみよう。

……美の絶對性、個の究極の確認は、この幻想行爲によつてのみ可能なのだ。「美」と「個」とが若し存在するものであつたらといふ、慄然たる假定は、見るべからざるものを見、あり得べからざるものを現はす營爲と表裏一體をなすだらう。地上のすべての藝術家は、この假說の證明に短い一生を懸けて來た。

難解といえば難解な思考が綴られているのだが、それにもまして痛切な告発のトーンに聴き入らずにはいられない。「見るべからざるもの」、「あり得べからざるもの」とは何か。その端的にして究極の例を一つあげるとすれば、それは「死」ということになるのかもしれない。直接間接を問わず、「戦争」によって苛烈に深化させられた「死」の体験は、一つの発端であると同時にまた到達への道筋であるとさえ思われる。塚本の歌への動機はどこから辿っても「死」に到ると感じられるからである。塚本邦雄の幻想の創出は、直視することの不可能な「死」を見るための技法や装置としての機能を備えていたと、ひとまず言えるのではないだろうか。では見るべからざる、あり得べからざるものはどのように描かれたのかを、『水銀傳説』『綠色研究』『感幻樂』から、例をあげて見ていこう。

Ⅱ「見ること」をめぐって

(a) 視覚のメカニズム

寝臺の紺の夕映　ランボーが日日わがうちに死する火の刻
抱擁の彼の目紅く昃《かげ》りつつその時すでに見えしアフリカ
サンテ牢獄出でてはるけきアルプスに今日桃色の古き雪は見ゆ
皮膚と皮膚もてたましひの底愛せむに花咲きあぶらぎりたる樒《しきみ》
『水銀傳説』

第四歌集『水銀傳説』（一九六一年）には、右に挙げたように、視覚性・映像性において強度の惹引力をもつ歌が多い。〈ランボーとヴェルレーヌ〉を主題とする章「水銀傳説」は「Rimbaud に寄す」「Verlaine に寄す」から成り、憑依感に満ちた生々しい展開をみせている。その迫真性はグルーヴ感を伴いながらこの歌集全体を浸しているようだ。読み手が自分の目の裏に焼きついていると錯覚するような迫真性はいったいどこからくるのだろうか。読み手に自分のまなうらを意識させるような強烈な印象は、おそらくその視覚的造形性にあるのだろう。すなわち視覚の遠心性と求心性が、卓抜な叙述によって一首の歌へと造形されている。その視覚のメカニズムをのぞいてみよう。

① 燻製卵はるけき火事の香にみちて母がわれ生みたること恕《ゆる》す　『水銀傳説』「水晶體」
② 雉子焙《や》かれつつ昇天のはねひらく　神無き母に二まいのてのひら　「弑逆旅館《パリサイド・ホテル》」
③ 父となりても戀すランプの火屋《ほや》に口あつれば慟哭のひびきして　「水銀傳説」
④ 父、陵《みささぎ》のごとくに坐せり　七月のすさまじく水吸へる石灰　「弑逆旅館」
⑤ 夏至の海くらくらとして過去よりの金青《こんじやう》ぞ　溺死したる Shelley に　「水晶體」

①は有名な歌集冒頭の作品。「燻製卵」という至近の物質をとおして、差延的に取りもどされる「母」への後ろ向きの「愛」。②はおなじく「母」がモチーフだが、こちらは遠心的な「昇天」する「雉子」の「はね」と「母」の「二まいのてのひら」が対置されている。しかもこの「母」は遠心性とは無縁の「神無き」存在であり、視覚的至近性を強調するかのような平仮名表記の二「まいのてのひら」が異様に迫真的だ。③は、ガラスの細い筒に息を吹きこんでいる〈少年—青年—父〉の姿が、一首のなかに、遠心と求心の渦巻きのように封じこまれた、とても内圧の高い歌だ。④の「父」は、遠心性のきわみのような「陵」に喩えられている。これに対置されるのは、②の「母」の場合とは逆に、眼前（至近）に、異様な渇きを癒やすように吸水する「石灰」である。不在の「父」への渇望が、物質の激しい吸水の姿を歌うことによって、逆倒した慰藉を捉えているのだろうか。⑤は、イギリス・ロマン主義の詩人シェリーの夭折を歌っている。夏のイタリアでの、ヨット航海中の溺死は、「過去よりの金青」というはるかな時間的遠心性と、夏至のひかりの空間的至近性によって造形される。その「金青」の美しい視覚的憑依は、「水銀傳説」において〈ランボーとヴェルレーヌ〉に注がれた視線と等質のものであり、塚本の「見ること」のメカニズムが刻印されているように思う。この「見ること」は、塚本の言う「幻想行爲」とどのように関わっているのだろうか。

(b) 幻想と哀悼

第五歌集『綠色研究』（一九六五年）の、先述した「跋」の言葉をもう一度考えてみたい。《美の絶對性、個の究極の確認は、この幻想行爲によつてのみ可能なのだ。「美」と「個」とが若し存在するものであつたらといふ、慄然たる假定は、見るべからざるものを見、あり得べからざるものを現はす營爲と表裏一體をなすだらう。地上のすべての藝術家は、假說の證明に短い一生を懸けて來た》。要約すれば、美と個の実存は、見ることと存在することの禁忌を侵犯する幻想行為によって保証される、ということになるだろうか。「假說の證明に短い一生を懸け」、そのための「幻想行爲」に殉じた西欧の芸術家たちを、塚本がどのように表現したのかを、ひとまず見てみよう。

①雉食へばましてしのばゆ再《ま》た娶りあかあかと冬も半裸のピカソ
『緑色研究』「革命遠近法　黄昏遠近法」

②硝子屑硝子に還る火の中に一しづくストラヴィンスキーの血
「果實埋葬　緩徐調」

③樹を描きてつひに緣を拒みたり禿屋《かつらや》の孫モンドリアンよ
「夏至物語　祝」

④麪麭屋竈《かまど》に薔薇色の舌つみかさね　けぶりたつロートレアモン忌日
「反神論　反世界」

『緑色研究』には、西欧の芸術家たちをモチーフとする作品が、「革命遠近法」「果實埋葬」「緑色研究」「月蝕對位法」「反神論」などといった独創的詩学を思わせる標題のもとに数多く収められている。

たとえば①の「ピカソ」の歌における「再た娶り」とは、一九六一年のピカソ八〇歳のときの結婚を指しているようだ。塚本の描く「娶り」はつねに危機や絶望とセットになっているが、ピカソの「娶り」については、山上憶良の「瓜食めば子ども思ほゆ栗食めばまして偲はゆ」を下敷きにして奇妙な距離感が演出されている。塚本がピカソに見出した芸術的他者性へのある種の感慨が、異和と親和をないまぜにしつつ「あかあかと冬も半裸のピカソ」という磊落な響きにこめられていると感じる。

②の「ストラヴィンスキー」をめぐる歌には、高純度の詩的結晶がある。二十世紀の音楽芸術に新たな局面を開いたストラヴィンスキーの作風を、この歌は独特の方法で掬いあげている。従来の拍節構造によらない自由なリズム、斬新なオーケストレーション、コラージュ風の構成法といった音楽書法は、そのまま塚本短歌の特質にあてはめてみたくなる。「硝子屑」が火のなかで溶解して「硝子」工芸へと完成され

るように、ストラヴィンスキーは自らの「血」の「一しづく」をもって、無機的な「音」の集積を、鮮烈な音楽的総体に造形するという「幻想」には、きわめて実体的な手ざわりがある。「火」や「血」は、ストラヴィンスキーの二十世紀初頭の名作「火の鳥」や「春の祭典」を暗示し、暗喩機能の健やかな一面を感じさせる。

③の「モンドリアン」はオランダ生まれの抽象画家で、苦闘のすえ線と面による抽象画法を確立する。赤、黄、青の三原色のみに局限した画面造形が特徴だ。「樹を描きてつひに緑を拒みたり」は、そのモンドリアンが新しい抽象造形に賭けた執念を直覚的につかんで歌へと可視化していると思われる。

④の「ロートレアモン」は、アンドレ・ブルトンがシュルレアリストの先駆者として顕賞しているのだが、一八六八年に散文詩集『マルドロールの歌』の出版を準備し、七〇年に詩的断章『ポエジー』を出した後、パリ・コミューンの騒乱・混迷のうちに無名のまま二十四歳の生涯を終えている。この謎の天才詩人の『マルドロールの歌』は、神への反逆と呪詛、人類への愛と憎悪を激越に歌いあげ、幻想と情念を緻密に組み上げた卓抜な表現形態を実現している。このまさに塚本好みの詩人は、「麪麭屋竈に薔薇色の舌つみかさね」という、点火直前の竈の内部の、キラキラと愛らしく無垢の期待にみちた情景をもって描かれる。一瞬後には「けぶりたつ」運命の燦めきが、なんと残酷に哀悼されていることだろう。

(c) 見つつ渇く

①豹　檜　氷室《ひむろ》の氷　硝子工　すはだかを最高のよそほひとす　『感幻樂』「瞠れカナンよ」

②まをとめの鈴蟲飼ふはひる月のひるがほの上《へ》にあるよりあはれ　「花曜　貳の章」同

③空色のかたびらあれは人買ひの買ひそこねたるははのぬけがら　「會陽《ゑやう》」同

④巴丹杏の核われに吐く少年のねがはくはつひにリルケを識るな

⑤見つつ渇くかなた運河のレガッタの青年の身の花裂く車輪

一九六九年刊行の第六歌集『感幻樂』は、思索にも韻律にも複雑な意匠が凝らされ、考えさせられることの多い歌集だ。第二章にあたる「瞠れカナンよ」は旧約聖書の「見ること」の悲劇にふれているが、「跋」によれば「不條理の嫡子カナンをみつめ、その怒りを己が楯とした悲歌」の一連である。気になる歌はたくさんあるが、①の歌の直截な明快さには驚いた。動物、植物、物質、人間の裸形性を鋭利な選択眼をもって提示し、それぞれの肌理（表層）のもつ美質を一瞬で感知させる。「すはだかを最高のよそほひとす」は、カナンの怒りを代弁しているかのようだ。この歌は、名詞が主体で動詞は一つという塚本らしい圧縮文体だが、次の章「花曜」では、近世歌謡の質感を湛えた歌が登場して驚かされる。②③は同音、同語の繰り返しや「あはれ」といった感情語が使われているが、視覚的には涼しく揮発していく感じで、「ひる月」や「ぬけがら」の希薄や消滅そのものを感知させられる。このように①と②③の歌をならべてみると、いっぽうは実像、他方は虚像、という対極的な視覚対象でありながら、読み手はそれらを全身的に感受するという、一種の幻像化行為を促されるという点では同列にあることがわかる。ここには、「見ること」に関する根本的な問いかけが潜んでいるのではないかと感じられるのだ。

④⑤の二首は、「會陽」の一連十六首中の八、九番目という配置になっている。④に登場する「巴丹杏」（アーモンド、あめんどう）は、見過ごすことのできない文化的記号性をもつ植物である。春にいちはやく芽吹くことから、聖書では「目覚めの木」とされ、死後の生命や復活の表象である。「エレミヤ記」では、エホバに「汝何をみるや」と問われたエレミヤが「巴丹杏の枝をみる」と答え、それに対してエホバは「汝善く見たりそはわれ速《すみやか》に我言《わがことば》をなさんとすればなり」と述べている。原語の「巴丹杏」と「目覚める」の音韻類似による言葉遊びとする説もあるが、エレミヤが、神の迅速な力の顕現として、枯れた枝に幻の開花を見たのだという解釈もあるようだ。言葉遊びなのか幻視なのかは不明だが、いずれにしろ「見ること」の起源に関わる表象と言えそうだ。

この歌における「われ」は、ふてぶてしい態度でその「巴丹杏」の実の殻を自分に吐きかける「少年」に、「リルケ」を識ることがないようにと願を掛けている。この唐突な願いの表出には呆気にとられるが、確かにリルケは、塚本が『水銀傳説』にテーマとしてとりあげたランボー、ヴェルレーヌとは、さまざまの点で対極的であり、ある種別様の文学的な毒性存在であるとも言い得る。リルケは「見ること」に刻苦精励し、ついに全存在的な感受の領域に歩み入るのだが、作品創造のための特異な遍歴や彷徨にみちたこの詩人の生の道程[3]を識ることは、イノセントにしてノンシャランな少年には百害あって一利なしという意味なのだろうか。半端な模倣のもたらす危険を警戒するような屈折のあるこの歌は何を予示しているのだろうか。

この歌に並んで⑤の歌は、「見ること」への言及というこの歌集の副旋律を歌うかのように「見つつ渇く」という初句をもってはじまる。

見つつ渇くかなた運河のレガッタの青年の身の花裂く車輪

ところで、この歌を見ると私はどうしても次の作品に触れざるをえなくなる。

速度もちて地下に入り行く一瞬をオールの光る遠きレガッタ

高安国世の第八歌集『虚像の鳩』(一九六八年刊行)の掉尾の歌である。両作とも「レガッタ」をモチーフとしていることによる連想なのだが、当然ながらその見方、見え方は異質なものである。高安作品は、見る主体が列車で地下に進入する刹那に視えた、水に濡れたオールの光に画面が収斂する。写実といえば写実なのだが、速度をあげて潜行していく主体が、光学的なテクニックによって撮影した写真を思わせる。いわば視点の体感越しの映像は、写実とは異なる要素を孕んでいるのだ。いっぽう塚本作品は、主体が初発から、見ることの齎《もたら》す飢渇、あるいは見ることへのさらなる渇望を吐露し、細部は視えないはずの遠景において捉えられた競技する青年の姿は、「花裂く車輪」と、ほぼ幻視と言っていい、不穏にして華麗な画面へと造形されているのである。塚本邦雄の「見ること」と、高安国世の「見ること」が、両作においてはからずも交錯したと私には感じられる。短歌創作の意義を幻想行為に求めた塚本邦雄の「見ること」と、詩人リルケの研究者・翻訳者という側面を自らの短歌創作に底流させつつ、「アララギ」を出自とする歌人履歴を、技法的にも思想的にも慎重に更新しつづけた高安国世の「見ること」が、『感幻樂』のこの一点において出会い、交差したのではないかと考えてみたくなる。

因みに『感幻樂』は一九六九年、『虚像の鳩』は前年の六八年の刊行である。

塚本の現代歌人論集『詞華榮頌』（審美社　一九七三年刊）には、高安の中期の三歌集『街上』『虚像の鳩』『朝から朝』それぞれへの批評、「黄昏の目覚め」「いずれまぼろし」「受肉《インカーネーション》」が収められている。「いずれまぼろし」は、『虚像の鳩』の作品への注視と批判を通して、高安国世の文学性への鋭利な批評を展開している。

……「虚像の鳩」は、「街上」を超えて、作者の、まことの現代短歌への参加を示している。そのタイトル自体、作者の「視よう」とする喘ぎが、直接ひびいてくるようだ。…（中略）…現実への執着と、不可視の世界への誘惑にひき裂かれる、作者の精神のいたみが、「虚像の鳩」のうつくしさでもあろう。

などと述べ、十数首の作品を掲出している。たとえば次のような作品である。

羽ばたきの去りしおどろきの空間よただに虚像の鳩らちりばめ　　高安国世

朝光にさながら影となる樹樹ら燃ゆる樺色の半身あらん
葉桜の重たし逃れようもなく疑惑こめたる道が続けり

Ⅲ　リルケというモチーフ

さて、以上のように、詩人リルケと、その文学性を微妙に自作に反映していると言いうる高安国世と、塚本邦雄、この三者の見えがたい連関を私なりに考えてみたのだが、ここであらためて、④の歌のように「リルケ」を介して隠見する塚本の文学観・芸術観、その不可思議な屈折のようなものを辿ってみたいと思う。ひとまず「リルケ」をモチーフとした作品を全歌集の中からピックアップして見てみよう。

①リルケ忌の陽はとほりつつ汗の掌《て》につめたきシャープ・ペンシルの芯
　　『綠色研究』「綠青篇」
②巴丹杏の核われに吐く少年のねがはくはつひにリルケを識るな
　　『感幻樂』「會陽」
③ライナー・マリア・リルケ瘰癧瑠璃懸巣問ひつめられてわが歌滅ぶ
　　『星餐圖』「橙源境　弑歌」
④リルケ忌にみちびく老女肩裂けし麻衣《あさぎぬ》に黄の星むらがれり
　　『天變の書』「Ⅰ　朗朗」
⑤リルケなど好まざりける晩年の姉に翡翠《かはせみ》のなつごろも
　　『歌人』「星奔樂」
⑥迦陵頻伽《かりようびんが》に逅ひたるごとしたまかぎるリルケ讀むてふこの山男
　　『不變律』「西歐七月曆」
⑦リルケ知らずラヴェル聞かずのただの牡《をす》さればこそこの少女《をとめ》を贈る
　　『黄金律』「渇いて候　Ⅰ」
⑧たとへばロルカたとへばリルケ、李賀、メリメ晩秋の井戸水を呷って
　　『魔王』「惡友奏鳴曲　Ⅱ」
⑨リルケ讀まざるも知命のこころざし世界の腐敗ひたすらに待つ
　　『風雅默示録』「悲歌バビロニカ　Ⅰ」
⑩ライナー・マリア・リルケも留守のひまつぶしいつかけろりとわすれはつべし

⑪ 侘助《わびすけ》椿のくれなゐ淺しわが詩魂鬱勃としてきのふリルケ忌　『詩魂玲瓏』「月耀變　Ⅲ無月百首」

『約翰傳僞書』「綠青歌篇」

塚本邦雄の序数歌集二十四冊のうちの十一歌集の中に、リルケのモチーフをもつ歌が、ふっと単独で姿を見せる。どの歌集にも頻出する、父、母、青年、若者、少女、といった虚構的、普遍的、集合名詞的存在としての登場人物とはまったく異なるものだ。なにしろ世界にライナー・マリア・リルケという人物はたった一人しか存在しないのである。塚本にとって「定家」がそうであったと同様に、「リルケ」もまた、「たんなる固有名詞であることをやめて、ある普遍的な芸術家のイメージと化する」（磯田光一「塚本邦雄論」審美社『塚本邦雄論集』所収）のである。その意味では、〈「美」と「個」とが若し存在するものであつたといふ、慓然たる假定は、見るべからざるものを見、あり得べからざるものを現はす營為と表裏一體をなすだらう。地上のすべての藝術家は、この假説の證明に短い一生を懸けて來た〉として、『綠色研究』において歌われた多くの、世界の芸術家たちの一人であることに違いはない。文学者に限ってみても、たとえばカフカ、ニーチェ、カミュ、など塚本の彼らへの造詣や好悪の度合に応じて、多様な表現形態がとられていて興味深いのである。右に挙げた十一首は計らずも浮上したリルケをモチーフとする間テキスト性の手応えを感じさせるのだ。

②の歌に見たとおり、塚本のリルケに対する見方は屈折を孕み複雑な感触を含んでいる。少々揶揄の響きのある修辞を凝らした表現には微妙な味わいや不可解な魅力さえあるが、たとえば次のような、比較的ストレートに憧憬や愛着を表出し、美的要素を複合させた歌の外貌とはかなり異なっている。

花胡桃《はなくるみ》昏れて明るきそのかみやわが死甲斐のアルベール・カミュ　『閑雅空間』

淡竹《はちく》より肉やはらかし怖れもて聽くつかの間の夏のマーラー

では『緑色研究』中の作を見てみよう。

リルケ忌の陽はとほりつつ汗の掌《て》につめたきシャープ・ペンシルの芯

この歌は、表題作「緑色研究 a study in green」の中の「緑青篇」に配列されている。同篇の冒頭歌は、「五月來る硝子のかなた森閑と嬰兒みなころされたるみどり」であり、「出埃及記とや　群青の海さして乳母車うしろむきに走る」も現れる。秀歌として名高いこれらの作と同じ一連に配されたことにはどのような意味が見出されるだろうか。歌集『緑色研究』の「百首拔粹自賛文」から成る『緑珠玲瓏館』（一九八〇年刊行）によれば、右の二首はともに聖書時代の不条理をめぐる濃密な映像的思惟を作品の核としていることがわかる。「緑」についての広範な審美渉猟的な記述が、同書冒頭の「含羞の辭」にくりひろげられていて、「安全」「毒藥」「特殊な愛の暗號」の表示色であることも無論踏まえられているのだが、塚本邦雄が色彩にきわめて敏感で、「文字なる繪具」（『詞華美術館』）として、生動する色彩語を数多く作品にきざんだことを考えると、「五月來る硝子のかなた森閑と嬰兒みなころされたるみどり」に付された次のような文からは、「緑」がもたらす、素朴にして魔的な情感を感じずにはいられないのである。

雨後の新緑を玻璃戸越しに眺めるのは、何か不吉な感じでそのくせ愉しい。健かな時も何故か病み上がりのやうに切なく、どこかでイエスが哭いてゐるやうだ。

さて、①は「リルケ忌」というアプローチなので、すでに死の側にある詩人を偲ぶ、いわば忌日俳句的なスタイルと見てよさそうだ。リルケの死去は一九二六年十二月二十九日であり、葬儀は一月二日雪の谷の断崖に立つラロン（スイス）の教会で行われたというので、多少季節にズレはあるものの、「リルケ忌の陽」もまた、素朴で魔的な詩情を発する緑の陽光と解釈してもよい気がする。むしろ問題はそれ以降の部分で、熱いてのひらと冷えたシャープ・ペンシルの芯というコントラストは、何を物語るのか。書こうとする衝動をひんやりと躱《かわ》すように鉛筆の芯が掌にころがる、ととれば、抑制的なものに対する異議申し立ての響きもかすかに感じられる。「鉛筆」からの連想と言えば、「緑色研究（緑青篇、白緑篇）」の末尾に付された二百字のルーブリックを見ておこう。

ワイルドの著述に〈*Pen, pencil, and poison : A study in green*〉があり、ドイルに〈*A study in scarlet*〉と呼ぶ高名な推理小説があるが、毒への關心については勿論前者と近似するところがあらう。毒は藝術の父である。かつてぼくは朱から生ずる水銀に主題を求めたが、今日銅の生む緑青の、鮮やかに暗い毒の本質を通して、人間の内なる深淵を探らうとした。恐らくこれは、死によつても畢ることのない反神の狂氣のいとなみであらう。

ワイルドの著述〈*Pen, pencil, and poison : A study in green*〉とはすなわち、オスカー・ワイルドの『藝術論』の中の一つで、文士・画家・美術批評家であると同時に毒殺魔である実在の人物トマス・グリフィス・ウェインライトの生涯を批評的にたどった小評伝である。「緑色研究」という歌の詩学の根幹に、批評と毒による悲劇的自由を体現したワイルドへの崇敬が底流していることにも気づかされるのだ（本作は西村孝次訳で一九四一年に出版され、のちに同氏の完訳によるオスカー・ワイルド全集（青土社　一九八一年）に収められている）。

③ライナー・マリア・リルケ瘰癧瑠璃懸巣問ひつめられてわが歌滅ぶ

『星餐圖』の最終章「橙源境」の「弑歌」に配列。言葉あそびのように展開する上句は、音韻、リズム、イメージの三要素が絡み合う奇妙な感触に度肝を抜かれるが、さらに下句の放言のような響きには解釈に窮する。「弑歌」という章タイトルは同音異義の「詩歌」を踏まえ、いわゆる「詩の詩」（岡井隆『辺境よりの注釈　塚本邦雄ノート』）のモチーフを諧謔的に歌い放った作品のようだ。

④リルケ忌にみちびく老女肩裂けし麻衣《あさぎぬ》に黄の星むらがれり
⑤リルケなど好まざりける晩年の姉に翡翠《かはせみ》のなつごろも

ともに「老女」「姉」によって女性性が導入されているが、④はリルケとの親密さが、⑤は疎隔が表現されていると思われる。リルケには、詩人としての生活を文学的にまた経済的に支援した何人もの女性たちが存在した。たとえば大作『ドゥイノの悲歌』の献辞にリルケは、「マリー・フォン・トゥルン・ウント・タクシス＝ホーエンローエ侯爵夫人の所有から」と、感謝をこめて記している。④における「老女」の親密さには、このような貴族女性などを思い合わせればいいだろうか。逆に、⑤の「姉」には、近親者として作者のリルケ嫌いを代弁させているのかもしれない。

⑥迦陵頻伽《かりようびんが》に逅ひたるごとしたまかぎるリルケ讀むてふこの山男
⑦リルケ知らずラヴェル聞かずのただの牡《をす》さればこそこの少女《をとめ》を贈る
⑧たとへばロルカたとへばリルケ、李賀、メリメ晩秋の井戸水を呷って

この三首は、諧謔にみちた揶揄の調子という点では、②、③と共通するのだが、リルケのある種の毒性への対抗意識による手厳しさは和らぎ、むしろ好意的な対応が見出される。⑥は、作者の夏季の恒例とな

った「歐洲草枕」の一環と思われるが、日付と詞書を付した「西歐七月暦」の「七月三日　ユリヤ峠にて海抜千二百米」という詞書をもって登場する。作者には珍しかった実写性と旅の高揚感が綯い交ぜになったライトヴァースふうの歌が並ぶのだが、ユリヤ峠で遭遇した山男が、極楽浄土に棲む迦陵頻伽に譬えられたのは、彼がリルケの読者だからだ。「玉蜻《たまかぎる》」という、くすぐったい美称付きのリルケである。しかも枕詞「たまかぎる」は、玉（魂）が微光を発するという意から、「ほのかに（見る）」「ただひと目（見る）」にかかる言葉でもある。意味深長な含意には心惹かれるところがある。

⑦はまた、⑥を裏返しにした諧謔が面白い。リルケとラヴェルはともに一八七五年生まれで、世紀末に独自の芸術を創出した詩人であり音楽家であるが、彼らと無縁であるということに、作者は何か性差に関連した価値を見ているわけで、だとするとこの歌は、②の「巴丹杏の核われに吐く少年のねがはくはつひにリルケを識るな」のヴァリエーションのひとつということになる。

しかし、⑧における李賀やメリメは、作者が相当に愛好し尊重する芸術家であり、そういう彼らと同列に扱っているところからは、リルケへの視線の漸次的な変化も窺われるのである。

⑨リルケ讀まざるも知命のこころざし世界の腐敗ひたすらに待つ
⑩ライナー・マリア・リルケも留守のひまつぶしいつかけろりとわすれはつべし
⑪侘助《わびすけ》椿のくれなゐ淺しわが詩魂鬱勃としてきのふリルケ忌

⑨、⑩、⑪は、このリルケのモチーフも最終章にさしかかったという印象がある。しかしこの期に及んで「リルケ讀まざるも知命のこころざし」という、⑨の強烈な言挙げには、②や③以上に意表を衝かれる。「讀まざる」というのは、あるいは大いなる反語であり、すべて読んでしまったがゆえに知命に到って、世界の腐敗を待つかのような、暗澹たる境位に陥らないはずがあろうか、という意味である可能性は

なきにしもあらず。また⑩は、リルケの詩性は気がかりだったけれど、留守居のひまつぶし程度に読んだのだから、世界の腐敗を待つうちに呆気無く忘れてしまうよ、などと解釈するならば、⑨のヴァリエーションと考えられなくもない。

このように「世界の腐敗」という不穏極まりない不可視性を念頭に置くと、詩想はどれも奇妙な翳りを帯びてくるようだ。

たとえば、リルケとは異なって、塚本のかなりの愛好を感じさせるカフカについては、秀歌とされる「カフカ忌の無人郵便局灼けて頼信紙のうすみどりの格子」（『緑色研究』）があるのだが、⑩と同じ『詩魂玲瓏』では、「かなしからねども汨湧く紙屑の底にカフカの皺くちゃの貌」と詠われている。泣き笑いを誘うカフカ作品の文学性が、二〇世紀末の翳りの中に捉えられているとは言えないだろうか。

さて、⑨、⑩のような反語的なリルケ評価も、ついに⑪では、自らの詩魂の鬱勃たる状況の吐露のうちに位置づけられたかのようである。「侘助《わびすけ》椿のくれなゐ淺し」という、心眼にいくたびも再生する、目に見えるものの哀しみのニュアンスを描出しながら。

リルケの晩年の芸術理念は〈「目に見えるもの」の「目に見えないもの」への変身〉という言葉で表される。

一見解き難いこの理念は、「目にみえない世界の言語を、不在の言語を、目にみえるものによってつくらねばならないし、またそうした沈黙の言語を歌わねばならない」（塚越敏『創造の瞬間　リルケとプルースト』）とも説明されている。

この両義的な、不可能性の往還運動に身を賭して力尽きたリルケの真価を、塚本邦雄は知悉していたのではないかと想像するのは、ある意味で楽しい。

註

（1）一九一二年に、イタリアのアドリア海に臨むドゥイノ城で電撃的に起草されてから、第一次世界大戦をはさんで十年を要して完成された、連作詩十篇から成る『ドゥイノの悲歌』の「第九の悲歌」の一部。リルケの晩年の芸術理念は、これらの詩行から読み解くことができる。

（2）石原吉郎は、一九一五年静岡県生れ。東京外語大卒業。一九三九年に召集を受ける。一九四五年以後、シベリア各地の強制収容所を転々とする八年間の抑留をへて一九五三年に帰国。詩作を開始し、一九五四年に詩「夜の招待」が『文章倶楽部』の特選となる。詩集に『サンチョ・パンサの帰郷』、エッセイ集『望郷と海』など。一九七七年に死去。

塚本邦雄は、「ヴェロニカ」（『詞華美術館』一九七八年　文藝春秋）で、石原の詩集『サンチョ・パンサの帰郷』所収の「Gethsemane」について述べている。本詩の一部を引用し、塚本の言葉を紹介する。

にんげんの耳の高さに
その耳を据え
肩の高さにその肩を据えた
鐵と無花果がしたたる空間で
林立する空壺《からつぼ》の口もとまでが
彼をかぎっている夜の深さだ
名づけうる暗黒が彼に
兵士のように
すぐれた姿勢をあたえた
……（中略）…
ひとつの釘へは

笞を懸け
ひとつの釘へは
祈りを懸け
ひとつの釘へは
みずからを懸け
ひとつの釘へは
最後の時刻を懸け
椅子と食卓があるだけの夜を
世界が耐えるのにまかせた　（石原吉郎「Gethsemane」より）

人は一人一人自分の中にイエスを持つ。石原吉郎のイエスの苦《にが》みと潔さは、すなはちこの詩人の精神の深い悲しみと比類ない勁さの證であらう。いかに暗黒がそばだたうと、おほよその人はみづからのイエスに「兵士のように／すぐれた姿勢をあたえ」得ない。死ぬばかりの憂ひと怖れに、今一人のイエスも亦、前のめりに蹌踉と歩むだらう。私はまた一方でそのやうなイエスをいとほしむ。禍禍しい期待で蒼白く紅潮したゲッセマネの夜のみならず、事終つて釘にみづからを吊り下げたゴルゴタの曙の、惨澹たる人の子の姿さへ愛したいと思ふのだ。

（塚本邦雄「ヴェロニカ」より）

（3）ライナー・マリア・リルケは一八七五年プラハに、ドイツ人を両親として生まれる。二十歳でプラハの大学に学び、二十一歳でミュンヘンに移る。ニーチェとの関係でも知られる著名な女性作家ルー・アンドレアス＝サロメの導きによって文学履歴を開始。妻の彫刻家クララ・ヴェストホフの師であったロダンとの出会いにより、その評伝『ロダン』を書く。ヨーロッパ各地を転々とし、最後にスイスのミュゾットの館に定住して、一九二二年に代表作『ドゥイノの悲歌』を完成、さらに『オルフォイスに寄せるソネット』を書く。白血病を発症し、一九二六年に死去。

リルケの詩の特徴をわずかながら紹介しておきたい。すべて高安国世の訳による。

私の目の光を消してください、私はあなたを見るでしょう、
私の耳をふさいでください、私はあなたを聞くでしょう、
足がなくても私はあなたのところへ行くでしょう、
口がなくても私はあなたを呼び出します。
私の腕を折ってください、私はあなたを抱きとめます、
私の心臓で手のように。
私の心臓をとめてください、私の脳髄が脈打つでしょう、
私の脳を燃やしてしまっても
私は血の流れにあなたを浮かべて行くでしょう。

『時禱詩集』「巡礼の書」より（講談社文庫『リルケ詩集』）

……

きみはぼくの、大事な心の中のここかしこから、
今は引きむしられて、散らばる毛のようだ、
腋《わき》の下や、ぼくがまだ女たちの
弄びものだったあの場所から。

あのころ、そこにむすぼれ合っていたぼくの感覚を、
縺れた糸の玉をほごすように解いてくれたのはきみだった。
そのときぼくははじめて眼を上げ、きみを認めたのだった——
そのきみが今ぼくの視界から去って行く。

『新詩集』「ヨナタンを悼む歌」より（彌生書房『リルケ全集』第3巻）

（旧約聖書「サムエル後書」。サウル王とその子ヨナタンの戦死をきいて、
ダビデの嘆くところ。ヨナタンとダビデは無二の親友だった）。

ああ、たとえどのように叫ぼうとも、誰が天使らの序列から
耳傾けてくれようか。そして仮に一人の天使が
突然私を胸にいだくことがあろうとも、私はその存在の
強烈さに耐えず滅びてしまうにちがいない。なぜなら
美は恐ろしきものの始めにほかならぬ。私らは辛うじてそれに耐え、
そうして私らがそれを讃えるのも、むしろ私らを打砕くにも当たらぬと
それが冷酷に突き放しているからにすぎぬ。すべての天使は恐ろしい。
『ドゥイノの悲歌』「第一の悲歌」冒頭部

星と星との間の、なんという遙かさ！　だが
私たちが知ってゆく地上の物は、それよりなおいかばかり遙かなことか。
例えば誰か一人、例えば一人の子供……それからすぐ傍《かたえ》の人、もう一人の人――、
おお、信じがたいまでに離れて、
…（中略）…
すべてのものは遙かだ――、そしてどこにも円の閉じるところはない。
たのしげにととのえられた食卓の、皿の中の
ふしぎに孤独な魚の顔を眺めるがいい。
魚は物を言わぬ……と考えられたこともあった。そうだろうか？
だが結局、魚の言葉かも知れないものを

魚なしに語り合う場所が在《あ》るのではなかろうか。
『オルフォイスに寄せるソネット』第二部二十番より（岩波文庫『リルケ詩集』）

塚本邦雄の口語について　──『水葬物語』から『魔王』まで

楠　誓英

はじめに

塚本短歌における文体の研究は乏しい。研究のほとんどが塚本短歌の意味する象徴について論じており、文体、特に口語文体については手つかずと言っても良い。しかし、『詩歌變』（不識書院、一九八六年）以降、口語は顕著になっている。本稿では、塚本邦雄における口語文体の特徴と変化を、特に「た」の表現を中心に論じたい。なお、便宜上、『魔王』（書肆季節社、一九九三年）までとした。

一、『水葬物語』における口語

塚本邦雄は、文語旧字旧仮名を用い、幻想的な作風を確立した歌人と思われている。特に初期歌集においては、そのような認識が一般的であろう。しかし、第一歌集『水葬物語』（メトード社、一九五一年）には、口語の過去（もしくは完了）の助動詞である「た」の入った歌が六首存在する。

1　雪の夜の浴室で愛されてゐた黒いたまごがゆくへふめいに　「失踪告知」
2　密葬のかへり司祭に褒められた喪服も明日はぬぐことに決め　「扇の歌」
3　闘牛に死んだ男の愛撫などひそかによみがへるマンテーリャ　「エル・レリカリオ」

4　葡萄酒にぬれた小指が卓上に綴るさまざまの愛のちかひを
5　謝肉祭の果てた森から背のぬれし牝馬放てり朝焼けの野へ　「謝肉祭」
6　夕映の圓塔《ドーム》からあとつけて來た少女を見うしなふ環状路　「迷路圖」

いずれも強い物語性の中で、二句途中、三句末に助動詞「た」の連体形が使われている。また、ほとんどが過去というより、完了に近く、一首の中で軽さを与えている。3の「た」は過去であるが、「死にし」とするより「死んだ」とすることで重さは回避され、結句の「マンテーリャ」の音楽的な響きが活きている。

しかし、5はどうであろう。「果てた」と「背のぬれし」、そして「放てり」の関係が複雑である。「果てた」は「ぬれし」より過去であり、「放てり」より「ぬれし」の方が過去である。したがって、「果てた」→「ぬれし」→「放てり」という時制になっている。だが、一首の中で口語の過去（完了）の助動詞「た」と文語の過去の助動詞「き」、さらには文語の存続（完了）の助動詞「り」が混在することで、時間がスムーズに流れていない。三句目を「背のぬれたる」とすれば、良いのであろう。このように助辞がこなれていないところに塚本の若さを感じることが出来る。

このような塚本の「た」を含む歌は、近年翻刻された昭和二十二（一九四七）年の初期歌稿「神變詠草」（『塚本邦雄全歌集』第三巻、短歌研究社、二〇一九年）にも、「どくだみが騙されたやうに花咲かす野を行けば正氣なる人も無し」等、散見される。つまり、戦後、『水葬物語』が刊行された一九五一年あたりまで「た」は使用されていたのである。

塚本の「た」を含む口語文体の始源についてであるが、私は、前川佐美雄を中心として、昭和六（一九三一）年に創刊された「短歌作品」（のち「カメレオン」と改題）の歌人の文体の影響があるように思う。まずは、佐美雄以外をあげてみよう。

7 スウイイト・ピイの頰をした少女《をとめ》のそばに乗り春の電車は空はしらせる　石川信雄
8 わが肩によぢのぼつては踊《をど》りゐたミツキイ猿《さる》を沼に投げ込む
9 靴先にとらへた鳩のとりかげを空に放てば午後のま白さ　斎藤　史
10 切符とか着物とか人の髪とかに觸れて來た掌《て》よ今さし合す

石川信雄の歌は、『シネマ』（茜書房、一九三六年）、斎藤史の歌は、『魚歌』（ぐろりあそさえて、一九四〇年）からの引用である。石川は映像芸術の影響が大きく、「エピロオグ」にあるように、「意味の飛躍と映像の強引な結びつけ」を果敢に挑んだ歌集である。史に関しては、「た」を含む歌が、昭和七年から昭和十一年までしかない。昭和十一年の「春を斷《き》る白い彈道に飛び乗つて手など振つたがつひにかへらぬ」を最後に、文語短歌へと舵を切っている。おそらく、同年に起きた二・二六事件によって父瀏が断罪されたことが大きいのではないか。その後は、「暴力のかくうつくしき世に住みてひねもすうたふわが子守うた」に代表されるような含蓄に富んだ華麗な文語表現に世界を見出していった。彼らの歌は当然、前川佐美雄の影響が大きい。

11 山荘の彼女からとほくおくられた春の白頭翁《おきなぐさ》なり水かけるなり　「雲と少女」
12 百の陽《ひ》でかざられた世界の饗宴に黄な日傘さしてわれは出掛ける　「光に就いて」
13 逆さまにつるされた春の樹木らのいかに美くしくわれを死なする　「樹木の憎惡」
14 夜の街でいつか介抱をされてゐたあのゑひどれは我かも知れぬ　「人間」
15 砂濱にくさつた馬尻《ばけつ》を蹴とばしたそれからの記憶は夢のやうなる　「忘却せよ」

いずれも、『植物祭』（素人社書屋、一九三〇年）からの引用である。佐美雄は、「た」を多用しており、それは『大和』（甲鳥書林、一九四〇年）においても、「飢ゑきつた身を脊延びして切《せち》に希《ねが》へど眺めやる野は低くつづけり」とあり、史と異なり「た」を手放さなかった。

昭和初期の口語短歌については、先行研究も多いが、佐美雄に関しては、三枝昻之氏の『前川佐美雄』（五柳書院、一九九三年）に詳しい。氏によると、昭和初期の歌壇には、「文語定型守持の既成歌人」・「プロレタリア歌人」・「モダニズム歌人」の三派が鼎立していた。そのうち、後者の二派が「新興短歌」と呼ばれていた。その中でも、「定型派」と「自由律派」、「文語派」と「口語派」に分かれており、革新二派の歌人は多様な自己表現をしていた。

氏によると、佐美雄は坪野哲久らと準備委員として働いた「新興歌人連盟」の時代には自由律志向であったようだ。しかし、その後、連盟が解散すると「プロレタリア短歌」に接近する。「プロレタリア短歌」には、口語自由律派と口語定型派があったが、定型離脱、短詩への解消へと向かうことになる。佐美雄も、「プロレタリア短歌」の刺激を受け、昭和四年に「尖端」を創刊するも五カ月に満たず終刊。その後、「短歌前衛」にも参加するが、四カ月に満たず脱退する。佐美雄のプロレタリア志向はこうして終わりを遂げた。

　こうした軌跡の中で、佐美雄は革新派としてどんな位置にいたのだろうか。微妙な変化を孕みながら
　も、それを一言でいえば〈口語志向の文語定型派〉という奇妙な場所に佐美雄はいた。この位置どりは
　当時の少数派である。しかしながら、文語の凝縮力が定型表現には不可欠であることを考えると、この
　選択はもっとも好ましいものだったといえる。

三枝氏の文章から引用した。つまり、佐美雄は当時の口語自由律の動きに刺激を受けながらも、「口語

志向の文語定型派」という独自の位置を確立したのである。

11〜15までの作品を見ると、塚本が佐美雄の「口語志向の文語定型派」の影響を濃厚に受けていることが分かる。しかし、佐美雄の方がより散文的でインパクトが強い。佐美雄は、「植物祭後記」に、「年寄じみた古典派の悪趣味、さうした骨董的な作品には、おほよそ好意が持ちえられない」と述べている。私は、ここに和歌的な内容、調べの拒絶を見る。佐美雄は、散文の口語文体「た」を導入することで、調べを滞らせ、インパクトを生み出した。そして、14のように、卑近な日常さえも美的に表現することに成功した。

『植物祭』と『水葬物語』、どちらも物語性が強いが、『植物祭』では作中主体は一貫しており、多面的、多角的な「われ」を表現している。三枝氏は先の『前川佐美雄』の中で、「《自己の客体化》《自他の二重性》《自他の変換》」と述べている。11〜15までの作品を見ても、一貫した「われ」でありながら、様々な角度から自己を見つめている。一方、『水葬物語』では、歌毎に作中主体も場面もめまぐるしく変化する。それは、1〜6と11〜15とを比較しても明らかであろう。つまり、佐美雄の使用したのは、作者自身の身に添った「た」であるが、塚本は虚構（物語）の中の「た」なのである。塚本の助辞は、硬い虚構の皮膜に覆われていた。

穂村弘氏は、「苦闘の記録」（『塚本邦雄全歌集』第三巻、短歌研究社、二〇一九年）において、「神變詠草」をふまえ、塚本邦雄について、次のように述べている。


「特訓」（注：杉原一司による特訓）の成果たる『水葬物語』を見る限り、言葉のモノ化を前提とした彼らの「方法」の中心は、語割れ句跨がりの導入によるリズムの変革、及び短歌的一人称「われ」の消去、という二点だったことが読み取れる。

塚本が目指したのは、「われ」の消去による短歌の物語化であった。塚本の口語短歌は、文体こそ佐美雄に似ているが、根本的に異なっている。

塚本は「オレンヂ」として復刊した「日本歌人」に一九四七年に参加している。そこで、杉原一司と運命的な出会いを果たすことになる。しかし、楠見朋彦氏によると、「前川佐美雄にも、直接拝眉の機会を得たのは、それほど多くはなかったらしい。歌についても、じかに添削されるようなことはなかった」(『塚本邦雄の青春』ウェッジ、二〇〇九年)とある。塚本が佐美雄の口語について述べたものは少ないが、『方響』(短歌新聞社、一九七五年)の「解題」において、『白鳳』(ぐろりあそさえて、一九四一年)の連作「誕生日」について述べている。

16うまれた日は野も山もふかい霞にて母のすがたが見られなかつた
17ふかいふかい霞のなかにのびあがり何んにも見えない景色見てゐた
18どこもかしこも深い霞のなかなるをおぼろに母もかすみはじめた
19いつぴきの白犬つれて野をあるくたのしさは母の家も忘れた

佐美雄は、この連作において結句末に「た」を多用することで、より散文的で独白的な文体を確立している。塚本は、16の歌について、次のように述べている。

「母のすがたが見られなかつた」といふ散文体口語調は、寧ろ非定型にする方が容易であつたらう。しかし前川氏はもう一歩で自由律曖昧詩に顚落する寸前で踏み止り、この一首のかく歌はねば到底確立しなかつた異様なうつくしさを証した。

つまり、塚本は、佐美雄の散文自由律一歩手前のアンバランスな文体を評価しているのである。このような佐美雄の文体に塚本は惹かれたに違いない。また、次のようにも述べている。

私自身もまたその稀なる篝火〔著者注：佐美雄の短歌のこと〕を、荒れ果てた焼土の彼方の海に認めて、歌人たることを決意した一人であった。（中略）まことに『大和』『天平雲』は私の青春の一時期のバイブルであり、その眩惑、恍惚から醒め、おのれ一人の歌をつくるまでに夥しい月日を閲せねばならなかった。しかも未だこれらの典型を一度も超え得た自覚はない。別の道を選んで同等の高みに到り、異なる光耀を享けたいと冀ふのみである。

『水葬物語』は、前衛短歌の嚆矢と呼ばれている。しかし、これまで見て来たように、口語文体においては、濃密に前川佐美雄の影響を受けていた。つまり、モダニズム短歌を内包する形で前衛短歌は始まったのである。

塚本の口語文体は、第二歌集『装飾樂句《カデンツァ》』（作品社、一九五六年）以降、封印される。「た」の入った口語は、『波瀾』（花曜社、一九八九年）に到るまで、三十八年間封印されることになる。

20　暗渠の渦に花揉まれをり識らざればつねに冷えびえと鮮《あたら》しモスクワ　「地の創」

塚本が、『装飾樂句《カデンツァ》』で示したのは、初句七音をはじめとする新たな韻律の確立であった。「もともと短歌といふ定型短詩に、幻を見る以外の何の使命があらう」と『綠色研究』（白玉書房、一九六五年）の「跋」で述べたように、塚本は口語を排し、非日常の文語を用いることで、反写実、幻想の文体を構築した。そのことは、「短歌考幻學」にて、「韻律は啓示の呪文性の無上の官能的効果として、離れがたく存在する恩寵である」（「短歌」一九六四年四月号）と述べているように、韻律を重視する上でも「た」の排除は必須であったのであろう。これらのことは、モダニズム短歌からの脱却を意味し、塚本自身が述べた佐美雄とは異なる「別の道」を確立したと言える。

二、『詩歌變』・『不變律』における口語

幻想の文体を確立した塚本であったが、『歌人』（花曜社、一九八二年）以降、境涯詠（「四十にして朽ちざるこころ一瞬を滂沱たり風中の蜻蛉《せいれい》」等）が目立つようになる。これは、一九七〇年代に盛んに執筆していた小説を辞めたことも一つの要因であろう。散文の饒舌さが韻文に流れてきたのかもしれない。それとともに、塚本は口語に対する態度を変え始めた。『詩歌變』（不識書院、一九八六年）や『不變律』（花曜社、一九八八年）に到って、封じていた口語を再開する。『水葬物語』では三十一歳であった塚本も、六十六歳を過ぎていた。実に三十五年の歳月が流れていた。

21 紅葉溪行きの車掌のバッソ・プロフォンド他界へはどこで乗り換へるのか　『詩歌變』「人血羹」
22 天使魚の瑠璃のしかばねさるにても彼奴《きやつ》より先に死んでたまるか　「虹顔」
23 月蝕のあくる日も罌粟色の陽よたのしみで歌がつくれるものか　『不變律』「火の棘」
24 なめられてたまるか七星銀行の店頭にダンテ面《づら》の守衛　「西歐七月曆」

21・22は『詩歌變』、23・24は『不變律』からの引用である。両歌集とも終助詞「か」を含んだ歌がそれぞれ八首入っている。しかも、そのほとんどが結句末に使用されている。これらを見ても、現代口語の使われ方をしていることが分かる。そして、「か」とともに、現実の「生々しい心情」が吐露されている。

塚本はここに至り、結句を口語化し、独白を大胆に取り入れた。しかし、これは16~19で示した通り、すでに佐美雄が『白鳳』で試みた手法である。『植物祭』にも、「こころよく笑《ゑ》みてむかふるわれを見て組《くみ》し易《やす》しとひとはおもふか」や「猫ばかりめそめそとした生きものはまたとあるかと蹴りとばしたる」とあり、塚本の試みは決して新しくは無い。では、なぜここに至って、塚本は口語を試みたのであろうか。

25 崩御《ほうぎよ》とはかぎらざれども鮮紅の夕映ののちに何かがおこる　『詩歌變』「歌棄」
26 昭和盡きむとしつつ花冷え青《あを》葉《ば》寒《ざむ》朗々の歌あとを絶ちたる　『不變律』「千變」
27 こころすつること易くして七月のわれをすずろに誘ふ「歌棄《うたすつ》」　『詩歌變』「歌棄」
28 歌すつる一事に懸けて晩秋のある夜うすくれなゐのいかづち　「斷絃」

それは、昭和が終わることが大きな要因ではないであろうか。『詩歌變』は、昭和天皇崩御の三年前であり、『不變律』では、前年に当たる。昭和天皇は八十歳をゆうに超えていた。25・26のように、塚本は昭和の終わりを強く意識し、北海道の地名「歌棄」に仮託しながら、「歌」の終わり、近代の延長としての「文語」の終わりを意識したのではないであろうか。

塚本は、この時期、「決定的な傑作を一首書いて、それつきりいさぎよく短歌と別れようと思ふ」（『詩歌變』「斷絃」一首に続く短文）と述べているように、短歌との決別を考えていた。そのことは、『詩歌變』で詠まれた27・28のように、「歌棄」を願いながら、その歌を詠むというある種矛盾した姿勢を生み出した。むろん一つのポーズかもしれない。あるいは、表現としてのマンネリズムに陥っていたのかもしれない。

『歌人』以降、塚本の短歌は変わり始めた。それは、これまでの塚本短歌には見られなかった境涯詠というジャンルである。それとともに、口語短歌も多く見られるようになった。終助詞「か」の歌や、「歌棄」の一連を見る限り、「生々しい感情」をストレートに口語で表現し始めたのである。語彙の選択において、比喩や装飾性の強い表現であるが、雪間の草のようにどこか「生々しい感情」が透けて見えている。理由として、次に述べるように、八〇年代後半から見られる新しい口語短歌の影響を受けているように思う。

三、『波瀾』における口語　～「た」の復活～

『波瀾』（花曜社、一九八九年）には、八〇年代後半から見られる新しい口語短歌の影響が濃厚に見られる。時代は平成となっていた。二年前には、俵万智『サラダ記念日』（河出書房新社、一九八七年）が刊行されている。

29 エリュアールなど讀みすてて出て來たまへ鴫の浮巣を見せてあげよう　「花鳥百首」
30 薔薇をやぶからしと訓みくだす天才的若者をひつかいてやりたい　「花鳥百首」
31 半透明の言靈寒天のごとししばらくはあやつられてやらう　「ブニュエルの亂」

『詩歌變』や『不變律』よりさらに進んで、三句目、結句に大胆な口語のセリフを導入している。『サラダ記念日』と比較してみよう。

32 「嫁さんになれよ」だなんてカンチューハイ二本で言ってしまっていいの
33 寄せ返す波のしぐさの優しさにいつ言われてもいいさようなら
34 愛人でいいのとうたう歌手がいて言ってくれるじゃないのと思う

塚本は俵のように大胆な口語のセリフを導入しており、これだけ見ても俵の影響がうかがえる。しかし、塚本の場合は、「エリュアール」、「薔薇」、「言靈」と語彙がこれまでの塚本の世界から脱しておらず、口語のセリフとはどこか馴染んでいない。そのうえ、ペダンチックでアイロニカルな内容である。また、口語そのものも「出て來たまへ」などとあり、どこか中途半端な印象を受ける。俵は単語も含め自然で流れるような口語文体であるが、塚本は大上段に構えたようなぎこちなさがある。他に、一九八六年に第三十二回角川短歌賞の次席となった穂村弘の「シンジケート」(『シンジケート』沖積舎、一九九〇年)と比較してみよう。

35 子供よりシンジケートをつくろうよ「窓に向かって手をあげなさい」
36「とりかえしのつかないことがしたいね」と毛糸を玉に巻きつつ笑う

「シンジケート」には口語のセリフが入った歌が多い。そのセリフは一見軽いようでいて、偽悪的で暴力的である。塚本は、『シンジケート』の栞に35の歌について、「その輕快な歌ひ口が、却つてベビーフェイスのギャングの、冗談もどきの脅し文句に似て氣味が悪い」と述べている。穂村の口語短歌と比較すると、塚本の歌は穂村と同様に偽悪的な印象を受けるが、どうも印象が薄い。それは、セリフの位置が三句目と結句に限られているのもその要因であろう。その印象の薄さは、一九八六年に第二十九回短歌研究新人賞を受賞した加藤治郎の作品と比較しても同様である。加藤は、「マガジンをまるめて歩くいい日だぜときおりぽんと股《もも》で鳴らして」や「バック・シートに眠ってていい　市街路を海賊船のように走るさ」(『サニー・サイド・アップ』雁書館、一九八七年)に代表されるように、若者語とでも言っても良い大胆な口語を導入した。また、使われている名詞も当時としては斬新であったのだろう。それに比して、塚本の口語短歌は地味で不自然である。

塚本の文体は、荻原裕幸とよく似ている。

37 霧ふかき晩春の街巨いなる眠りを覚ます火を放たうよ　「Ⅱ　青年霊歌」
38 右の頰殴たば左右を殴ちかへせ放蕩のいやはてを飾らう
39 立ち並ぶ露台にシャツは輝きて五月誰かを殺してみたい　「Ⅳ　夕映感覚」

『青年霊歌』（書肆季節社、一九八八年）からの引用である。『波瀾』の一年前の刊行であるが、語彙の選択、結句の口語化など作風が酷似していることが分かる。「あとがき」に、「『朝貌通信』『夕映感覚』『青年霊歌・拾遺』は第三十回短歌研究新人賞の受賞を機に、受賞作『青年霊歌』に続いて『玲瓏』ならびに『短歌研究』両誌に発表したものである」とあることから、新人賞を受賞した一九八七年より少し前あたりから、一九八八年にかけて詠まれたものであろう。また、二十歳までの作品である「初期歌稿」には、このような作風は見られないことから、荻原は遅くとも八〇年代中頃にこのような文体を確立したのであろう。

一方、塚本の29～31の「花鳥百首」は、初出は一九八八年「歌壇」の七月号で、岡井隆と並んで掲載された。したがって、塚本は弟子である荻原の作品から影響を受けていたと見てよいのではないであろうか。しかしながら、『詩歌變』の「歌棄」の中には、「アナクレオンなど歌の泡あざらけき五月の聲はたとふれば　爆！」という歌があり、荻原の『あるまじろん』（沖積舎、一九九二年）の「日本空爆」の一連を思わせる。おそらく、塚本は、弟子荻原を通し、新しい口語短歌の表現を摂取しつつも、反対に荻原にも影響を与えていたのではないであろうか。

塚本は、『不變律』に「ライトヴァースは嘉《よみ》せざれども午後二時に靉靆《あいたい》として左眼の霞」とあるように、昭和の終わりから始まる新しい口語短歌の動きに批判的であった。一九九一年に入り、「ニューウェーブ」という語を荻原自身が発言し、「ライトヴァース」と差別化されることから、ここでの「ライトヴァース」は荻原も含む広義の新しい口語短歌と見てよい。塚本は、『青年霊歌』の「解題」において、

（前略）特に一九五〇年代後半以降の、革命的な技法と發想を、ことごとくおのが頭脳のコンピューターに組み込んで、必要に應じて様々な「獨創的」ヴァリエーションを「創出」してみせることを、私は羨望とほぼ同量の嫌悪の情で眺め續けて來た。

と告白している。塚本の複雑な胸の内が伝わる。塚本は、昭和とともに文語の終わりを意識し、表現のマンネリズムから新しい口語短歌を受け入れざるを得なかったのではないであろうか。
『波瀾』には、「た」を含む歌が五首存在する。「た」の実に三十八年ぶりの復活である。

40 露の葎《むぐら》はうすむらさきに今歌をやめたとしてもやめて何年　「花鳥百首」
41 愛してゐたかゐなかつたかはさておいて梅小路操車場のひぐらし　「醍醐變」
42 をととひ來いと鹽を撒いたる押賣りがふりむけばブニュエルに肖てゐた　「ブニュエルの亂」
43 人形店に等身大のヴァレンティノおいと聲をかけたが返事が無い　「不忍戀」
44 茄子紺の沓下しづくする軒に愛してゐたとは何ぞゐたとは　「胡亂なり」

1～6の『水葬物語』の「た」の歌と比較して頂きたい。例えば、2の「密葬のかへり司祭に褒められた喪服も明日はぬぐことに決め」であるが、先述したように、物語の中の「た」であった。しかし、『波瀾』では、40の「歌をやめた」や41「愛してゐたかゐなかつた」、44「愛してゐた」などと独白に近い文

体の中で「た」が使用されている。もちろん、「露の葎」、「梅野工小路操車場」、「ブニュエル」、「ヴァレンティノ」など語彙に塚本らしい耽美さは失っておらず、虚構性は高い。しかし、「た」に限定してみると、『水葬物語』よりも、「た」に「生々しい感情」が表出している。40は、『詩歌變』の「歌棄」と同じテーマであり、塚本の率直な思いが表出しているのではないだろうか。また、『水葬物語』の時よりも、より散文的であることが分かる。

塚本は、八〇年代に入り、境涯詠を詠みはじめた。そして、昭和の終わり、文語の終わりを意識すると同時に、表現のマンネリズムから弟子荻原を通して、次第に新しい口語短歌を取り入れ始めた。俵や穂村、加藤らの作品を見れば分かるが、彼らは「生の感情」を文体に表現しようとしていた。塚本も彼らに影響され、ぎこちないながらも口語短歌を詠みはじめ、ついに『装飾樂句《カデンツァ》』以来封印してきた「た」を使い始めた。なぜならば、「た」こそは感情をストレートに表現しうる助辞であるからだろう。

四、『黄金律』・『魔王』における口語　～戦争と口語～

『黄金律』（花曜社、一九九一年）と『魔王』（書肆季節社、一九九三年）では、反戦の歌が色濃い。

45 御影石切りいだされてうちつけに烈日を浴ぶ　明日敗戰忌　『黄金律』「碧軍派」
46 雨の敗戰忌あたかも木槿咲きおそろしきかなわがいのち在る　「敗荷症候群」
47 鮮紅のダリアのあたり君がゆかずとも戰爭ははじまつてゐる　「たまかぎる」

『黄金律』の「跋」には、次の文がある。

> 本年一月十七日に勃發したペルシア灣岸戰爭のみならず、危機は二六時中兆し、世界のあらゆる地點に硝煙の臭ひが漂はうとしてゐる。戰中派、戰後派は、その微かな豫兆にも、極限的な慘狀を思ひ描く。私の作品の各處に、半世紀以前の戰爭への憎惡と恐怖が、なほ色濃く漂つてゐるのも、反應の一例である。不可解にして愛すべからざる戰爭も、私のこれから後の主題として、絶えず、露頭するだらう。作歌半世紀、思へば私の作品の中樞はこれであつたかも知れない。

一九九〇年のクウェート侵攻を契機とした湾岸戦争はテレビ中継された。そのことは、塚本に第二次世界大戦を想起させ、創作欲を大いに刺激したことであろう。45〜47の『黄金律』の歌を見ても分かるように、塚本は戦争という現実に真摯に向き合っている。楠見氏は『塚本邦雄の青春』（ウェッジ、二〇〇九年）において、『詩魂玲瓏』（柊書房、一九九八年）をふまえた上で、「昭和の終焉を迎えて、塚本は一日十首制作を己に課し、戦争を主題にした歌が増した。戦争への怨恨と怒りに、創作のパワーの源があったことは間違いない」と述べている。

　また、『魔王』において、反戦の歌のみならず、父の歌も重要であろう。塚本は生後四箇月もたたぬうちに父と死別した。塚本は、「私には幻想の**父**しかゐない。嬰兒の段階で**父**に死なれた子には、瞼の**父**すらないのだ。私の歌集にあまたたび出没する『**父**』は、無限に増殖し、百面相を演じ、時にはスーパーマンとなる」（「音」一九九〇・一二）と述べている。父の歌は、すでに『詩歌變』から頻出しているが、『魔王』の父の歌は非常にストレートである。

48 **父**の日の空の錫色**父**にしろ望んで生まれて來たのではない　『魔王』「還城樂」

49 **父**よあなたは弱かつたから生きのびて昭和二十年春の侘助　「國のつゆ」

48は、一九三九年に発表された戦時歌謡「父よあなたは強かった」を下敷きにしている。この時、塚本の父は七十回忌を迎えていた。ここで詠まれている父は、決してスーパーマンではなく、等身大の父である。もちろん、想像の中の父であり、決して49のように生き延びたわけではない。だが、塚本自身の父を求める痛ましい願望がそこに横たわっているように思う。まさに、父恋の歌と言って良いだろう。注目すべきは、これらに「た」が使用されていることである。「た」は反戦の歌にも使用されている。

50 戦争が廊下の奥に立つてゐたころのわすれがたみなに殺す　「華のあたりの」
51 文部大臣オペラグラスで芒野に突撃のまぼろしを見てゐた　「人に非ざる」
52 幼兒に大噓を敎へをりそのむかし鉛筆にもＢ29があつた
53 非國民として吊されうることもあつた紺青の空睨みをり　「露の國」

50は、渡辺白泉（一九一三〜一九六九）の俳句「戦争が廊下の奥に立つてゐた」を下敷きにしている。このように、父の歌、反戦の歌に「た」が使用されていることは注目すべきであろう。1〜6の『水葬物語』で使用されていた「た」と比較すれば、その違いは歴然としている。あくまで、物語の中で使われた『水葬物語』の「た」とは明らかに異なる。「望んで生れて來た」や「あなたは弱かつた」、「戰爭が廊下の奥に立つてゐた」、「突撃のまぼろしを見てゐた」、「Ｂ29があつた」、「非國民として吊されうることもあつた」など強いメッセージ性を伴い「た」は使用されており、等身大の塚本の「生々しい心情」が表出しているように思う。当然、「文部大臣オペラグラス」や「大噓」など相変わらず物語の皮膜に覆われているが、「た」を通して、塚本自身がそこに見えているように思う。

おわりに

塚本の口語文体は、決して新しいものではなかった。モダニズム短歌や八〇年代後半の新しい口語短歌の文体を摂取したに過ぎなかった。塚本は、文語によってしか新たな文体を確立し得なかった。『水葬物語』はモダニズム短歌における口語文体の影響を受けていたが、あくまでも物語の中における「た」であった。硬い虚構の皮膜に覆われていたと言える。その後、塚本は口語を排除し、初句七音といった新たな韻律を用いた文体を確立した。ところが、昭和が終焉を迎え、文語の終わりを意識した。おそらく、表現のマンネリズムも意識したのであろう。弟子荻原を通して、八〇年代終わりの新しい口語短歌を吸収していった。それは、若手歌人と同様に感情をストレートに表現することにつながっていった。『波瀾』以降、復活する「た」は、『水葬物語』の「た」の歌と異なり、「生々しい感情」をストレートに表現するための一つの手法であったのだ。そして、この「た」こそが反戦や父が大きなテーマであった、『魔王』において大きな力を発揮したのではないであろうか。

塚本の前期歌集は、文語旧仮名を用いた幻想的な歌風であり、評価が高い。それに比して、境涯詠や反戦の歌が見られる後期歌集は、評価されてこなかった。しかし、これまで見てきたように、塚本は、後期において、表現のマンネリズム、時代の変化と戦いながら、新しい文体を構築しようとあがいていたのではないだろうか。私は、『波瀾』以降に見られる「た」の歌に、虚構の中でもがく無防備な生身の塚本自身を見るように思う。

幻視＝見神の使命とメソッド　――戦争と戦後への問いを中心に

池田裕美子

Ⅰ　喩と社会事象

初期三歌集　――戦後改革の名の下で

前衛短歌や反写実・反私性といった意匠の一方に、塚本邦雄にはあの戦争・敗戦を忘れない、その上にある戦後社会を凝視する、という怨念に似た使命感が通底していたように思う。殊に第一歌集『水葬物語』（一九五一年刊）が（主に海軍のイメージを背景にしつつ）敗戦を弔うイメージであり、第三歌集『日本人靈歌』（一九五八年刊）が戦後改革の名の下での日本・日本人の変質、精神の在り処を問う主題性をタイトルに託すように。例えば初期の代表作も、半世紀余を経て今あらためて読むと、その塚本の原点の思念や批評性が、驚くほどの今日性、黙示の具現として甦るリアリティに驚かされる。

革命歌作詞家に凭りかかられてすこしづつ液化してゆくピアノ　『水葬物語』
われの戦後の伴侶の一つ陰険に内部にしづくする洋傘《かうもり》も　『裝飾樂句』
日本脱出したし　皇帝ペンギンも皇帝ペンギン飼育係りも　『日本人靈歌』

『水葬物語』には「死」の語が二十二、墓や喪・葬の類が約十五詠まれている。戦争（いくさ含む）が十二、軍隊に関する語（兵・軍艦・火薬庫・火夫水夫等）も二十五余りと、敗戦と死者たちが陰画《ネガ》モチーフになっていることは紛れもない。が一方に例えば〈貴族らは夕日を　火夫はひるがほを　少女はひとで戀へり。海にて〉というように、革命夢想を交え大胆に喪失と悲傷が寓喩化されていて、その革新的な言語空間や技法の鑑賞に先ず読者を誘う。そうした喩化は始めのうちは占領下のカモフラージュ的要素もあったのかもしれない。しかし次第にその喩化の抽象性が、反世界の思想性として塚本の世界の表現相の基点となり、同時にその表現が、政治性やイデオロギーから自由な時間や空間を超越した批評の域＝黙示性を湛える要因にもなっている。多大な死と喪失の上にある敗戦を経ての日本社会の二大転換は、占領期の実質的支配とそれ以後も同盟という形で介在するアメリカの存在であり、その価値観や戦略の指南下に出発した戦後民主主義だろう。

〈革命歌〉の歌は歌集の冒頭に置かれることで、象徴的に戦争の厖大な犠牲と死者を反故にするような戦後民主主義の変節、それをもたらしたアメリカと日本の力関係を喩的に示唆したものと思われる。一九四八年の日本の反共の防壁化、五〇年の朝鮮戦争も背景に、アメリカの要請に応え逆コースと呼ばれた非軍事化民主化政策からの転換、日本の再軍備が始まる。戦争放棄も含む日本の戦後民主化改革＝〈革命歌〉が、その産みの親・アメリカ＝〈作詞家〉の要請で実質を溶解＝〈液化〉させていく……という大きな社会批評の文脈そのものを喩化した一首とも読めるのだ。〈ピアノ〉は輸入された西欧的文化や芸術・憧れや理想の象徴イメージ。がさらに〈革命〉と〈ピアノ〉を繋ぐもう一つの伏線、実はこの歌の初出（「メトード第二号」）の四九年はショパン没後百年で、日本でも記念演奏会が盛んに開催されたという背景もおそらく影響している。ショパンのピアノ曲「革命」が祖国ポーランドの革命の失敗に因むとの解釈はよく知られている。さらにショパンと男装の女流作家ジョルジュ・サンドとの愛のエピソードも、〈凭りかかられて…液化してゆくピアノ〉あたりに揺曳しているのかもしれない。こうしたさまざまなイメージの複雑な連繫や映像化がメッセージ性を微妙に示唆しつつ同時に韜晦する。

次の〈洋傘〉もアメリカの傘下の意であり、『裝飾樂句《カデンツァ》』（一九五六年刊）には〈原爆忌昏れて空地に干されゐし洋傘《かうもり》が風にころがりまはる〉もあるように、〈かつて広島・長崎に落とされた〉原爆に象徴される核戦力を持つ軍事力への憎悪や恨みを押し殺した依存＝〈戦後の伴侶の一つ〉と、その忸怩たるわだかまり＝〈陰険に内部しづくする〉がおそらく吐露されている。この歌集の時期一九五〇年代の前半にはサンフランシスコ講和条約と同時に日米安全保障条約がスタート、相互防衛援助協定も加わり同盟が本格化、自衛隊も発足して、戦後日本が掲げた不戦や平和主義に欺瞞や綻びが内在するようになった。さらに米・ソの水爆実験の応酬、それに対しアインシュタインらが核戦争の危険を警告している。国内でも五四年には第五福竜丸のビキニ米水爆実験での被災事故があり、原水爆禁止運動が高揚するという〈今日にまで繋がる〉局面があった。

三首目も日本の戦後改革を主導したアメリカと手を携えた天皇制への揶揄をまず読みとれるだろう。さらにそうして誕生した象徴天皇制と国民主権の戦後民主主義のある種の捻じれが、〈皇帝〉を冠する〈ペンギン〉の名や〈皇帝〉と〈飼育係り〉の関係の微妙に喩化され、そうした矛盾も孕む体制へ群れごと順応する戦後日本の欺瞞や滑稽が戯画化されている。また〈日本脱出したし〉には一九五六年の「もはや戦後ではない」という中野好夫の評論や「経済白書」の宣言、また、戦後の国威回復のシンボル的に人々を歓喜させた日本の南極探検隊の活動のニュース（皇帝ペンギンも生息）等もおそらく投影され、「戦争」の記憶から早くも脱出を図る政治と世情への違和感や嫌悪も託されている筈だ。この歌を含む『日本人靈歌』には戦後日本を直接的に主題化する歌が四十首近くある。おおよそは〈戦後うやむやに終りて〉…〈八月の巷　歴《れき》として今日日本の忌〉といった視点を湛える。

これらの歌は戦後の様々な改革や施行の未だ予見不透明な只中で詠まれている。またそれらを規定した日米関係の高度に政治的な絡み合いや内実が、当時の一般の人々にどこまで認知可能なものであったかも分明ではない。しかし塚本がうやむやな戦後や「占領」の実態に、独自な鋭敏な眼差しを持ち続けていたことを次の歌は語っているだろう。

昭和三十二年八月　螻蛄《けら》のごと奔れり午睡の町をジープが　『日本人靈歌』

〈昭和三十二年八月〉一日は、米国防総省が在日米地上戦闘部隊の撤退を発表した日だ。ＧＨＱの占領は昭和二十七（一九五二）年に廃止、しかし以後も「独立」や「もはや戦後ではない」意識の一方で、二十六万人もの米軍が日本に駐留していたのが実態だった。日付のリゴリズムと矮小な昆虫のあたふたとした退散に見立てた直喩が、冷笑めいた告発を刻む。この歌の初出は「短歌研究」昭和三十二年八月号、つまり公式の撤退発表以前におそらく詠まれている。突然の発表だったらしく、現代史や占領史の年表にもそれ以前の記述は見当らない。が、二カ月前の岸信介首相の訪米・日米首脳会談を取材する当時の新聞記事の中に、小さく在日米軍の縮減を示唆する一文がある。塚本がこの国の主権の尊厳や政治の振舞いに自らの問題意識を研ぎ澄ましてその過程から注視、独自の批評眼でリアルタイムの発信を意図していたことを知ることができる。この歌を一首目に置いた「日本人靈歌」の連作について、後年（「短歌研究」昭53・10」）、塚本は「日本への憎悪と愛想盡かし、免れがたく日本人であることへの呪詛を、これほど執拗に歌つた記憶もない」（「極・連作列傳――『前衛短歌』と主題制作」『稀なる夢』所収）と語っている。

特にここ数年来の政治や社会相――戦後七十年の戦争・戦後観、日米同盟強化を背景にした安保法制、憲法改正論等は、こうした塚本の透徹した明視が、今日なお日本社会の最も本質的で先鋭な陥穽を衝くものであることを再確認させてくれた。

『綠色研究』にみられる喩の増幅効果

こうした主題と方法・批評と喩法を深化させつつ、敗戦も戦後もうやむやに葬って経済成長に邁進する日本社会の隠れた危機を、次なる黙示録的に描き出したのが『綠色研究』（一九六五年刊）の世界だ。

一九六〇年から一九六五年春までの作品、時代背景は安保闘争の空前の高揚を戦後体制を問う政治の季節の最後の攻防として、日本社会が経済成長へ駆けあがる画期の五年間だったと言っていい。その達成を象徴する東海道新幹線開業と東京オリンピックが六四年を彩る。「綠色」はそうした繁栄を喩化しつつ、むろん単なる謳歌ではなく、そこに兆す暗部・害毒の「研究」＝予言の書だ。「日常の風物の彼方に、おこり得べき變事を豫見したいとこひねがふ、これは綠色默示錄の一章である」との章題（幼帝）の一文もみえる。その不穏な黙示のようにそくそくと迫ってくる変事のイメージを象徴的衝撃的に提示してみせるのが次の〈五月〉の一首だろう。

五月來る硝子のかなた森閑と嬰兒みなころされたるみどり
出埃及記とや　群青の海さして乳母車うしろむきに走る
八月に何の祝日　孵卵器のふたあけて死にし卵棄つるも

『綠色研究』

ややシュールな五月の森のみどり深い季節のサスペンス感、巨大な硝子越しに柩に並べられた死児たちの何か生贄めいた儀式の気配、〈森閑〉と〈嬰兒〉の鋭く荘重な語感とそれを増幅させつつ不安定に断ち切られる〈みどり〉の余韻。下二句の句跨りを含む粘着と切迫の韻律も皆殺しのイメージの戦慄感をたかめる。さらにこの不穏や戦慄に何の予兆や啓示を視るか、同時代なら先ず五九年頃の小児マヒの集団発生やサリドマイド薬害の子供たちの受難を連想した筈だ。その頃から東京のスモッグも問題になり始めたように、経済成長と共に様々に表面化する公害等の問題の、その衝撃予告のような出来事だったのだ。

また次のニュースの生々しい歴史の照り返しも人々に強い衝撃を残したに違いない。六〇年五月に元ナチスのアイヒマンが逃亡先で拘束、以後死刑執行までの約二年間その裁判が国際的センセーションを呼び、ナチズムをめぐる考察が再燃、六一年には映画『夜と霧』が日本でも上映されている。ユダヤ人や障害者へのナチスによる絶滅政策は、歴史上も類を見ない大量虐殺そのもの、嬰児皆殺しには断種の容赦ないニュアンスも伝わる。この一連の出来事は塚本に改めて、繁栄にうかれてうやむやにされていく日本の戦争と戦後意識の退廃への憤り、その果てに待つこの社会の再び取り返しのつかない未来への危機感を起こさせたに違いない。

『綠色研究』には実は経済成長の陰に進められる戦前回帰の水脈への危惧が、様々な社会事象を捉えて詠まれてもいる。ナチズムに比される日本の戦時軍国ファシズムの支柱は国家神道としての皇国史観、天皇制への帰依だった。

〈出埃及記〉の歌は一見キリスト教に関する歌を思わせる（嬰児皆殺しにも出埃及記中のエピソードの援用も指摘できる）。が、謂わばそれはより普遍の原イメージの援用であり、塚本のここでの主意は日本人にとっての「神と民の契約＝黙契としての天皇制」というモチーフを、キリスト教の約束の地への出立譚〈出埃及記〉に重ねて問う、という喩であったと思われる。天皇制は五九年の皇太子の結婚――ミッチーブーム――浩宮誕生の一連のフィーバーで、戦後の新たな皇室像＝大衆天皇制が国民の間に構築され浸透したと言われる。その新生天皇制に、〈出埃及記とや〉の〈とや〉は反語というほど強くではなく、〈とでもいうのか〉位のニュアンスで、ある種の疑義を問いかける。天皇制批判の歌ではなく、（塚本がキリスト教の聖性と毒性をいうように、天皇制にもおそらく両面をみていたと思われる）毒性に煽られる大衆の無意識への問いかけだ。

〈乳母車〉の欧風化した子育てや新・聖家族イメージへの大衆の共感が、新たな天皇制への盲信や、そのもとでのかつてのような海彼への軍国主義的拡張＝〈うしろむきに走る〉へ駆り立てられることがないかとの注視が込められているようだ。（この〈乳母車〉以下の映像性にも映画『戦艦ポチョムキン』の有名な「オデッサの階段」のシーンからの引用も指摘される）。人々の熱狂の背面では実際、様々な天皇制を巻き込んだ戦前の体制の復活や顕彰、安保闘争の空前の高揚の中での右派・右翼による危機感からの反動のテロやクーデターも起きている。特に国民をそうした復古の文脈へ揺り戻しかねない象徴的なセレモニーが、六三年八月十五日に第一回全国戦没者追悼式として行われた。しかし前掲の〈八月に何の祝日〉の歌の初出も「短歌」昭和三十六（一九六一）年十月号、したがって追悼式そのものを詠んだものではない。が六〇年の日米安保条約改定を見据え、岸内閣誕生以来、より対等で強固な同盟を目指し国内の防衛力増強整備が推進された。そうした文脈上に戦没者追悼というテーマも浮上、五九年には東京千鳥ヶ淵の戦没者墓苑が完成している。同時に八月十五日の記念日化や式典がおそらく構想され、それらを読み取った塚本の歌だったろう。すでに敗戦から十五年経っての突然の整備・儀式化であり、しかも追悼を言うなら第一に実施されるべき外地に斃れた遺骨の収集も殆ど置き去りにされたままなのにである。〈何の祝日〉に込められたイロニー、セレモニーに祀り上げられることで戦争の個の生な記憶は脱色される。それはまたある種〈孵卵器〉＝また戦争を準備する装置ともなり得るのであり、同時に〈死にし卵棄つる〉は新しい卵を育てる準備に他ならない事も示唆されている。

ここで見てきたように『綠色研究』でも、大きな社会相的な寓意や黙示としての全体喩と、さらにその中に入れ子構造のようにもう少しリアルタイムの事象や出来事からの反映やイメージを部分喩的に組み込む、次元の複層的な喩の増幅効果が多用されている。この構造は先に見た初期歌集にも指摘でき、塚本の歌を単なる時事や機会詠と峻別する歴史性普遍性を備えた社会的視座としている。とりわけ初期の歌では全体喩としての大きな時代の骨格（敗戦―占領―対米従属）が、構造喩・文脈喩として一首を支える主題化していた。一方『綠色研究』では（独立後の）謂わば主体として放たれたこの国の、人々の欲望の行方に主眼が移る。社会の個々の具体的な現象により比重が置かれ、部分喩的要素を駆使して貪欲に時代の様々な状況や接触面を描き出そうとしている。

すでに見てきたいくつかのテーマの他に、経済発展を支えた電力・電気という魔物への注視も、この歌集のもう一方の黙示と言えよう。原子力時代、また奥只見や黒部川第四といった大規模発電所の完成で、家庭の電化、マイカーの普及、レジャーブーム等、大量生産大量消費社会に突入する。そこにある溢れる幸福と表裏一体の残酷、人間性の破壊であると共にあるいは解放や蘇生であるかもしれない時代相の光と影も絢爛な喩を伴い幻視されている。

Ⅱ　幻視＝見神のメソッド

社会の真相を透視する前衛詩法

「もともと短歌といふ定型短詩に、幻を見る以外の何の使命があらう」の従来よく知られた名言のある塚本邦雄は、虚構性と共にそのイメージや読みにシュールで絢爛な表現技巧の面が強調されて来た。対して、どこか現実社会や人生、私性に関わるモチーフ的な読みを冒瀆とするかのような空気があり、そこに前衛性の根拠をみる見方が主流だった。

しかし、前文のやや詠嘆調のフレーズは実は次のように続く。

現実社会が瞬間に変質し、新たな世界が生れでる予兆を、直感によつて言葉に書きしるす、その、それ自体幻想的な行為をあへてする自覚なしに、歌人の営為は存在しない。

短歌は、幻想の核を刹那に把握してこれを人々に暗示し、その全体像を再幻想させるための詩形である。

（「短歌考幻学」『夕暮の諧調』所収）

前段が主にモチーフに、後段はレトリック的秘密に関する要素が強い。が、どちらからも塚本の「幻を視る」＝幻視・幻想が、いわゆる空想や夢想と類義のファンタジー系とは異なるシリアスなものであり、社会の異変や世界の未来を直覚し、その核心を短歌に暗示するという社会的認識や思想を内包する。さらにそうした幻視を短歌の、歌人の正統であり「使命」と位置付けているように、つまり「幻視」は謂わば塚本の短歌哲学であり、短歌表現に賭けた窮極の主題、同時にメソッドであったと言っていいだろう。「自然主義リアリズムのアンチテーゼとしてではさらさらなく」とことわって、「幻想は人間の、詩人の使命であり、本能であり、特権であり、誇りである」と、また「歌ふこととはまづ視ることであり、ヴィジョンとは、視覚であると同時に見神の謂であつた」と、「短歌考幻学」は閉じられている。

同論考には、幻想という言葉の反社会や禁忌の要素、「幻を視るためと公言することは、タブーであり、異端であり、例外的であり、反体制的であった」という前提、それらからの闘いといった根底も語られている。さらに後に纏められた評論集『定型幻視論』には、その幻視を社会の真相を透視する前衛詩法として追究する熱い「志」が散見する。例えば「詩は志であるということの再認識であり、太初にあった言葉はロゴスだという、これだけは決して変ることのない理念の高揚」、「内部のリアリティをきわめるための唯一の手法であるイマジスム」、「アヴァンギャルドを血肉化した真のリアリズム、個と社会、現実と歴史の関連を正しく見据えたアヴァンギャルド」や「前衛的精神とはまぎれもなく精神の問題であってフォルムの問題ではない」等々。

これらには芸術の反世俗反権力に立ちつつ、魂のリアリズムとしてのイマジスムの更新、真の社会性・歴史性を備えた血肉化した前衛リアリズム、それらの精神を体現する真正の文学前衛への希求が示されている。これらの書かれた一九六〇年代から七〇年代前半には、『幻視のなかの政治』（埴谷雄高著）や『共同幻想論』（吉本隆明著）といった著書が持て囃されたように、幻想幻視と前衛性、その政治や社会を語る文脈は密接だった。例えば『日本現代文学大事典・作品篇』（明治書院）は幻想の用例に「幻想であるところのことばを以って、この幻想の国家と向きあっているのである」（『幻想の国家とことば』昭47　岡庭昇著）を挙げている。こうした時代の言語コードと塚本もおそらく無縁ではなかったろう。

しかし同時にこれらの主に全共闘世代が熱く支持した新思潮にも、おそらく塚本の戦後社会への違和は、疑義を抱いていた筈だ。そうした時代の要求や背景も取り込みつつ、塚本が文学の、短歌の窮極の使命と見据えたのは、単に政治的・イデオロギー的な時宜や情況の思弁ではない、一方の芸術や文学本来のメタフィジカルやスピリチュアルな次元も内包する幻想幻視の世界であった。人間のトータルな生の内実を鋭敏に透視するエターナルな前衛性としての幻想幻視＝ヴィジョンである。「まづ視ること」と「見神」（神の示現を心で感得すること）と説明されるそれは、先ず現実世界への透徹した視座を持つこと、その視座に感受される示現の本質を心眼に受け止め表現すること、と言い換えられよう。ヴィジョンには将来に対する展望や先見の意味もあり、塚本の幻視の黙示性の由来ともなっているだろう。

そして実際にI章で見てきたように、絢爛で斬新なレトリックを駆使しつつ、その魅力に韜晦するように《戦後社会》を、戦後に隠された《戦争》の遺したものを問い糾弾するモチーフが展開され、そこに今日への黙示性を読んできた。それらの志や思想・意匠の根に塚本自身の戦中派（広島県呉の海軍工廠・広工廠に徴用勤務）という体験的背景が底籠っていたことは確かだろう。が、だからこそとも言えるだろう、同時に観念的な戦争は悪、平和は善というような戦争と戦後を単純に二分する御都合主義、一億総懺悔的再出発社会こそ塚本の憎悪の的だったに違いない。その戦後への違和の根源に塚本が視ていたのが、敗戦を基点とするアメリカの介在と同盟関係下の日本の従属、パクスアメリカーナの経済をはじめ生活や文化全般のアメリカ化がもたらすものだったことはすでに見てきた。初期歌集の歌に敗戦国日本を懐柔し、戦略下に取り込む過程への注視やイロニーが詠まれていたが、実はその従属関係が独立後も固定化し、人々の眼や意識の表に見えなくなった分、日本社会・日本人の内奥を浸食し続けたことを塚本は見逃さなかった。

「降るアメリカに――天井桟敷《時代はサーカスの象にのって》」（『現代詩手帖』昭44『花隠論』所収）という寺山修司の劇を鑑賞してのエッセイに、次のようなフレーズが切れ切れに挟み込まれている。――

「安全保障条約なる、ホモ・セクシュアルな関係と表裏一体（略）……コカ・コーラの空壜の中から出られなくなった蜥蜴、頭はソヴィエトに接し、尻尾はちぎられて沖縄になった蜥蜴の日本（略）……惚れつつ憎み、憎みつつ身をまかせるより所詮すべのない、蜥蜴少年日本（略）……日本人はどうして、そう醜いのか」と。

一九六〇年代末の感慨（経済成長と共に社会はアメリカ化が進みつつ、親米反米の交叉する世情の中、一方に反安保や沖縄の基地闘争も一瞬の高揚をみせた）だが、畢竟、アメリカの影を出られない戦後日本社会の（無意識の）閉塞と陥穽、その構図、そして反対運動の限界もが塚本にはよく視えていたのだ。また劇中の「たかが歴史なのだ、一切は作詞されてゆく過去なのだ。だからこそ酔って歌うな。歌いながら醒めよ。今すぐに、アメリカよ！」というコーダの自嘲気味の絶叫が示すように、アメリカの「作詞」を逃れられない戦後日本という「黒いフモール」と、塚本のみならず表現者たちはさまざまに葛藤を演じてもいたのだろう。

しばらく歌の上にはこうしたテーマ＝戦後日本・日本人を問うといった要素が表立っては見られなくなる。歌集で言えば『感幻樂』（一九六九）から『豹變』（一九八四）あたりまで、第六歌集から第十四歌集にあたる。この間は塚本短歌のバックボーンと言っていい新古今集はもちろん、歌謡や謡曲・俳諧といった古典や伝統からの摂取をその美学・歌学に打ち立て、もう一方のよく「無国籍性」と称される海外の芸術・文学・歴史等への幅広く深い造詣や交感が生む世界は、絢爛な叙事詩的要素や短歌の詩としての可能性の拡張という、いわば前衛短歌のメジャーな表現革命の魅力や財産となっていると言っていい。前者には後鳥羽院を初め定家・西行・式子内親王らの降臨が、後者には特に西欧の文化の原点キリスト教からの様々なエピソードや芸術や啓示へのインスピレーション、象徴詩や絵画との交感、また実際に西欧探訪の旅を重ねるということがあった。さらにこの時期から塚本は小説等も手掛けている。そうした多才と時空横断的壮大な気宇が塚本邦雄という作家のスケールであり、前衛短歌の一面の浪漫の普遍性を牽引する要因にもなった筈だ。

前衛とは本来、社会の体制や権力への《反》の意思表示の形態でもあった。強力な抵抗対象を意識しない日本人の多くが、経済大国の総中流意識、平和と安全安心神話にひたっていた昭和後期、《反》のリアリティの後退、思潮としての前衛も過去のものとなった。

蘇った幻視、そこから生まれる黙示の力

塚本の短歌世界に纏まった主題的な幻視が甦るのは、第十五歌集『詩歌變』（一九八六・昭61）のあたりからだ。現実社会の表皮から陥穽を穿つのが幻視リアリズムの思想・方法と言っていいと思われるが、まさにそうした《幻視＝黙示》を実現した象徴的な歌がある。

さみだれにみだるるみどり原子力發電所は首都の中心に置け　『魔王』（平5）
炎天ひややかにしづまりつ終《つひ》の日はかならず紐育にも！爆　『汨羅變』（平9）

これらは先ず、現実に起った事故や事件より前に作歌され発表されている。前者は二〇一一年（平23）三月十一日の東日本大震災での福島第一原子力発電所事故を、後者は二〇〇一年（平13）九月十一日のアメリカ（紐育・ニューヨーク）同時多発テロ事件の航空機でビルに激突したアルカイダの自爆テロを連想させる。つまり普通に言う時事・機会詠ではなく、近未来の禍事をまるで歌で予告したかのような作品なのだ。殊に下の句の場所の特定の正鵠（前者は事故後に受益者の責任として流布した批判、後者は事件の現場そのものであり、記号も航空機の突撃というシュールな爆裂を映像的に喚起）は衝撃的と言っていい。そうした符合や現実に先行しての作品のリアルは確かに衝撃だが、しかしモチーフそのものは実は唐突でも偶然でもない。塚本の作品を追っていくと、原子力や電気への依存・大量消費社会の到来とその弊害への危機意識と、同盟を背景にしたアメリカとの関係・アメリカニズムへの疑問や反発は、初期からの塚本の戦後日本社会への違和の原点であり、その陥穽や危機から黙示を示唆する表現方法の、（結果的に）定点的テーマとなっている。

平和瞬くひまも危し屋上に鹽ふくテレヴィ・アンテナつらね　『水銀傳説』（昭36）
核シェルター出て潸然となみだする紅梅の樹下明後日《あさつて》のわれ　『不變律』（昭63）
原子爐大内山に建設廢案となりにけりすめらみこと萬歳？　『風雅默示錄』（平8）
アメリカ背高泡立草三へクタール生きて虜囚の辱《はづかしめ》を受けよ　『黃金律』（平3）
殺蟲劑そそぐ百合の木ざわざわと心にはアメリカを空襲せり　『魔王』（平5）
昨日米國潰滅せりと文武省《もんむしやう》發表　百年後のほととぎす　『風雅默示錄』

一九五〇年代半ばには家庭電化時代の到来、五六年にはすでにテレビの普及による社会への影響が問題化、「一億総白痴」という言葉が流行、六〇年（昭35）には本格的なカラーテレビの時代に入る。一首目はそうした人々の消費生活への欲望や飽和が、表皮的な〈平和〉幻想と対《つい》である戦後社会が描出される。その背面に五七年には国内初の原子の火が東海村に点り、『綠色研究』にはすでに原子力時代の残酷物語が書かれるべき時という言葉も見える。そしてついにチェルノブイリ原子力発電所で大事故（一九八六年・昭61）が起きる。その衝撃を受けて二首目の、核や放射線被曝の脅威が〈核シェルター〉の外の世界を滅ぼし尽す生々しさと、〈明後日のわれ〉というような当事者意識に詠まれている。また〈首都の中心に置け〉もそうだが、原発政策というものの国策性の責任を衝く、〈原子爐〉の歌のような本質的批評性（〈大内山〉は皇居の隠語）も塚本ならではのものだ。

原子力への怖れには無論、原爆への怨念・核戦争の脅威が重ねられているだろう。広島の原爆を塚本は呉でそのきのこ雲を実際に遠望している。当然〈紐育にも❢爆〉にもその報復的感情の投影（〈❢〉にもきのこ雲〉を読むことは可能だろう。が単に過去の憎悪に固着したものではなく、Ｉ章でも見たこれらに至る同想のアメリカとの関係を詠んだ歌々にも、日本自身の問題としての相対化、そこからアメリカを対象化する視点があった。四首目はまさにそうした構図だろう。戦後の日本社会の到る所に〈アメリカ背高泡立草〉が蔓延る（アメリカニズムあるいは基地の比喩か）ように影響力を拡大浸透させるアメリカに対し、戦中は〈生きて虜囚の辱〉を受けるなと強く禁じたこの国が、今ではアメリカの専横を許してまるで辱めに甘んじる虜囚のようだ……と、戦陣訓で縛った戦中と、戦後コロっとアメリカに平伏する日本の姿とが二重に皮肉られている。

次はそうした自国の鬱屈が時には、〈ざわざわと〉心に報復の思いを呼び覚ますという歌。まるで〈殺蟲劑〉を撒かれたような殲滅的な米機の空襲の下を、蟻が無惨に逃げ惑うかのような工廠時代の体験がフラッシュバックするのだ。

そして果ては〈米國潰滅〉という〈百年後〉を、あり得ないと知りつつ（今日ならアメリカの衰退は公然と語られるが）夢想する最後の歌。これらはいずれも敗戦に基因する日米の関係性を背後の感情に持つことは確かだろう。しかしこうした歌を再び塚本に詠む必然として喚起したのは、一九九一年（平3）一月に勃発した湾岸戦争と、その前後に巻き起こった同盟に伴う日本の立場や支援をめぐる論争、多額の戦費支援もアメリカの圧力と批判をかわせず、翌年、日本政府はＰＫＯ協力法案可決を強行、ＰＫＯ部隊の自衛隊第一陣が広島の呉港から出発したという状況があったことだろう。そのことはおそらく敗戦をひきずった日米関係に止まらない、アメリカの覇権の暴力、それに侵食される国や民族の鬱屈や反発や怒りというようなものへの新たな俯瞰的視力を、塚本に呼び起こしたのではなかったか。

これらよりはるか以前、『水銀傳説』（一九六一・昭36）にはすでに〈いくさは石油湧ける海彼に　あかねさす天道蟲《てんたうむし》だまし子に與ふ〉と、中東等での世界資本や大国の簒奪の眼差しの行方が示唆されている。

二十世紀末、この地域は紛争やテロの温床化しつつあり、アメリカの主導する制裁や軍事行動が繰り返された。塚本の前掲の〈紐育〉の歌はおそらくそうした文脈上にイメージされた。そうすればアメリカの富と経済の中心、パワーの象徴〈紐育〉への報復としてのテロは想定不可能ではないだろう。実際、歌に四、五年遅れてニューヨークの貿易センタービルが、アラブ系のテロ集団の（貧者の戦争と呼ばれる）自爆テロによって、爆破され崩壊したのだった。

　タイムラグで言えば、原発事故の歌の方はさらにフクシマに十七年先んじて詠まれている。多くの人が首都圏が享受する電力を地方に押し付けている構図に無頓着な時代だった。沖縄についてもそうだが、戦後の繁栄というものがそうした構造の上にあり、実は世界の繁栄や富の構図も同様で、塚本の歌の射程はそれらを正確に見据えていたのだ。黙示と一言に言ってしまえば後付けの感を免れないが、しかし塚本の歌は実は緻密な過程を踏まえている。

《幻視》とは、先ず現実社会への鋭敏な違和・疑義・問いが発する否《ノン》であり、その感覚の正確な現実のトレースが視せる未来像のようなものと言ったらいいだろうか。そうした《幻《まぼろし》と現《うつつ》》のミステリアスな二重写しのような相関、さらにそこに生れる黙示性が、塚本邦雄という反骨の超リアリストが刷り出してみせる警鐘だろう。その玄妙な手付きにあるいは本格的SF・ミステリーファンの、社会科学の予見性や知の構築の秘密が隠れ込んでいるかもしれない。それらを含めた塚本邦雄の多面体で芸術全般へのエンサイクロペディアぶりの一面に、この見て来たような黙示者の社会的視点の錘や、様々な現実の棘が嵌めこまれていることを確認しておきたい。

Ⅲ「あの戦争」を問う

「幻を視ず」から「あかねさす召集令状」へ ――晩年に詠うべき使命の自覚

塚本邦雄が歌の上で生涯をかけて闘った戦後社会への違和、それを規定している大きな要因に、真に総括がなされないままの《戦争》があった。戦後にアメリカが内在するように、その日本の戦争の深層のファクターは天皇制にあった。第十七歌集『波瀾』（平元・一九八九）の巻末に左の一首がある。

春の夜の夢ばかりなる枕頭にあっあかねさす召集令状

天皇の刻々の病状報道そして死、昭和が終焉、平成となる。長かった昭和の、昭和天皇が背負っていた戦争の時代・記憶が共時懐古された。その病中の自粛騒動や天皇死去への一億総服喪的世情に対し、戦時の総動員＝〈召集令状〉の再燃のようだと揶揄する。古典にライトヴァースも絡めた茶化した詠風に、当時のバブルや平和ボケといわれた世相も諷刺しつつ、下句の赤紙がつっと差し出されたような臨場感が予言めく。塚本の胸奥の戦争・敗戦は〈國歌など決《け》して歌ふな『國の死』を見しこともなきこの青二才『詩魂玲瓏』〉の歌のように、唯に惨澹たる〈國の死〉だった。しかしその死を招来したこの国の構造は何も変わっていない、というのがこの時の塚本の覚醒であったと思われる。

『波瀾』以後の歌集には『魔王』の一三〇首、『獻身』の一〇五首をピークに多くの戦争をめぐる歌が詠まれる。半世紀経ても塚本から消えない戦争への「憎悪と恐怖」（『黄金律』跋）の対象としてである。また、これらに先立つ昭和末年（昭63・一九八八）の第十六歌集『不變律』に〈ぬばたまの晩年やわが歌ひたることの結論は「幻を視ず」〉の歌がある。が、これは詩法としての幻視の否定ではなく、これまでの自らの「幻視」がいまだ途上であったという告白だろう。晩年の塚本がより痛切に過去の戦争とそれが引きずる現在に歌うべき使命を見出した、その宣言であったと思われる。当時、また今に至るまでの不明への慙愧の念の表明でもあったろう。したがって前期の絢爛な修辞や韜晦的要素は後景に退き、モチーフの直な意味性が前面に出たモノクローム的幻視が啓かれていく。無論、単なる回想や過去の裁定ではない、軍隊や戦場・戦時を再現透視するような世界、それが今日に示唆するものを問いかける。

総数七百首を超える、塚本邦雄が歌う戦争の歌

塚本邦雄の「戦争の歌」は歌数もだが、その詠まれ方も非常に多岐多様だ。例えば序数歌集全二十四歌集から、《日本の昭和の戦争、それをめぐる思念や回想を主に、参照として塚本が生きた時代の世界の戦争や戦争観に類するものも含む》を詠んだと思われる歌を《戦争の歌》として採集、総数七二二首を数えた。それらを次にモチーフ別に「A」から「I」までの九の項目に分類してみた。全体像の参考のために、代表的な例歌各二首を添え、左に列記する。

A**《天皇・天皇制》**

鬱金櫻朽ちはててけり心底にとあるすめろぎを弑《しい》したてまつる　『獻身』

國策てふ柵の中にて悶死せし壯士《をとこ》こそあれ　ああ大御稜威《おほみいつ》　『詩魂玲瓏』

B**《皇国皇軍、軍国ファシズムを鼓舞・動員するシステム、教育・スローガン》**

非國民、否緋國民、日の丸の丸かすめとり生きてゐてやる　『風雅默示錄』

咳を殺してあゆむ靖國神社前あなたにはもう殺すもの無し　『汨羅變』

C**《軍隊を構成・維持する組織、所属・階級・規律、軍事（下）行動全般》**

その手で百人殺せとあらば殺さむずうるはしきかな擧手の禮とは　『黄金律』

大本營發表「連勝」その頃の無數の死者かこの寒鴉　『詩魂玲瓏』

D《日本の戦争の〈負〉、戦時加害（侵略・残虐行為）と総括なき戦争責任・風化》

沈丁花　武漢三鎭亡ぶると提灯行列せしかわれすら　『黄金律』

口が裂けたら喋つてやらうたましひの虐殺は南京でも難波でも　『獻身』

E《兵士たちの戦争（戦死・無惨への哀悼、戦後の傷痕・遺恨）》

還らざりし英靈ひとりＪＲ舞鶴驛につばさをさめて　『汨羅變』

敗戰忌、晝の墓前の雨に佇《た》つ白衣《びやくえ》・青衣《しやうえ》の若き死者たち　『約翰傳僞書』

F《塚本自身の戦争戦時の位相・回想、戦後の呪詛》

山茱萸泡立ちゐたりきわれも死を懸けて徵兵忌避すればできたらう　『黄金律』

花石榴ふみにじりつつ慄然たり戰中派死ののちも戰中派　『魔王』

G《戦後の戦争戦時関連事象、追悼・行事、日本の戦前回帰・再敗亡への警鐘》

戰爭が廊下の奥に立つてゐたころのわすれがたみなに殺す　『魔王』

憲法第一千條の餘白には國滅びてののちの論功　『汨羅變』

H《世界の今日の戦争（日本の関連・間接的加担）、終末観》

核シェルター出て潸然となみだする紅梅の樹下明後日《あさつて》のわれ　『不變律』

鮮紅のダリアのあたり君がゆかずとも戰爭ははじまつてゐる　『黄金律』

I《戦争論・戦い一般（革命・政治・社会変）》

萬國旗つくりのねむい饒舌がつなぐ戰爭《いくさ》と平和と危機と　『水葬物語』

ラ・マルセイエーズ心の國歌とし燐寸《マッチ》の横つ腹のかすりきず　『綠色研究』

機械的に分類しきれない要素や、項目の混合からなるもの等あるが、一番中心的なモチーフや感情で振り分けた。歌集ごとの分布は巻末の付録資料（一）、「塚本邦雄の《戦争の歌》◆歌集ごとの分布一覧」

（二三四頁）のような結果になった。なお、そのうち本論考の中心的主題である《日本の昭和の戦争の歌＝A～Gのモチーフに分類したもの》を、『波瀾』以降の歌集から、付録資料（一）（二三五～二五〇頁）として合せて参照収録した。

　はじめに見た『波瀾』の巻末の〈春の夜の夢ばかりなる枕頭にあっあかねさす召集令状〉をきっかけに、堰をきったように『黄金律』以降、最終歌集まで「戦争」が大きなテーマだったことがわかる。また歌われ方としては、「A」「B」・「C」は主に構図としての戦争遂行主体の側で、それらでおよそ四割を占める。そのうち特に「A」と「B」は、天皇制の本体とその名や威光を冠した皇国民を有無を言わせず「聖戦」に動員した象徴記号的存在や物・スローガンで、日本の戦争に於いて一体の絶対神だった。つまり塚本の戦争の歌の中で天皇（昭和天皇）・天皇制に関わる言及は一番大きな核心だったと言っていい。『波瀾』以降を合計すると一五八首。もちろん讃仰や回帰願望の歌ではなく、「現人神《あらひとがみ》」の天皇、その名のもとに崇められていた戦前戦時の神洲・愛国信仰や皇軍を鼓舞した価値観へのアイロニーを交えた疑義に充溢している。

　その天皇への言及も「A」の例歌にも見えるように、呼び名や威光にも様々な意味や感情が込められ、また〈心底に〉〈すめろぎを弑したてまつる〉という懇ろな訣別の表明、一方で〈大御稜威〉と謂えども〈國策てふ柵の中〉で苦悶しただろうとも問う相対化等、単なる断罪では済まない複雑を詠み込んでいる。

　左の「A」群ではもう少しラフに、皇国史観の天孫降臨神話以来の〈天壌無窮〉の〈現人神《あらひとがみ》〉の天皇を信じた国民一般の思いが代弁される。それに抗した美濃部達吉の昭和十（一九三五）年の〈天皇機關說〉、がその排撃運動から国体明徴声明、さらに皇国史観を徹底させる国体の本義が全国配布され、十二（一九三七）年の日中全面戦争に突入する。戦争を遂行する挙国一致体制にこの皇国史観に基づく天皇＝〈國體〉意識は不可分だったのだ。あとは〈大元帥陛下〉の〈朕惟〉フの詔勅があれば一億火の玉の皇民皇軍が沸いたのだった。それらの振り返ると哀しいほどの空疎な不条理、〈悲劇と喜劇〉と呼ぶしかない自嘲と揶揄が軽口を帯び放り出されているような歌々だ。

しかし対照的に「B」には、その鬱憤が烈しい怒り、呪詛となってこの国の軍国主義が糾弾されている。例歌に挙げた〈日の丸〉は、〈君が代〉と共に帝國日本の国と天皇を繋ぐ象徴であり、〈靖國神社〉は戦死をも受容させ神格化を約束する軍国の観念装置、どちらも国民を〈戦時のみでなく〉拝跪させる、この国が最も手放し難い呪縛だ。それがよく分かっている塚本は、〈非國民〉と誹られ迫害されても日の丸に殉じず抵抗を貫き生きるとの一種破れかぶれの強弁と、靖国の殉国思想が再び息を吹き返すことのないように〈あなたにはもう殺すもの無し〉と封印の呪言を放つ。巧みに歌い分けられた軍国への憎悪が生々しい。

その他にも左のように「B」群には、映像的な喩やイマジネーションの飛躍がくきやかで力強い、塚本の日本の戦争の特質と特質の持った意味への洞察とその戦争責任を問う歌群が多彩に詠まれている。

怒りと恐れ、呪縛への嘆き

「A」さみだれの夜半に憶へばそのむかし「天壌無窮」と言ひき　何がか　『黄金律』
國體につひに考へ及びたる時凍蝶《いててふ》ががばと起てり
天皇機關説より六十年經つつ花粉症候群氣管支炎　『獻身』
『神曲』の扉鍵裂き「朕惟ヒ」たまひしゆゑの悲劇と喜劇　『風雅默示錄』
大禮服寒の曝涼　大元帥陛下がいつかお呼びくださる?
睦月、襁褓《むつき》のはためく軒に忘れ得ぬおもかげはあらあらひとかみか　『詩魂玲瓏』
「B」競賣のけさの氷雨に緣《ふち》濡れておそろしき日の丸の旗ある　『豹變』
盡忠報國なほ尾を引きて金網の中にうしろむきの白孔雀　『不變律』
幼女虐殺犯の童顏それはそれとして軍人勅諭おそろし　『黄金律』

愛國の何か知らねど霜月のきりぎりすわれに掌《て》を合せをり　『獻身』
大字初霜戸數九十戰陣訓暗誦可能者がまだ九人　『風雅默示録』
梅雨空のつゆしたたれり「君が代」に換ふる國歌は「討匪行」とか
教育敕語に最敬禮を拒みたる內村鑑三逐はれき、而立　『詩魂玲瓏』
夏芝居、醜《しこ》の御楯が戰死して拍手！　ああまだこの山峡《やまかひ》は
六月の紺のみづうみ　英靈が力盡き果てああうらがへる　『約翰傳僞書』
紀元は二千六百年と硝煙の臭ひに醒めし赤子《あかご》と赤子《せきし》

戦前戦中の日本人〈植民地の人々を含む〉に叩き込まれた皇国皇民観、その聖戦を戦う神軍に与えられた使命と栄誉の観念を植え付けた教育＝〈教育敕語〉、悪名高い〈軍人勅諭〉〈戦陣訓〉。それらに強迫的に刷り込まれた〈盡忠報國〉や忠君〈愛國〉。洗脳と顕彰・制裁のシンボリックな表象や観念が、一つ一つその「責」を刻む・問うように詠み込まれている。その空疎さを表現するための揶揄やライトヴァース風の軽味や茶化しも援用しつつ、単純な批判ではなく、いわば皇国皇民マジックの憑依の両方向性の或る種立体的なあの戦争像、その中の人間模様が伝わってくる。

皇民に最も周知されたシンボルの〈日の丸〉も、出征時の千人針のような寄せ書きが滲み汚れて、おそらく持ち主の死後の戦後の競売に出され、また買う者がいるのだ。〈君が代〉の〈赤子《せきし》〉たる兵士たちも中国の戦場では〈討匪〉匪賊討伐の名目で略奪の限りを行い、しかしその君が代も日の丸と共に平成の時代になって「国旗・国歌」として復活、後に法制化される。

こうした推移や事象の背後まで描き出す「B」の歌群に、塚本が籠めた思い、怒りや懼れは単に昭和天皇や天皇制批判に止まらず、天皇制と国民の合わせ鏡のような結託・黙契にこそあったと言うべきだろう。その黙契への隷属の昏さ、呪縛への怒りや嘆きこそ塚本の戦争の歌のうたうべき本題であったと思わ

れる。その黙契が戦時に止まらず、戦後半世紀近く経っても人々の無批判無自覚の内に生きていることを、慨嘆と共に〈醜の御楯の戰死〉への〈拍手！〉の歌にこれが現状なのだと写し出す。そうした戦死を〈英靈〉となって〈靖國神社〉に還るという鎮魂の合言葉、その黙契こそ永久に哀しい。

世紀末から半世紀前の戦争を凝視する

また単独では「B」と並び数の多いのが「C」の歌だが、（重なる要素ももちろんあるが）一応「B」の下位に位置付けられ、その実践的な軍隊という場、軍人軍事、その組織構成・団結や規範のしるし等を「C」に分類した。例えば君が代・日の丸の「B」と区別して、軍歌・軍旗は「C」にというように。初期には海軍イメージが主だったが、後期歌集ではより具体的な軍隊の通有性が詠まれる。例歌で言えば〈擧手の禮〉、敬礼は万国共通の上官には絶対服従という軍隊の鉄則を形態化し、〈うるはしき〉礼法を装いつつ実は〈殺〉の指令も握るものであること。また〈連勝〉を鼓舞する〈大本營〉もどこにもありそうだが、日本の軍隊ほど実情と懸け離れた戦果を偽り、玉砕や飢餓の〈死者〉を無惨に野晒しにした例も珍しい。また左のように〈特攻隊〉等の日本軍隊の特殊な風土や戦法への疑問を滲ます視点も詠まれ、戦争の歌の戦場や軍隊の具体や場面をリアルに肉付け、塚本の戦争の歌の陰翳を深くしている。

「C」　火事を待つ剝製極樂鳥一羽そのくらやみの士官學校　『歌人』
「敵前逃亡ス」とつたへたり蕨餅食ひつつこの英雄を愛《かな》しむ　『黃金律』
たしか昔「憲兵」と呼ぶ化物がゐて血痕と結婚したが　『汨羅變』
特攻隊、特別に何攻めゐしか脳天を打つ睦月の霰　『詩魂玲瓏』

その他に「軍靴」「軍装」「砲兵」「捧げ銃」「在郷軍人會」「祝入營」「進軍喇叭」「歩兵操典」「軍隊手

帳」「焼夷彈」「祝出征の幟」「歩哨」「人間魚雷」等々、様々な固有名詞付きの聯隊名や大尉から伍長までの階級名等も詠み込まれている。特に「B」の象徴性や観念を相手にした歌い方に比べ、「C」は全般に素材を物的に扱い、挙げた歌のように重い内容ながら揶揄の要素にも機知の軽妙なトーンが活かされている。〈士官學校〉という戦争エリートを火事を待つ極楽鳥の高揚と極彩に喩え、その欲望が綾なす戦争の暗部〈くらやみ〉を示唆、また〈敵前逃亡〉という軍隊の禁忌を〈英雄を愛しむ〉と悼む歌にも批評の中に塚本らしい華があって印象的だ。

これら圧倒的と言っていい質量のあの戦争の本質への問責、自らも含むその専横を許した悔恨の滲む歌群は、もちろん基底に塚本自身が語る、半世紀以上経っても消えないあの戦争の時代の体験的「憎悪と恐怖」に根差すだろう。塚本は『黄金律』の跋に記す――。

世紀末まで殘すところ八年と若干を數へるのみ。本年一月十七日に勃發したペルシア灣岸戰爭のみならず、危機は二六時中兆し、世界のあらゆる地點に硝煙の臭ひが漂はうとしてゐる。戰中派、戰後派は、その微かな豫兆にも、極限的な慘狀を思ひ描く。私の作品の各處に、半世紀以前の戰爭への憎惡と恐怖が、なほ色濃く漂つてゐるのも、反應の一例である。不可解にして愛すべからざる戰爭も、私のこれから後の主題として、絕えず露頭するだらう。作歌半世紀、思へば私の作品の中樞はこれであつたかも知れない。

余裕を捨て、切歯扼腕する歌人

「半世紀以前の戦争への憎悪と恐怖」は、抽出した七二一首の歌に様々なかたちで揺曳する通奏低音だが、さらにそれらが殊更な主題化をみせるのも『波瀾』以降だ。例えば、「F」の《塚本自身の戦争戦時の位相・回想、戦後の呪詛》として分類した歌にも、『波瀾』以降、やや独特な自照・自責の翳りのような要素が加わっていく。先の例歌には〈山茱萸泡立ちゐたりきわれも死を懸けて徵兵忌避すればできたらう〉〈花石榴ふみにじりつつ慄然たり戰中派死ののちも戰中派〉と、これまで触れられることのなかった〈徵兵〉問題と〈戰中派〉意識が初めて詠まれた。歌の上では、『波瀾』で〈春の夜の夢ばかりなる枕頭にあっあかねさす召集令狀〉の〈召集令狀〉を詠んだ、その召集――徵兵――戦中派の連想が契機になっているだろう。またこの直後に紫綬褒章を受け、実年齢が二歳上であったことが公になった。いわゆる戦中派ど真ん中世代に当たる。実際の塚本が徵兵を免れた経緯は分からない。〈徵兵検査の結果、視力の問題で召集されなかったという説もあるが歌などにもそれらしいことは出てこない〉。〈徵兵忌避〉の歌は、その上でなおもし召集令状を受けていても自分は〈死を懸けて〉でも〈徵兵忌避〉した、という歌だろう。が同世代〈戰中派〉の多くの不条理で無惨な戦場・戦死を知るにつれ、〈塚本自身の責ではなくとも〉兵役を免れ生き残った負い目が、戦争を詠むことに真摯になるほどに頭をもたげてきただろうことは想像に難くない。〈ふみにじりつつ〉〈死ののちも〉に取り返しのつかない自裁感が籠る。さらに左の〈人殺したることなきも恥〉は、自分は手を汚さずに済んだということの戦争における深い安堵と共に、殺さざるを得なかった〈自分であったかもしれない〉者たちへの贖えぬ罪を滲ます。

　これら一連の歌は戦中派塚本邦雄のやや不透明感を残す徵兵をめぐる経緯を、塚本が自らの十字架としたことを暗示しているのではないだろうか。

「F」小豆粥いのちの味のうすうすと人殺したることなきも恥　『波瀾』
　非國民として吊されうることもあつた紺青の空睨みをり　『魔王』
　曼珠沙華餘燼となりてしかもなほわが胸中の敵こそ、祖國　『汨羅變』
　聲殺すこの青葉闇　日本は亡びず　滅ぶことさへできず　『詩魂玲瓏』
　國家の死いまさら何ぞ積藁の底の蝮の巣を凝視する　『約翰傳僞書』

鶴飛來のニュースは七日前それにしてもこの薄汚れたる日本に

〈胸中の敵こそ、祖國〉以下は、あの戦争が奪い去った塚本の青春の純潔とこの国の矜持、国家としての佇まいの正しさと未来、それらを失い永遠に失い続けている〈日本は亡びず　滅ぶことさへできず〉、ということへの呪詛の歌たちだ。

背景に直近（平3・一九九一）の湾岸戦争の日々テレビから配信される今日の戦場映像の生々しさがあるだろう。それが国際社会の合意に基づく戦争という新時代の戦争（紛争）形態で、日本も相応の貢献という名の参加を強いられる時代の幕開け。翌年平和維持活動の名目で、ＰＫＯ部隊の自衛隊第一陣が呉港（塚本が戦時を海軍工廠で送った地）から出発している。再び戦争が身近な社会的テーマとして浮上、塚本にとっても衝撃だったろう。二十世紀末の終末観も重なる中、同年に旧ソ連邦解体という世界史的地殻変動もあった。日本国内でも自民党の長期安定政権に翳りが見え、政界の流動化も始まる。平成が歩み出したばかりのこの時期、昭和の再検討を通してこの国の来し方行く末を問う機運が様々に高まってもいたのだ。

それらに加えて、塚本の戦争の歌に重い影響を与えたに違いない外側からの要素として、次のような一連の状況もあった。昭和の末期から、過去の戦争をめぐる評価の問題で、被害国・特に中国・韓国とたびたび摩擦を起こすようになった。

一九七八年（昭53）、日中平和友好条約が調印される。中国はサンフランシスコ講和条約に加わっていないので日本の戦争での一番の被害国でありながら、これが実質的外交上の和解（日中共同声明・国交樹立は七二年）であった。しかし翌七九年、その和解を裏切るように東條英機らＡ級戦犯十四人が秘かに靖国神社に合祀されていた（宮司の判断という）ことが判明。さらにその翌年から合祀を追認するように首相や閣僚の靖国神社参拝が繰り返され、国内的には靖国神社は戦死を神聖視・美化する英霊信仰の聖地であり、国外的には特にA級戦犯合祀後は日本の侵略戦争への審判や反省（サンフランシスコ講和条約11条において受諾）への裏切り行為の象徴として対立してきた。加えてこの前後から日本国内では戦争の歴史記憶を修正するような戦前回帰的な動きが重なり、殊に八二年、教科書検定で「侵略」が「進出」と書き換えさせられる。また日本の軍事大国化に対する懸念が国外から強まった時期でもあった。昭和末にかけて「天皇在位六十年記念式典」なども背景に右派の教育への介入、国旗・国歌尊重教育提案、高校社会科廃止（世界史必修）が決まる。一方、家永三郎教科書訴訟は全面敗訴、閣僚の「日韓併合は韓国にも責任」や「日中戦争に侵略意図なし」「盧溝橋事件は偶発事件」との発言も飛び出す。こうした摩擦も利用して国内の右派勢力は次第に力を強めていった。『詩歌變』（昭61・一九八六）に〈右傾してむげにつめたき花月《フロレアル》緋の服の道化師はをらぬか〉の歌があるが偶然ではないだろう。

内省や怒りのリアリティ

「D」夕陽金色《こんじき》をおびつつ日本はみにくし五十年前もその後も　『魔王』

煤掃きの押入れに朱の入日さし古新聞の絞首刑報
はじかみ香走《かばし》れりわが國の軍隊は代々《よよ》天災のひとつに過ぎず
黄變新聞昭和十八年重陽「連戰連勝」とたれかほざきし
茘枝《れいし》の皮吐き出してさて今は昔「昭和の遺書」のなまぐさきかな
職業軍人騎兵大尉の眼光のめらめらと　敗戰を識りゐき　『風雅默示録』

「D」は、《日本の戦争の〈負〉、戦時加害（侵略及び残虐行為）と総括なき戦争責任・風化》に、向き合う歌群だ。太平洋戦争の真珠湾攻撃以降の米英戦のみがクローズアップされ、それに先立つ日中戦争自体が多くの日本人の歴史記憶から抜けている。その中心戦場は、日本の戦争・日本軍隊の残虐性の証明、恥部として今日なおタブー視する傾向が強い。

塚本も直接それほど踏み込んだ歌は残していないが、象徴的に知られる〈南京〉〈虐殺〉は数首詠んでいる。先に例歌で挙げた〈口が裂けたら喋つてやらうたましひの虐殺は南京でも難波でも〉は、その毒々しさが特に印象に残る。上句はおそらく行為者も日本の側も捏造や小規模説もあるように容易に認めない、〈限られた証言者以外は〉口を開かないことをやや乱暴に揶揄したものだ。が侵略の戦場の加虐が被害者にもまた行為者加害者にとっても拭えない〈たましひの虐殺〉、死や傷痕であるという言及は鋭く本質に届く。その正論性を〈難波でも〉がもう一度混ぜ返すように使われ、多分〈南京〉とのナンの韻を踏んだ遊び・意味的にも関西弁のナンボデモを引っ掛けたブラック・ジョークとなっている。この手の込んだ自虐はしかし、他の歌の告発やそこに込められた内省や怒りにリアリティを与えてもいる。

特にもう一首の例歌〈沈丁花　武漢三鎮亡ぶると提灯行列せしかわれすら〉と並べると、そうした取り返しのつかない加虐と恥辱への想像力もなく、日本国内では中国の戦場の勝利が伝えられるたびに祝勝の〈提灯行列〉で盛り上がったのだ、その心無さが〈せしかわれすら〉の言い差しにいつまでも木霊する。右の〈日本はみにくし〉〈わが國の軍隊は代々天災のひとつ〉はそうした日本の姿への深い絶望・自嘲だろう。それらの歌に挟まれて〈絞首刑報〉がさりげなく詠み込まれているのもたくらみ深い。日本の戦争においてその他で加害者であった者達、〈連戦連勝〉報道で戦局を偽り煽った新聞、昭和天皇の言い逃れられない責、そして上級軍人たちの無責任が兵士たちを捨て駒に自分たちは生き残ったこと等を、歌を通して問責する。ここには挙げていないが、ナチズムやヒトラーに日本の戦争の悪を重ねたもの、また戦時を草の根から支えた在郷軍人会を罪業軍人会と揶揄したり、愛国婦人会の戦争協力への皮肉にも、民衆という集団の戦争加担の責をも見逃していない。その慧眼に、塚本の戦争理解とその歌のリアリティが支えられている。時々の歌に見えるやや露悪的ともとれる表現にも、平成になって特に強まった自虐史観だとして、あの戦争の加害の側面や実態を封じ込めようとする歴史修正主義の圧力や攻撃までを、むしろ逆手にとってギャグ的に誇張、二重の抵抗を演じてみせている。

初期歌集に遡行してみえてくる、戦争観の大きな転換

塚本自身が『黄金律』の跋に、「作歌半世紀、思へば私の作品の中樞はこれ〔戦争という主題・引用者註〕であつたかも知れない」と記すように、その初期歌集にも戦争の影は濃くあった。がしかし大きく異なるのは、初期のそれらが殆ど敗戦・敗者という広い意味での被害者目線・感情から詠まれていたことだろう。

例えば『日本人靈歌』の〈日本脱出したし　皇帝ペンギンも皇帝ペンギン飼育係りも〉の歌。I章で見たように天皇・天皇制への揶揄の歌（一応「A」に分類）と読めるが、背景は戦争ではなく戦後体制下のそれ（戦後体制は戦争の結果を曳くものとの立場で、連続性はあるのだが）、全能の「現人神」から民主主義憲法下に「象徴」に閉じ込められた天皇・天皇制だ。

「B」についても、『装飾樂句』の〈忠魂碑建ちてにはかにさむざむと西日の中の芥子色《からしいろ》の町〉や、『日本人靈歌』の〈藺を刈りて遺髪のごとく炎天に竝べをり　國歌なき日本〉というように、戦後に封印された戦時シンボルをやや淡々と描写的に詠むに止まる。そこに戦争を牽引・動員した責任を問う眼差しは感じられなかった。日中戦争からアジア太平洋戦争に拡大する昭和の戦争の全体像がほとんどの日本人によくは理解されていなかった時代である。敗戦に直結した米英ら連合国軍との最後の約四年間の潰滅戦（玉砕、特に空襲や原爆）は、戦後の（実質的）米軍占領と共に、敗戦の悲惨な記憶として多くの日本人の原体験＝被害感情として記録されてきた。ちょうどその四年間を海軍工廠で徴用勤務した塚本邦雄にしてもおそらく例外ではなかっただろう。その分、アメリカからの敗北の絶対的暴力性（原爆に象徴される）とその後の専横、日本の従属的戦後社会への違和と嫌悪は、同時代的社会批評として初期の塚本短歌を奮い立たせていた。それに比して初期の塚本の歌のあの戦争そのものへの遡及は、この時点ではまだ対峙すべき具体的視点論点、また日本が加害者であった被害国とその人々という相対者も持ち得ていなかったのだ。

「F」の《塚本自身の戦争戦時の位相・回想、戦後の呪詛》についても、戦時下の徴用と敗戦で失った青春や祖国・日本人のアイディンティティ喪失が初期のモチーフだった。あの戦争の最も苛酷を負わされたのは、実は塚本ら戦中派世代で、しかも徴兵や戦場体験の惨を免れた痛みやある種の自責は、晩年の歌集でようやく主題化していく。

ここで少し初期歌集の「戦争の歌」にも触れておこう。

全体的に近接した体験的モチーフの海軍を背景にした軍艦・水兵・水夫の水没水死、それらがどことも知れぬ海底を永遠に漂泊するようなイメージが、「C」・「E」に〈海底に夜ごとしづかに溶けゐつつあらむ。航空母艦も火夫も『水葬物語』〉、〈溺れたる兵士かすかに光りつつ夜の海峡をただよひゆけり『装飾樂句』〉等のように、やや幻想画風に哀悼されている。（こうしたイメージの醸成に、フランシス・グリューベの「溺死」と題するタブローの複製からの影響もあったことを、塚本自身が回想している――「溺死」其他をめぐって『花隠論』所収。）また特に日本の過去の戦争が対象ではなく、「I」に括った《戦争論・戦い一般（革命・政治・社会変）》と言った視点が中心だったことも確認できる。またこれらは前衛期を代表する歌群で数はそれほど多くはないが、例歌の〈萬國旗つくりのねむい饒舌がつなぐ戦争《いくさ》と平和と危機と〉のようにいずれも戦争と人間についての普遍的洞察が絢爛なイメージを纏って格調高い名歌だ。また革命への夢想は（革命のイメージが強い塚本だが）、実は初期以外はゲバラの数首を除いて多くは詠まれておらず、塚本の全歌業の中に見た時、前衛という文脈のシンボリックな観念だった以上にどれだけ熱い内燃をもつものだったかは疑問だ。むしろ〈ラ・マルセイエーズ心の國歌とし燐寸《マッチ》の横つ腹のかすりきず〉のような、現実の政治や権力の奪還を戦う革命もまた戦争であり、〈市民〉や〈祖國〉という〈輝けることば〉の熱情の贄になることから自由な、〈心の國歌〉の永久革命を生きるという観照こそ塚本の本領だったと思われる。

［I］戦争のたびに砂鐵をしたたらす暗き乳房のために禱るも

　　市民らは休戰喇叭以後晴れてにくめり弱き骨牌（かるた）の王を

　　祖國　その惨澹として輝けることば、熱湯にしづむわがシャツ

　　貝賣りの手に貝類の無色の血　革命といへど人の死の上

『水葬物語』

『装飾樂句』

『日本人靈歌』

このように初期歌集の戦争の歌を概括してくると、後の塚本が後半生をかけて歌う対象とした「戦争・戦争観」の大きな転換を思わずにはいられない。わずかに〈死者なれば君等は若くいつの日も重裝の汗したたる兵士『装飾樂句』〉や〈戰後うやむやに終りて水無月の道黒く市電の内部につづく『日本人靈歌』〉というような、後期歌集に繋がる自照的な戦争への視点を備えた幾首かが見られるが。

なお、「I」と同じく日本の昭和の戦争が対象ではない、「H」群についてもここで簡単に触れておきたい。《世界の今日の戦争（日本の関連・間接的加担）、終末観》とした歌々については、ほぼⅡ章の例歌をめぐる考察と重なる。湾岸戦争あたりで歌数は増えるが、一貫した塚本の今日の戦争・終末イメージの中心的由来は核の脅威（核戦争）であり、アメリカの世界戦略としての戦争の影だと言っていい。

苛烈に、真摯に、「あの戦争」に対峙する

塚本邦雄に、日本の昭和の戦争を、戦後ほぼ半世紀近くなって自らをその当事者として覚醒させた契機が、昭和天皇の死であったことはすでに書いた。

天皇の病気・手術が伝えられたのが昭和六十二年九月、ちょうど一年後に吐血・容態急変、翌六十四（一九八九）年一月七日に死去。時期的に対応するのが『不變律』から『波瀾』であった。

またちょうどその前後から日本がかつて侵略・植民地化したアジア諸国、殊に中国・韓国との間に摩擦が繰り返されたことにも触れた。その原因には日本の昭和の戦争の評価や反省へのダブルスタンダードがあった。そこで主な衝突の原因になったのが、特に侵略をめぐる教科書問題であり、A級戦犯を合祀した靖国神社参拝への抗議だった。それら海外、殊に被害国からの抗議に対して、日本側の対応に一応の変化が現れるのは、一九九二年（平4）、従軍慰安婦問題で旧軍の関与を認め、公式に謝罪（加藤紘一官房長官）と、天皇夫妻の初の訪中で、日本が「中国国民に対し多大の苦難を与えた不幸な一時期」につき「深く悲しみとする」との天皇の反省発言だった。以後、九三年から約二年半続いた非自民連立内閣で侵略戦争責任と侵略や植民地支配への謝罪は明文化、自民党政権に戻っても基本姿勢は踏襲された。がその後も靖国参拝を窺う例は絶えない。しかもこうした政治が国外へ向けて一応の公式の場面で過去の戦争の罪責を認め、謝罪を発信する一方で、むしろそのダブルスタンダードの曖昧を利用して国内には「自虐史観」という反発や否定から戦争を擁護、戦前回帰的な論陣や集団が纏まった影響力を持つに至って今日がある。

『魔王』から『風雅默示録』あたりの戦争の歌の急激な増大の背景には、ちょうど時期から言ってこうした対外的な侵略戦争認定や公式謝罪、またその反動の結集等の影響もあったと思われる。

　また「昭和」の縛りが解けたこともあるだろう。一九九〇年代に入って、それまで主に旧陸海軍幕僚将校グループの専有物だった軍事史研究も変化、特に東アジア地域で歴史認識問題が国際的にも大きな争点になり、侵略戦争の実態の解明が急速に進んだという。戦争指導層の俯瞰目線から、ようやく戦場の兵士たちの苛酷を極めた戦争の実態に目が向けられるようになったのだ。むしろ純粋に皇国史観や現人神の天皇の下の聖戦を信じた兵士たちの、物資や食糧の欠乏した戦地は悲惨を極めた。そうした中で彼ら「天皇の軍隊」の優越性への盲信だけが跋扈した侵略性・支配性・非人道的な残虐性が暴走した。その日本の戦争の構造的な特殊性はそのまま日本軍隊の特殊性でもあった。兵士たちは先ず被害者であり、そのことが彼らを一層の加害者にさせてしまった。戦場の兵士たちは二重の戦争の惨酷を背負わなければならなかったのだ。中国や韓国からの止まない抗議が内包する感情は根深い。それが骨身に刻まれ、戦場の悪虐非道の記憶に今またうなされるのもまた兵士たちなのだ。「E」の《兵士たちの戦争（戦死・無惨への哀悼、戦後の傷痕・遺恨）》に分類した六十五首には、そうした兵士たちの呻きや呪詛が籠められている。

「E」殺せし者殺されし者死にし者死なしめられし者　萩蒼し　『魔王』
父よあなたは弱かつたから生きのびて昭和二十年春の侘助
たたみいわし無慮數千の焼死體戰死といささかの差はあれど
かつて憲兵、さう生きるより他知らず縁日の火の色の金魚屋
初霰・初日・初蝶・初陣《はついくさ》・初捕虜・初處刑・初笑
抜歯麻酔高頬《たかほ》におよび五十年前の殺人を口走りさう　『獻身』

〈殺〉と〈死〉は戦場の常態であり、その加害と被害も冷徹なゲームのように交叉する。

一首目は上句と下句が一見対《つい》のようで、実は〈殺せし者〉にもいずれ〈死〉しかないという白兵戦を強いられる雑兵の運命に慄然とさせられる。次はなまじ勇敢さなど持たなかったから生きのびられたという或る意味の処世を、巧みな泣き笑いのような表情に映し出す。日本軍隊では唾棄された〈弱かつたから生きのび〉たという逆説で、玉砕主義のような精神論に抗してみせている。〈數千の焼死體〉は日本軍の三光作戦（焼き尽くす・奪い尽くす・殺し尽す）の虐殺の一場面だろう。

〈憲兵〉以下の三首は兵士たちの戦場で犯さざるを得なかった加害を描く。例えば〈初霰〉の歌では〈初陣・初捕虜・初處刑〉というように、戦場の惨鬼に仕立てられていく日本軍隊の一般兵たちに課される不条理と彼らの苦い自嘲を描出している。憲兵にも市井人の表情を加えることで、自身は兵士にならなかっ

た、しかし紙一重で徴兵やこうした凄惨な戦場を免れたにすぎないこと、逆に兵士たちが軍隊でそう生き死ぬほかなかった不条理を弔う、塚本の呻きのような思いを添わせている。

　またすでにこのモチーフの代表歌として挙げた（一八二頁）、若い死者たちのこの世に彷徨うイメージの例歌、殊に〈敗戦忌、晝の墓前の雨に佇つ白衣《びやくえ》・青衣《しやうえ》の若き死者たち〉の歌の言い知れぬ哀切は、自分の〈墓前〉に雨に濡れて佇つというシュールな幻のどこか清冽な幼さ、白衣青衣の病衣めいた語感と儚げな立ち姿の戦病死を思わせるあわれと、さらに彼らがまだ自分の兵士としての死を〈国のお役に立てたと〉受け入れていないように感じられることだろう。

　例歌のもう一方の〈還らざりし英靈ひとりＪＲ舞鶴驛につばさをさめて〉も哀れ深い。異国で遺骨の還らなかった〈英靈〉が自らの還るべき所を探し彷徨い、永遠に戦地と故郷を繋ぐ駅舎までで根尽きてしまうのだ。

戦争と死についての複眼的洞察力

　塚本がいつからこうした兵士に焦点を当てた日本の戦争への視座、その微妙な現場的感覚や実態への知識を持ち得ていたのかは分からない。そうしたことの一部が日本国内に伝わってきたのは、敗戦の翌年から始まった東京裁判においてだったが、塚本の初期歌集にそれは反映していない。被害国からの告発や摩擦を注視する中で、直接の接触面であった戦場の兵士の行いが報道などからクローズアップされるようになった影響でもあったろう。しかし右に見たような殊に中国で日本鬼子と怖れられた彼らの行状を知るにつけ、その一人一人の兵が軍隊という牢獄で追い詰められ人間性を失っていく無惨をまざまざと幻視したのだ。「英霊」はその彼らを鎮魂するせめてもの言霊と塚本にも思えたのだろう。本来、英霊と靖国神社は皇国民を戦争に動員するいわば対《つい》の精神の栄誉顕彰シンボルであり、「特攻」や「玉砕」といった死を美的昇華で肯わせる、日本の戦争のもう一つの「黙契」だった。塚本の戦争の歌はそれらと闘ってきた。

靖国神社に対しては塚本はほとんど詠んでおらず、『汨羅變』に至って〈咳を殺してあゆむ靖國神社前あなたにはもう殺すもの無し〉の、どこか鬱屈の澱をしずかに吐き出すかのような訣別の呪詛を送っている。A級戦犯合祀で再び注目されるようになった靖国神社だが、塚本の関心はもともと東條英機らA級戦犯にはそれほどなかったようだ。むろん相応の戦争責任を負うべき者たちだが、むしろそこに全ての戦争責任を着せ、後は一億総懺悔でお手打ち式の戦争責任・戦後処理で済ませたことこそ、おそらく一番塚本の憎むところだった。被害国との一連の経緯から塚本が注視したのは、A級戦犯の合祀そのものより、それをめぐる日本国としての振舞いの不作為不誠実、あの戦争に真摯に正対せず歴史の検証・総括の機会を再び曖昧にする姿勢にこそ、戦時に通う視野狭窄と科学的理性の欠如、過去に学ぶ歴史的大局観と哲学なき危うさを見たのではなかったか。A級戦犯を合祀した途端に参拝に熱心になるのは軍事シンボルを保持しておきたい政治の処世だろう。その思惑が最も繋げておきたいのが天皇制という統合シンボルの国体なのだが、そのもとで靖国神社はそれらを利用しようとする者にとって再び特別な場となる可能性を持つ。そして実際この合祀騒動を国内的には一種のキャンペーン効果として、社会の右傾化と共に靖国神社の戦後初めての聖地回復的復活（初詣等の若年層や、遺族以外の参拝の増加）の兆しが見える。その封印への思いを込め、塚本は〈あなたにはもう殺すもの無し〉の呪言を放ったのだったが。

　その靖国神社をめぐる政治と、せめてそこを拠り所として死後のたましいの栄誉にその死を荘厳するほかはなかった兵士たちの犠牲死の差は遥かに大きい。今日なお「英霊」は草の根からの未だにあの戦争の解けない聖域の一つと言っていい。しかしこの英霊と戦地で日本鬼子と呼ばれた彼らの落差が、日本と被害国の間の、あの戦争の語りのギャップをいつまでも埋めさせない源でもあるのだ。しかし無条件に塚本の英霊の歌があるのではないことを次の歌は語っている。

その夏の葬《はふ》りの死者が戦死者にあらざるを蔑《なみ》されき　忘れず　『詩魂玲瓏』

原爆の死者を詠んだものかも知れないが、ここではより普遍的な戦争の歌、殊に戦争と死についての塚本の優れた複眼的洞察力の証しとして読みたい。戦時の戦死がヒロイックに語られるのはおそらく世界共通だが、日本のそれは「靖国神社に英霊として祀るというシステム」によってより強固に神格化されている。その英霊信仰の歪みは、戦死者を特権化するために戦時のそれ以外の死を貶めたという指摘、それを〈忘れず〉と歌に記録した塚本の真摯は重要だ。先に視た〈白衣・青衣の若き死者たち〉の歌の哀切にもおそらく繋がる。戦時の価値は人の生死さえ戦争遂行に役に立つか否かで測る。徴兵が人の等級選別の上にあるように、戦争はあからさまな優生思想をかざす。ナチスのユダヤ人虐殺もそうだが、日本の侵略や植民地支配にも同じ様な優越民族（皇国神話に基づく）意識があったことを忘れてはならないだろう。

天皇制との黙契、戦後もいわば真空の同調圧力への抗いを根底に見据えたような塚本の戦争をめぐる歌々の、本論に見て来たような多岐多様も、決してイデオロギー的裁断をしていない分、天皇制の呪縛と完全に無縁ではあり得ない日本人の突破できない一点を底ごもらせてもいる。それでも、今まで視野に入って来なかったアジアとの交流、特に多大な惨禍を与えた中国や韓国との関係、彼らからの告発、それへの政治の対応の不誠実、向き合う真摯さを共有し得ていない世論、それらから誰よりも真摯に眼を啓かれたのが塚本の戦争を詠んだ歌群ではなかったか。

戦争の歌によって得られた答えとは

分類で歌数が一番多かったのは「G」の《戦後の戦争戦時関連の事象、追悼・行事、日本の戦前回帰・再敗亡への警鐘》だった。追悼・行事として原爆忌・敗戦忌は忘れてはならない刻点として詠まれ、同時に戦前回帰的事象の復活、それが招きかねない再敗亡への予感も後期の歌集全体を色濃く染める啓示となっている。

「G」國家總動員法　遁げよわたくしの分身の霧隱才藏　『魔王』
萬緑に何もて抗すちよろづのいくさならいざ一目散に　『獻身』
あぢさゐに腐臭ただよひ　日本はかならず日本人がほろぼす　『風雅默示録』
種札「紫羅欄花《にほひあらせいとう》」をうらぎつて得體の知れぬ芽が、紀元節　『詩魂玲瓏』
高度五千米直下日本の殘骸が蟷螂のごとく泛びて　『約翰傳僞書』

天皇制と戦争を繋ぐ回路は、戦後憲法で一応遮断されたかにみえる。が憲法の縛りも今日かなり風前の灯火に近い。安保法制等の解釈改憲、改憲論への抵抗もだいぶ削がれ、再び戦争のできる国に近付きつつある。解釈改憲や加憲を示唆するような例歌〈憲法第一千條の餘白には國滅びてののちの論功〉の黙示の一部はすでに現実化している。また〈戦争が廊下の奥に立つてゐたころのわすれがたみなに殺す〉。戦時の〈わすれがたみ〉がその憲法九条の誓いを〈殺す〉のだ。あとは「詔《みことのり》」を発する主体があれば戦前は整う、〈紀元節〉とはその主体の正当性を国民に周知させるためのものだ。そして私たちの裡の天皇制との黙契もおそらく眠っているだけなのだろう。その名の下に〈國家總動員法〉が発動されれば再び〈ちよろづのいくさならいざ一目散に〉となりかねないのではないか。そうしたかつて視た光景を、その潜伏していた情念の蘇りの気配を晩年の塚本はそくそくと感じていたのだろう。かつての戦争が神州や皇国、聖戦といった肥大したナショナリズムに踊らされ、戦後は一億総懺悔と、誰が何に懺悔すべきかも曖昧なままに幕引きを急いだ。そのツケがいまもかつての被害国からの抗議をもたらすのだが、その摩擦にも憲法改正で鎧い対抗しようとする政治の姿勢こそ、〈日本はかならず日本人がほろぼす〉、再びの自滅戦争によって日本が今度こそ〈殘骸〉になるという強い幻視の警告と読める。この一見前衛期なら単に挑発的レトリックと取られかねないフレーズこそ、晩年の塚本邦雄が《あの戦争》を問い続け、この国の実は最も弱点として得た答えだったと思われる。

魔王転生――『波瀾』、『黄金律』、『魔王』を読む

藤原龍一郎

はじめに

一九八九（平成元）年に刊行された『波瀾』から、一九九一年刊行の『黄金律』、そして、一九九三年刊行の『魔王』、この三冊の歌集は塚本邦雄の十七、十八、十九番目の序数歌集になるのだが、その作品は、それ以前の歌集の作品から変貌した、異様な凄みを帯びた作品になる。第十三歌集『天變の書』から予告されていた歌への〈變〉の注入が、『歌人』を挟んでの『豹變』、『詩歌變』、『不變律』という助走を経て、この三冊で開花、爆発していると思うのだ。

豹變といふにあまりにはるけくて夜の肋木のうへをあゆむ父　『豹變』
銀碗は人血羹を盛るによしこの惑星にゐてなに惑ふ　『詩歌變』
霜月のデリカテッセン月明にみどりごの罐詰は存《あ》らぬか　『不變律』

これらの歌にももちろん〈變〉はある。夜の肋木の上をなにゆえ父は歩むのか。今までの歌にはこの種の江戸川乱歩の人獣変化的な奇想はなかった。「人血羹」や「みどりごの罐詰」といったグロテスクなカニバリズム趣味も少なくとも目立ってはいなかったのではないか。そして前掲出の三首よりも、もっと倒錯的な奇想やグロテスクでキッチュな道具立てが意識的に多くの歌に導入されているのが『波瀾』、『黄金

律』、『魔王』という三巻の歌集なのである。

1 『波瀾』、大波乱の幕開け

『波瀾』は一九八九年八月に花曜社から刊行された。収録歌数は五百首。以前の歌集に比して、かなり多い。この歌数の多さは、一九八五年から塚本邦雄が自らに課した、一日十首制作というノルマによって、数多くの歌が詠まれたため、多作多捨という方針で、この歌集が編纂されたからではないかと、島内景二は推測している。そうかもしれないが、それならば一九八五年以降に刊行された歌集も多作多捨でもよかったのではないかと思う。しかし、『詩歌變』も『不變律』も収録歌は三百三十三首と美的な定数に統一されている。むしろ、塚本邦雄自身が意識して、この定数を積極的に破ることで、歌の内容だけでなく、歌集全体に〈變〉をもたらそうとした結果ではないかと推量する。とはいえ、その基底には、一日十首の多作によって、歌の内容が確かに変貌してきたという感触を、塚本邦雄自身も摑んだからということはあるだろう。いずれにせよ、『波瀾』の作品は明らかにそれ以前とは異質なものになっている。

それは塚本邦雄の内部に何かの変化が起こったということかもしれない。というか、何かが吹っ切れて、次のフェイズに進んだとの思いがする。きっかけが何かは想像するほかはないが、一つは前歌集の『不變律』による、沼空賞の獲得があるのではないか。賞が欲しかったという自己顕示欲ではなく、歌人としての裏返しの矜持ではないか。それを裏付けるのではないかと思わせる一節が『波瀾』の跋文にはある。

第十五歌集『詩歌變』(不識書院刊)は、昭和六十二年第二回「詩歌文學館賞」を授與され、次に第十六歌集『不變律』は平成元年第二十三回「迢空賞」に選ばれることとなつた。望外の歡びとして自祝してゐる。加之、同時受賞の俳句部門作家が、はからずも、前回は加藤楸邨氏、このたびは三橋敏雄氏であつたことは、あまた裨益を蒙つた身ゆゑに、一入忝かつた。昭和三十四年第三回「現代歌人協會賞」の第三歌集『日本人靈歌』以來、三十年に近い歳月に、世に問うた歌集の数々の、その核にこめた志が、今日やうやく報いられたことに、いささかならぬ感慨を催し、かつ勵まされる思ひである。

「跋　凪を望まず」

前の二巻の歌集の顕彰に対する自祝の言葉ではあるが、いささか屈折してはいないだろうか。まず、授賞機関への謝辞がない。あくまで自祝である。触れられているのは同時受賞であった俳人二人への感謝である。「三十年に近い歳月に、世に問うた歌集の数々の、その核にこめた志が、今日やうやく報いられたことに」とあるが、このフレーズの裏には、「歌集の数々」が報われなかったとの思いがあるのではないか。この「数々」には、たとえば『感幻樂』がある。『されど遊星』がある。『閑雅空間』がある。これらの歌集が何ゆえに迢空賞歌集として顕彰されることがなかったのか。現在の読者の視点で、作品の文学的価値を考えても、この三冊の歌集の刊行年に、塚本邦雄の歌業を凌ぐ歌集があったとは思えない。読者がそう思うのだから、塚本邦雄自身はもっともっと憤怒といっても差し支えない感情があったのではないか。いや、あったに決まっている。なぜ、もっと早く賞をくれなかったのか。今さら『不變律』が迢空賞になるのは、まさに六日の菖蒲、十日の菊である。慇懃な言葉を並べながらも、前掲の跋文には毒が籠められているように思う。

こう思うにはもう少し卑近な理由がある。前年の一九八八年五月に文芸評論家である山本健吉が亡くなった。山本健吉は詩歌の世界で隠然たる政治力を持っており、彼の気に染まない句集、歌集は俳壇、歌壇の賞を受賞できないという厳然たる裏事情があった。そして、山本健吉は塚本邦雄の作品を嫌っていた。きわめて濃厚な信憑性をもった噂であった。『不變律』は一九八八年三月に刊行された歌集であり、山本健吉の影響力が喪失した一九八九年に迢空賞を授与されたわけである。

よろこびの底ふかくして迢空賞うけしその夜のほととときす
淡きかな今年の紅葉　ふるびたる『現代俳句』屑屋に拂ふ

この二首は第十八歌集『黄金律』に収録されている。迢空賞という固有名詞が詠み込まれている一首目と山本健吉の不朽の名著『現代俳句』を屑屋に売り払うという二首目。ともに迢空賞受賞の一九八九年につくられた歌である。一首目は「紅葉變　1989年10月歌ごよみ」と題された日付の付された三十一首の八首目で「8日　日　曇一時雨　六月盡より數へて百日、すなはち」との詞書が付いている。百日前の迢空賞受賞式を回想しているように思える。そして実は塚本邦雄は迢空賞授賞式には出席していない。「現代詩手帖特集版　塚本邦雄の宇宙」所載の松田一美編の年譜にも「六、七月、フランスのバスク地方周遊」と記されている。もちろんあらかじめ予定されていてスケジュール変更不可だったのかも知れないが、栄えある迢空賞の授賞式に、あえて欠席するというのは、絶好の意趣返しになっている。あまりにも遅すぎる。賞はいただくけれども、権威を否定してみせるとの意思がある。その自らの行為を百日後に回想しての「よろこびの底ふかく」にある「ほとほとときす」。「ほとほと」なる副詞を掛詞にして、季節外れのほととぎすが呼び出されている。ほとほととは「困った」とか「呆れた」とかの否定的な動詞に係るのが普通であり、十月八日のほととぎすは、やはり、六日の菖蒲十日の菊の類であるだろう。

二首目にはさらに露わに悪意が満ちている。『現代俳句』は山本健吉の著作で、秀逸な現代俳句鑑賞の書である。おそらく、山本健吉の著作の中でもっとも売れた本ではないか。ロングセラーであり、角川選書版は今でも書店店頭を飾っているし、キンドル等々の電子書籍版も販売されている。古くなっていても、普通なら処分するような本ではない。もちろん事実ではないかもしれないが、虚構だとしたら、なぜここに山本健吉の『現代俳句』を選択したのか、やはり、意図が働いているとしか思えない。一日十首制作の中から、発表作品や歌集収録作品を厳選している中で、あえてこの作品は初出誌「玲瓏」に発表され、歌集『黄金律』に収載されたわけである。

私はこれを非難しているわけではない。一九八九年を境に、塚本邦雄の作品制作や歌集の編纂に、それ以前とは明らかに異なる意図があらわれているので、それを確認するために、まず作品を挙げてみたわけだ。

もう一度、『波瀾』の「跋　凪を望まず」から、冒頭の一節を引用する。

第十七歌集『波瀾』は、前歌集『不變律』に續き、昭和六十三年早春に始まり、翌年、平成元年初夏までの、約十四個月間に發表した作品計五百十七首のうち、五百首を以て編んだ一巻である。序數歌集の中では、登載歌數が最も多く、製作期間は最短といふことにある。歌人として、また新たな出發の決意を迫られる時期に遭ひ、この五百首をひつさげて、敢へて大波瀾を期しつつ歌ひ出さう。

この大波瀾の辞が、本当にこの歌集から始まる塚本邦雄の後期の歌業の、まさに大波瀾と呼ぶべきビッグウェーヴを予告したものであったことを検証してみたい。

「あっあかねさす」の衝撃

『波瀾』の作品は、たとえばこのようなものだ。

一瞬南京虐殺がひらめけれども春夜ががんぼをひねりつぶせり
行き行きて何ぞ神軍霜月の鶏頭鶏冠《けいくわん》のなれのはて

押入の床に月さし封筒のうらなる「鯖江第三十六聯隊」
「ノモンハンにうち重なりて斃れしを」わが心之に向きて蒼き
春の夜の夢ばかりなる枕頭にあっあかねさす召集令状

戦争に関連する歌五首。一首目と五首目が歌集刊行当時の書評ではよく取り上げられた。ががんぼをひねりつぶす刹那に閃く血なまぐさい南京虐殺。無抵抗な生物を殺すサディスティックな快感に、日中戦争のさなかの殺戮事件のイメージが重なる。このような現実の戦中の事件名が歌に取り込まれるのは珍しい。この点も変化の一つだろう。

二首目は原一男監督の異色のドキュメンタリー映画『ゆきゆきて、神軍』が下敷きにされている。この映画では、奥崎謙三という男が、戦時中の上官たちを訪ね歩き、叫び、怒鳴り、時に殴りつけながら、戦争犯罪や、ついには人肉嗜食までをも告白させる。下の句の「鶏頭鶏冠のなれのはて」は、腐った人肉の色を連想させる。意図的な悪趣味といってもよいかと思う。

鯖江第三十六連隊は日清戦争の後に福井県の鯖江に置かれた歩兵第三十六連隊のこと。塚本邦雄にはこのほかにも日本の軍隊の連隊名を詠み込んだ歌がいくつもある。そしてそれらは語呂の良さや音数で選ばれたわけではない。この鯖江第三十六連隊は陸軍の歩兵連隊の主力として、日露戦争、シベリア出兵、第一次上海事変、南京攻略戦と近代日本の重要な戦闘にはほぼ出動している。もちろん、南京虐殺にもかかわっている。月の射す押入れの床に置かれた封筒の差出人名の鯖江第三十六連隊は、かつて親族の誰かが、この連隊に所属していた事実を示唆している。つまりは戦争の加害者である。現代の日本人の誰もが、かつて戦争の加害者であったかもしれないという不安をかきたてるのだ。

「ノモンハンにうち重なりて斃れしを」は歌集『桜』に所収されている坪野哲久の作品の上の句。下の句には「日本の兵と豈いはめやも」。ノモンハンは満州とモンゴル人民共和国の国境にある地名。

一九三九年五月に満蒙の衝突が起こり、日本とソ連の戦闘に発展した。激しい戦闘が繰り返され、八千人を超える日本兵が戦死している。まさに、日本兵は「うち重なりて斃れ」たのである。

次の「あっあかねさす」の歌は塚本邦雄の読者に驚きを呼んだ。「あっ」の促音「つ」が小さな「っ」になっていたからだ。もちろんそれほどの驚愕の衝撃をもたらすために、かたくなに拒否していた現代仮名遣いを、あえて使ってみせたのだろう。つまりは軍国主義のシンボルとして、平和に暮らす国民を戦場へ駆り立てる召集令状への憎悪を、やはり忌避してやまない現代仮名遣いで表現して見せたということか。同時に現在の目でこの一首を感受する時、その恐ろしい予見性に注目するべきだろう。この歌の初出は「歌壇」一九八九年六月号、この年は平成元年であり、一月七日に天皇陛下の崩御があった。その後の大喪の礼や次の天皇の即位の儀式等々を見て後につくられたと思われる。天皇制をめぐるさまざまなものごとの復活に、戦前に通じるキナ臭さを感じ取ったのではないか。そして、「春の夜の夢ばかりなる手枕に」という周防内侍の歌を本歌取りして、そこには恋の浮名ではなく、「あっあかねさす」召集令状が届くという予感。この時にはまだ想像力の世界のものでしかなかった召集令状だが、三十年後の現在、今や「日本に徴兵制は必要」と唱える政治学者があらわれているのである。さらには、日本国民の貧富の差の拡大で、経済的徴兵制度という状況まで囁かれている。真実の詩人の魂をもった詩人は世界に忍び寄る危機を誰よりも早く察知するとの箴言がある。まさに、三十年後の日本の暗い危機を見通していたのだと思わざるをえない。もちろん、今の時点から振り返っての解釈ではあるが、この作品の予見的価値はきわめて高い。

開き直りの意志と意図

このような視点の他にも、作品にこめられる感情的な様々な要素の発現が、今までの塚本邦雄の作品よりも、ずっと強くなっているように思える。

かきつばたばらりとおけば八疊の夜半《やはん》の青疊みだらなり
薏以仁《じゆずだま》のびちびちとなる比良颪パパと呼ぶなら愛してやらう
酒店「つゆじも」女だてらのほほづゑの杖ふらふらと秋終るなり
父あらばともにひらかむ冬の夜を緋々と北欧のポルノグラフィー

このような歌を読んで、私は違和感を感じた。それまで塚本邦雄の短歌に対して抱いていた強い文学性と高雅なイメージをこれらの作は裏切っている。

たとえば四首ともに、「ばらりと」、「びちびちと」。「ふらふらと」、「緋々と」といったオノマトペが使われている。それも類型的なものだ。こういう語法はわざとやったとしか考えられない。そしてこれらの歌の内容も、スタンダードな塚本短歌とは異なる。

一首目は通俗的なエロティシズムがある。「ばらり」、「八疊」、「青疊」と畳みかけて、結句で「みだらなり」とダメ押しをする。かきつばたが、脱ぎ捨てられた着物とダブルイメージになり、和風の官能性がたちのぼってくる。まさに「淫」である。

二首目は法事の場面だろうか。数珠玉の「びちびち」にやはり妙なエロスがある。「パパと呼ぶなら愛してやらう」とは、誰が誰に言っているセリフなのか。普通に考えれば、中年男が若い女に言っているのだろう。外では比良颪が吹きすさんでいる。男の肉体には官能が滾っている。渡辺淳一の小説にありそうな場面である。

酒店「つゆじも」の一首の「女だてらのほほづゑ」の女は篠ひろ子あたりを思い浮かべればよいのだろうか。わけありなムードを醸し出す女性が、斎藤茂吉の歌集と同名の「つゆじも」なる名前の酒店にいる。女将なのか女性客なのか不分明だが、構図的にはよくある酒場の類型図。「ほほづゑ」の「杖」なる機知も褒めるほどのものではない。それに続く「ふらふらと秋終るなり」もあえて詩歌的収束感覚を薄くした気がする。

最後のポルノグラフィーの歌の声調は旧来の塚本邦雄的。ポルノグラフィーを形容する「北欧」もさしてひねった感じもしない。かつては北欧のスウェーデンはフリーセックスの国だとのイメージが日本人には刷り込まれていたものだ。これが「東欧」とか「中米」とかであれば、そこに意外性があり、想像力が発動しそうだが、この歌ではそうもいかない。「父あらば」なので、すでに父はこの世に亡いのかもしれない。とはいえ、この歌から感受できる世界は単調だ。

これらの歌は一言でいえばゆるい。しかし、そのゆるさは意図的なものに思える。何十首かの短歌を並べる際に、内容の地味な、いわゆる地歌を配することで、本当に読んで欲しい何首かを際立たせる技法は確かにあるが、これらのゆるい歌の配置はそれとはちがう強い意志を感じる。たとえば「ゆるき歌もまた我が短歌なり」とでもいうような開き直りの感覚である。『波瀾』とは、そのようなひらきなおりの意志のもとで編纂された歌集にちがいない。ひとつ前の歌集『詩歌變』にも、いささかの気配はあるが、歌数の増加とそれに伴うゆるい歌の意図的提示は明らかにこの『波瀾』からの特徴である。

冬瓜《とうぐわん》のあつものぬるし畫面にはどろりとシルヴェスター・スタローン
ミス寝屋川が嫁ぎゆきたるひさかたの月見ケ丘もけならべて黴雨《つゆ》
ブーゲンヴィルにて死にぞこなひの毒舌のさえざえと二月盡の銭湯
蒸海膽《むしうに》のあけぼののいろの甘しあまし先進國首腦會議の腦
家移《やうつ》りのこの核家族五寸釘抜きあへず春日《はるひ》暮れつつあはれ
土を隔てて塚と坪あひ見《まみ》えゐき歌人名簿の「つ」の項に變
寫實派の實おそろしく春曉に突然の腓返《こむらがへ》り三分

廢品回收車を聲高《こわだか》に呼ぶ處女《をとめ》きみをみすててゆくはずがない
菅沼家葬儀直前葬儀屋がくりかへす「本日は晴天なり」

ブラックユーモア、黒い哄笑も塚本邦雄短歌の一つの特徴である。そういう苦い味の作品を引いてみた。文明批評や鋭い毒舌があらゆる方向に向いて、火花を散らしている。

シルヴェスター・スタローンの当たり役は家族思いの不屈のボクサーのロッキーと孤高の戦士ランボー、その予定調和の物語に「ぬるし」、「どろり」といった不快感を感じ取ったのだろう。ミス寝屋川なる狭い範囲での選出にどれほどの意義があるのか。ぬばたまのではなく、ひさかたの月見ヶ丘も名前ほどの土地ではないだろう。黴雨が続けば、土砂崩れだってあるかもしれない。銭湯で昼間から言いたい放題のご老人はブーゲンビル島帰りの元下士官か。九死に一生をえて帰還した運の強さはさすが。今や米軍のマヌケさ、日本軍の将校たちの無能さ、政治や嫁の悪口ととどまることを知らない。これも平和な日本の一光景。

先進国首脳会議の「脳」とは何か。能ではなくて脳であるところも、確かに蒸した海胆のように甘いのだろう。冷静に考えれば先進国首脳会議などと名のることさえ僭越でおこがましいことなのだ。歌の底に嘲笑が響いている。次は落語の「粗忽の釘」を思わせる設定だ。塚本邦雄には「受難《パッション》」というやはり「粗忽の釘」を下敷きにした掌編小説がある。小説では、壁に釘を打ったら隣室のキリスト像の背中から胸を貫いてしまったとのブラックきわまりない受難が描かれる。この歌からは、そこまでは読み取れないが、「核家族五寸釘抜きあへず」からは、のっぴきならない些事の悲劇がうかがえる。そして、歌人名簿の變の歌。塚本邦雄、土屋文明、坪野哲久の並びが、一九八八年の坪野哲久の死、一九九〇年の土屋文明の死によって、不動だった並びに〈變〉が生じたのである。このような形而下の素材を扱うのも塚本短歌にとっては、一つの〈變〉ではある。

「寫實派の實おそろしく」は写実なる近代短歌の技法への懐疑。実を写すなどとは烏滸がましいにもほどがある。そう蔑した罰か春暁の腓返り。それは確かに恐ろしい。写実ならぬ現実の激痛である。廃品回収車を大声で呼ぶ女。それがあたかも廃品として回収されてしまうのが相応しい処女である。これも前掲の「ミス寝屋川」に匹敵する皮肉である。最後の葬儀屋の歌は滑稽のようで、人生の真実を衝いている。人間は晴天に死ぬこともあるのである。一方、葬儀屋もマイクテストに他のフレーズなら、何を言えばよいのか。かつて保険屋は「ゆふべひたひを光らせて」「遠き死を賣りに」来たものだ。いずれにせよ、黒い笑いが意図されている。

そして、この部分がさらに強調されて行くのが次の歌集『黄金律』とさらに次の歌集『魔王』なのである。

2　『黄金律』、強烈な躁のエネルギー

『黄金律』は一九九一年花曜社刊。塚本邦雄にとっては第十八冊目の歌集となる。収録歌数は五百首。「一九八九年朱夏から一九九一年新春までの、約十八個月、（中略）この期間の未發表作は約五千首にのぼる。」と「跋　わが黄金時代への旅の餞」に書かれている。結果論的に言えば、この歌集は翌一九九二年に第三回斎藤茂吉短歌文学賞を受賞する。この受賞もまた、「何をいまさら」の感がある顕彰である。ただ、塚本邦雄は一九七七年の『茂吉秀歌①『赤光』百首・評釈』から、一九八七年の『茂吉秀歌⑤『霜』から『つきかげ』まで百首・評釈』で、斎藤茂吉のすべての歌集の中から秀歌を選んで評釈するという力業を果たしている。それを思えば、斎藤茂吉短歌文学賞なら、受ける必然があると思ったのかもしれない。こういう心理の推測は文学とは違う次元のことかもしれないが、表現者の表現意志には多かれ少なかれ影響を与えざるをえないと思うのだ。この受賞で大きな一つの達成感を得たことは確かであろうと思う。

もう一つこの時期の塚本邦雄の実生活に大きな変化があった。一九八九年即ち平成元年四月から近畿大学文藝学部教授に就任したことである。この事実もやはり格段の達成感、充実感を塚本邦雄の精神に齎したのではないだろうか。いかに文学至上、芸術至上こそが信条であったとしても、滋賀県立神崎商業卒業という最終学歴にいささかの不満、かすかな劣等感のようなものがなかったとは言えない。それが請われての大学教授就任ということになれば、形而下の満足感はあったと思う。口には出されなかったかも知れないが、大学の文藝学部の教授というポジションが嬉しくなかったはずがない。もちろん、自分の信じて創造してきた文学の真髄を学生たちに教えることができるという新たな挑戦の喜びが最大のものであっただろう。そして、繰り返すが社会的地位としての大学教授就任という充足感。

近畿大学文藝学部教授就任が一九八九年四月。歌集『波瀾』の跋文「凪を望まず」の執筆日付が同年六月八日。この文章には大学教授就任の記述はない。次の『黄金律』の跋文「わが黄金時代への旅の餞」の執筆日付は一九九一年三月三十一日。すでに、大学教授に就任してから丸二年の歳月が流れている。しかし、こちらにも大学に関する記述はない。そして、どちらの跋文にもヨーロッパ旅行に関する詳細な記述はある。『黄金律』の跋文には、加えて、NHKセミナー「20世紀の群像」に出演し「斎藤茂吉」を担当し「佛説阿彌陀經やウィーン小唄をBGMに、一氣呵成に大歌人の核心を抽出して語り、みづから納得するものもあつた」と満足の意を書き記し、さらに紫綬褒章伝達式で、「短歌研究」昭和二十六年五月号の「モダニズム短歌特輯」に並んで掲載された版画家の吉田穂高と「これまた四十年を回顧、歡談した」と書かれている。大学での講義や学生との交流の記述があってもおかしくないと思うのだが、むしろ、あえて書いていないような気さえする。書かないことが、一つの矜持となっているということか。聖域としての大学という思い、信念があったのかも知れず、それがまた、大きな力となってこの時期の短歌に反映されているとも考えられる。強烈な躁のエネルギーの迸りを感じさせるのが、この『黄金律』の作品なのである。

キーワードはバッドテイスト

では、作品を具体的に読んでみたい。

復活のだれからさきによみがへる光景か　否原爆圖なり
秋分の蚤の市にて見出でける銀の匙血をぬぐひたる痕
秋夜モノクロ映畫幻滅ハンバーグステーキ啖ひゐるバーグマン
雑沓に火のにほひ曳く大男野を焼き來しか妻焼き來しか
地異あらばたのしからむにわかくさの妻が蜥蜴をはじきとばす
汝の死をおもひゐるとき瑠璃色に光れりき糞蠅が一瞬
涅槃會の夕べわきたつ漫才は美男シルクと醜男《ぶをとこ》コルク
愛犬ウリセスの不始末を元旦の新聞で始末してしまつた
春晝のしじま食堂にこゑあつて「はやく雙生兒をたべておしまひ」
幼女虐殺犯の童顔それはそれとして軍人勅諭おそろし
さらばこころざし銀蠅が白飯《しらいひ》にむらがりてかすかなるコーラス
水無月朔日この嘔吐感、執拗にＴＶに海龜産卵のさま
淡きかな今年の紅葉　ふるびたる『現代俳句』屑屋に拂ふ
早く鱶鰭《ふかひれ》餃子《ぎやうざ》をたべてあれ御覽アフリカで子供が死にかけてゐる
臍柑《ネーヴル》の臍はここぞと切尖《きつさき》をあてたり　殺さるるかいつかは
海戰のごとし朱椀が波だちてわかめきれぎれに沈みつ浮きつ

今までの塚本邦雄作品のイメージからはかなりかけ離れていると思うだろう。これらの歌の印象は一言でいえば「悪趣味《バッドテイスト》」。

この「悪趣味《バッドテイスト》」というキーワードを、この歌集『黄金律』と次の歌集『魔王』の主旋律であると私は考えている。

一首目から強烈なイメージの展開である。満員電車から乗客が次々に出て来る映像を逆回しで見せて、人々が後ろ向きに歩いて電車に吸い込まれて行く映像を、テレビなどで見せられることがあるが、それを想像すればよい。たとえば丸木位里の『原爆の図　幽霊』を見て、そこに描かれた人間が「復活」する姿と思えば思えなくもない。しかし、すぐにそれは「否原爆圖なり」と否定する。こういう発想は凡人の頭からは出ない。しかし、これはまぎれもなく悪趣味である。原爆の図を茶化すことは普通の倫理観ではできない。

以下の歌を一首一首読み解いて行くのも実は気が重い。銀の匙に見つけた血をぬぐった痕。生理的に気持ちが悪い。ハンバーグをもりもりと喰らうイングリッド・バーグマンの口元。もちろんバーグマンは世界的な美人女優ではあるが、その口元だけを見せられるのは確かに幻滅かも知れない。

雑踏の歌は、春の季語でもある野焼きが、一転して妻殺しの隠蔽の火炎に転化する。次は若草の妻が気味悪がりも怖がりもせずに、蜥蜴をはじきとばす姿。さて、天変地異があるのだろうか。大地震が起こり、地面に走った亀裂に、蜥蜴もろとも若妻が転落していく姿を妄想するのであろうか。

次の歌の「汝」が具体的に作中の主体とどのような関係なのかはわからないが、悼む心を糞蠅に邪魔されてしまうとはなんたることか。瑠璃色という蠅の色さえも不潔に感じる。そして、涅槃会の余興の漫才師。いや、テレビを見ているのかも知れないが、シルクは絹のようにつやつやした美男子、相棒のコルクは荒れた木肌のように顔の肌がごつごつブツブツとした醜男か。涅槃会の仰々しさに飽きれば、こういうコンビ、シルク・コルクの漫才なら聞いてみたい気もするが。

ウリセス（ユリシーズ）なる犬の不始末を始末した元日の新聞には、さまざまなめでたい記事が載っていたのだろう。声高ではないが、悪意が歌の底に流れている。次の「雙生兒」と「ソーセージ」の同音異義語の提示は珍しくはないが、春の昼の食堂で調理され、食べられてしまう双生児と思えば、きわめてグロテスクではある。

幼女虐殺犯の童顔という提示には、当然、この歌がつくられた時期に世情を騒がせていた四人の幼女の誘拐殺人犯・宮崎勤の顔が連想されているはずだ。宮崎の犯行は一九八八年から八九年にかけてであり、逮捕は八九年八月であった。この一首を含む「かつて神兵」は「短歌研究」一九九〇年五月号である。時事、事件をこのように反映した歌は『日本人靈歌』の頃を想起させる。そして、下句では「それとして軍人勅諭おそろし」と展開している。本来、死滅したはずの軍人勅諭がいつのまにか復活しようとしているのか。あるいは、どこかで、軍人勅諭を暗唱している人間がいたのか。この短歌から二十数年後に、園児に教育勅語を唱えさせるモリトモ学園なる学校法人が出現したわけであるから、予見性を認めてもよいのではないか。シリアルキラーよりも軍人勅諭に象徴される軍国主義の復活の方が恐ろしいという歌人の鋭い感受性の在り方である。

次の作品。銀蠅が群がる白飯を想像するだけでぞっとする。どんなこころざしを持っていたにしても、こんな場面を見たら萎えてしまう。結句の「かすかなるコーラス」は、銀蠅の羽ばたきの唸りだろうか。実は歌意は把握しにくいのだが、銀蠅に覆われた白飯の不快な映像だけは鮮明である。次の嘔吐感の歌もまさに嘔吐をもよおさせる。海亀の産卵の様子は、BSチャンネルなどで見た記憶がある。動物の生命力に感動する人もいるかもしれないが、動物があまり好きでない人にとっては、嫌悪すべき映像ともいえる。排泄のようにも見えなくはないわけで、執拗にテレビ画面に映し出されたら吐き気をもよおして不思議はない。歌の初句の「水無月朔日」がそれ以下の描写を中和しているかといえば、そうでもない。この歌を読んだ後に残るのはやはり嘔吐感のみである次の「淡きかな今年の紅葉」の歌は、前に論じたとおり、山本健吉の名著『現代俳句』を屑屋に払い下げてしまうという悪意がきわだつ歌。初句二句に正統的な和歌の美意識を詠じて見せて、よけいに三句目以下を貶めている。次の鱶鰭餃子の歌は贅沢な中華料理とアフリカで飢餓に苛まれる子どもとの対比。やや図式的な対比の気もする。結句の「死にかけてゐる」が高見の見物と言った不快なイメージを強めているわけだ。もちろん、あえてそうしているわけである。

臍柑の臍の歌は切腹のイメージ。「ここぞと切尖をあてたり」ときわめてむごたらしいイメージを拡大している。そして、ネーブルと同じように、自分も腹を割かれて殺される日が来るのかもしれない。あるいは南京大虐殺もこの歌の背後には暗示されているのか。想像力はいくらでも広がる。最後の海戦の歌。朱色のお椀にワカメのお吸い物。本来なら食欲をそそられる場面といえる。しかし、そのワカメを海での戦争の後の浮遊物——そこにはもちろん生者死者を問わず人間たちもたくさん浮遊している——浮きつ沈みつする瀕死の水兵たちを想像すれば、とてもそのお椀に手をつける気持ちにはなれない。食欲という人間の基本的な欲望を萎縮させてしまう短歌、これも意図的にそう描いているわけである。

悪趣味即ちバッドテイストがきわだった歌を鑑賞してみた。仮にこれらの作品で生まれて初めて塚本邦雄の短歌を読んだ人が居たとしたら、良いイメージを持つとはとても思えない。『感幻樂』の歌人がこのような作品をなしてしまう変貌。この塚本邦雄短歌の「豹変」こそを注意深く読み取り、鑑賞しなければならない。

憂きわれをさびしがらせて後架よりひびき來る吊り捨ての風鈴
乳飲兒《ちのみご》がわめく空木《うつぎ》の垣の內すてつちまつてすむものならば
砌《みぎり》の水に水葵濃しふるさとは遠きにありてにくむものか
秋茄子のはらわたくさる青果市この道や行く人にあふれつつ

一読してわかる通り、これらの四首ともに、本歌取り本句取りである。

一首目は松尾芭蕉の「憂き我をさびしがらせよかんこどり」を元歌として、便所の風鈴を詠っている。風鈴は夏の季語であるが、後架に吊り捨ての風鈴とは、考えようによってはきわめて俳諧味に富んでいるともいえようか。芭蕉の一句を受けて、便所に吊るしてある忘れられた風鈴の音を呼び出してみせる。季節は秋も深まった頃だろうか。確かにそんな風鈴の音はさびしさをつのらせるに決まっている。もう一つ陰の本句として、夏目漱石の「ほととぎす厠なかばに出かねたり」があるのではないかと私は思っている。これは明治四十年に、時の総理大臣西園寺公望が森鷗外、幸田露伴、島崎藤村、田山花袋ら、活躍中の文士たちを自邸に招いて懇談した雨声会への欠席の断り状に書いたと言われる一句。漱石は反権威的な思いから招待を断ったとされている。塚本邦雄自身は叙勲などは断ってはいないものの、権威に媚びない志は漱石に負けるものではない。そこに通じ合う思いがありそうだ。

二首目は竹下しづの女の代表句「短夜や乳ぜり泣く児を須可捨焉乎《すてつちまおか》」。嬰児が泣きやまず思わず「捨ててしまおうか」と思ってしまう母親の疲れきった心理。空木は卯の花であり、夏の花。暑さの中でいっそう赤子の泣き声が神経を苛立たせる。「すてつちまつてすむものならば」なるひらがなの表記はしづの女の漢詩調の漢字表記の逆を行ったものか。「空木の垣の内」なる古典的な設定が、それこそ源氏物語の昔から、蒸し暑くなれば嬰児は泣きわめき、泣くからといって現実的には捨てるわけにはいかない母親の子育ての苛立ちをあらわしている。

三首目は室生犀星の「ふるさと」の本歌取り。「ふるさとは遠きにありておもふもの」を「ふるさとは遠きにありてにくむものか」と望郷から憎悪へと詩句の想いを転じている。上の句の「砌《みぎり》の水に水葵濃し」という一見、故郷の懐かしく美しいイメージだが、実はこれは陰湿きわまりない地縁血縁のシンボルだろう。冷静に観察すれば。水葵が繁茂してぬるぬるの砌など、気持ちが悪いだけである。これはまさしく憎むべきものであるだろう。

最後はもちろん斎藤茂吉『赤光』の一首「赤茄子の腐れてゐたるところより幾程もなき歩みなりけり」と松尾芭蕉の「この道や行く人なしに秋の暮」を本歌、本句にして「青果市」というスパイスでハイブリッドしてみせた作品。新鮮な秋茄子は秋の代表的な野菜であり、美味である。しかし、そのはらわたが腐っているとは。不潔に腐乱した茄子は不快である。そんな青果市の路上はごったがえすほどに混んでいる。さまざまな比喩として読める歌だ。本歌、本句の本意から探れば、歌の道、俳句の道なのかもしれない。腐っているのにあふれるほどに人が集まってきて、真の短歌とも俳句とも言えない蕪雑なまがいものばかりが量産されている現状。わかる人にだけわかればよいという強烈な皮肉の一首ではないか。だからこそ、あえて茂吉と芭蕉という二巨人の作品を適当に混ぜ合わせたオリジナリティ皆無の一首をつくって見せたような気がするのだ。

最後にこの二首。

生牡蠣すすりくらふをやめよまざまざと國葬の日の霙のいろ
鮮紅のダリアのあたり君がゆかずとも戦争ははじまつてゐる

一首目は一九八九年二月二十四日に執り行われた昭和天皇の大喪の礼、二首目は一九九一年一月十七日に勃発した湾岸戦争を主題としている。

昭和天皇の大喪の礼の日は確かに東京は霙が降っていた。大喪の礼という最も厳かな儀式を生牡蠣をすすりながらテレビで見ている誰か。もちろん実景ではないだろうが、やはり、趣味のよくはない組み合わせではないか。

次の歌は真冬に勃発した戦争に対して、鮮紅のダリアというのは季節ちがいではないかとの疑問もわく。間違っているかもしれないが、イラクやクウェートの油田が爆撃されて、燃え上がる火焔をダリアに見立てたのかと思う。もう一つの考えとしては、イラクが突如、クウェートに侵攻を始めた八月二日の真夏のシンボルとしてのダリアなのだろうか。

いずれにせよ、この戦争という主題による一首は、次の歌集『魔王』につなげるために、巻尾に置かれたことはまちがいない。

塚本邦雄にとって、戦争は人生の前半における最大の忌むべき事象であり、そこには昭和天皇や日本軍という対象に対する激しい感情の動きがある。それを具体的に鑑賞してみたいと思う。

3　『魔王』、〈戦争《ラ・ゲール》〉を歌の核として

『魔王』は塚本邦雄の第十九歌集。一九九三年三月一日に書肆季節社から刊行された。

まず、この歌集の中から、文句のない秀歌と私が思う歌を引いてみる。

黒葡萄しづくやみたり敗戦のかの日より幾億のしらつゆ
建つるなら不忠魂碑を百あまりくれなゐの朴ひらく峠に
離騒《りさう》一篇われもものせむ別れなば文藝のうつり香のかたびら
たまきはる命を愛《を》しめ空征かば星なす屍《かばね》などと言ふなゆめ
文學の何にかかはり今日一日《ひとひ》ぬかるみに漬かりゐし忍冬《すひかづら》

黒葡萄の一首はもちろん斎藤茂吉の『小園』の絶唱「沈黙のわれに見よとぞ百房の黒き葡萄に雨ふりそそぐ」を受けているわけだ。茂吉は雨に濡れる黒き葡萄を沈黙のまま凝視して敗戦の悲傷を噛み締めた。しかし、塚本邦雄の歌では、茂吉がみつめた黒葡萄のしづくがやんだ後に流された幾億のしらつゆ、つま

りは敗戦国民の泪の比喩にちがいない。個としての茂吉の想像しえなかった圧倒的多数の国民の悲傷を塚本の歌は呼び起こしてみせてくれている。

不忠魂碑の歌は、戦争中に不忠であったものこそ讃えられるべきだとの逆説だろう。塚本邦雄自身も自分は不忠の徒であったと自認しているはずだ。「くれなゐの朴ひらく峠」という下の句も不思議だ。朴の花は普通は白い。それがくれないになるということは、戦争で流された兵士や非戦闘員の血を吸って、真紅に咲く朴の花か。鮮烈なイメージに決して忘れることのできない怨恨の感情が流れているが、一首の美的結構は崩れていない。

「離騒」は楚の屈原作の長編詩。塚本邦雄が私家版離騒を書けば、それは昭和前期の戦争を超絶技巧的なレトリックと比喩で厳しく歌いあげたものになるだろう。「別れなば」を挟んでの下句「文藝のうつり香のかたびら」とは文と武の融合したみごとなフレーズだ。

四首目は「海行かば」の本歌取り。「海行かば水漬く屍、山行かば草生す屍」なる歌詞が「空征かば星なす屍」と転じている。ゼロ戦や隼が空中戦に散った。神風特攻隊で多くの若い命が散華した。それを「星なす屍」などと讃えられてはたまらない。まさに、「たまきはる命を愛し」むべきなのである。戦時中の大本営発表の冒頭曲として否応なく国民の耳になじまされていた曲を苦く擬いてみせている。

最後の一首。文学に関わり続ける自分への鋭い自問自答。下の句の「ぬかるみに漬かりゐし忍冬」とは、やはり忸怩たる思いがこもっているわけだ。忍冬はスイカズラ。忍と冬という漢字の組合せに耐え忍ぶイメージがある。

これらの歌は塚本邦雄の他の歌集に入っていても、秀歌と呼ばれてしかるべきものだと思う。こういう作品が歌集の文学的価値を保証しているとした上で、次のような作品は如何に受けとめられるべきなのだろうか。

不法駐車のロメオに爪を立ててゐる婦人警官のあはれ快感
煤掃きの押入れに朱の入日さし古新聞の絞首刑報
金の折鶴踏みつぶしつつ「幼稚園々児のための詩」に出講す
憲法もさることながら健吉の名を言ふこともなき蓬餅
海征かばかばかば夜の獣園に大臣《おとど》の貌の河馬が浮ばば
素戔嗚神社神籤《みくじ》の函に私製《わたくしせい》大凶の籤混ぜて歸り來
「不待戀《またざるこひ》」の左、拙劣　右、剽竊《へうせつ》　沙汰のかぎりの持《ぢ》と申すべし
ほととぎす聞きぬぎぬの騎乗位の最後のかなしみがほとばしる
世紀末まなかひにある花の夜をいくさいくさいくさいくさい

一言で感想を言えば、悪ふざけだろうか。不法駐車の高級外車に爪を立てて傷をつけている婦人警官。そんな不埒な婦人警官が絶対に居ないとは断言できない。年末の大掃除の際に、押入れに敷いてある古新聞の見出しに惹かれてつい読みふけってしまうことは誰にでもある。しかし、その見出しが死刑囚の絞首刑が執行されたというもの。次の歌は幼稚園児に詩のたのしさを教える講師の蛮行。三首とも読者に悪ふざけを仕掛けているように思える。

次の憲法の歌。健吉とはやはり、因縁の山本健吉だろう。しかし、この歌に山本健吉の名を出す必然性はない。「海征かば」と厳かに詠い始めて、その仮定条件の「かば」の音を引きずって、夜の動物園に強引につないでしまう言葉遊び。大臣の貌の河馬というのも滑稽だが、カバに似た容貌の大臣というのは、昔も今も居たのではないか。滑稽さにも毒が滲みだしている。次の歌の素戔嗚神社に私製大凶の籤を混ぜるという行為はまぎれもなく悪ふざけとしか言いようがない。

次の「不待戀」の歌、数多く催された歌合せの中にはおそらくこんな凡戦もあったのだろう。拙劣と剽

窈の持、プロレスならば両者リングアウトというところか。記録には残らない「沙汰のかぎり」の阿呆らしさか。「きぬぎぬの騎乗位」というのも、あり得た状況ではあるだろうが、誰も歌には詠わなかった素材である。「ほととぎす」と「かなしみ」で挟めば、俗の極みも雅に反転するということか。そして最後の「戦」が「臭い」に転位する歌。上の句は美しくまた危ういフレーズながら、まさか「臭い」に着地するとは予想不能である。しかし、戦即ち戦争というものは確かに「臭い」という感覚と直結していると言えようか。空襲で落とされた焼夷弾は焦げ臭さを充満させる。爆弾では人もたくさん死ぬわけだから、肉体も焦げるし、死体は放置されれば腐る。悲惨な臭気がたちこめた戦場や広島や長崎の焼け跡の記録は数多く残っている。それらを想起すればまぎれもなく「いくさ」は「くさい」のだ。

『魔王』には「跋——世紀末の饗宴《ガラ》」と題された六ページにわたるあとがきが付いている。一部を次に引用してみる。

發表誌は私の砦にして宮殿《シャトー》たる「玲瓏」、毎季必ず二十一首三聯の六十三首を掲げ、これだけで八回五百首となる。主題は短歌なる不可解極まる詩型の探求であり、謎の巣窟たる人生と世界への問ひかけであつた。その核に〈戰争《ラ・ゲール》〉のあることは論をまたない。今日もなほ記憶になまなましい軍國主義と侵略戰争、今日も世界の到るところに勃り、かつ潛在する殺戮と弑逆。明日以後のいつか必ず、地球は滅びるといふ豫感、その絶望が常に、私の奏でる歌の通奏低音となつて來た。今後もそれは續くだらう。

この文章の後に自作を十六首引いている。

翌檜《あすならう》あすはかならず國賊にならうとおもひ　たるのみの過去

罌粟壺に億の罌粟粒ふつふつと憂國のこころざしひるがへす
血紅の燐寸《マッチ》ならべる一箱がころがれり　はたと野戦病院
わけのわからぬ茂吉秀吟百首選りいざ食はむ金色《こんじき》の牡蠣フライ
風の芒全身以て一切を拒むといへどただなびくのみ
半世紀後にわれあらずきみもなし花のあたりにかすむ翌檜《あすなろ》

十六首中から六首を引いた。前半三首が〈戦争〉、後半三首が〈人生と世界〉をテーマにした作品である。自信作ということだと思う。ここに引用はしなかったが、「建つるなら不忠魂碑を百あまりくれなゐの朴ひらく峠に」の一首も十六首の中に入っている。

翌檜の歌の国賊になろうとは、戦争に反対するとの意思であろう。二首目の憂国の志も同様の想いにちがいない。野戦病院の一首は血紅のマッチとの配合で、野戦病院の残酷な現実を映し出している。朝鮮戦争時の野戦病院を舞台にしたロバート・アルトマン監督のブラックユーモア映画『M★A★S★H』をイメージしているのかもしれない。

〈人生と世界〉の三首も苦みに満ちている。茂吉秀吟は文藝春秋から刊行した『茂吉秀歌』五部作のことであろうか。それともこの五部作に選ばなかった歌ばかり選んで、まさに「わけのわからぬ茂吉秀吟百首」を選んだということなのか。皮肉に満ちた一首だ。また、芒の歌は「一切を拒む」と意志が固そうなことを言いながらも、実は抵抗ではなく「ただなびくのみ」ではないかと、やはり意地の悪い蔑言を投げかけている。半世紀後の歌も、皮肉な内容。「明日はなろう」の努力も、五十年経てば雲散霧消、われもきみももはや居ないとにべもない。

今まで読んできた歌でわかるように、『魔王』では意識的に想像力を開放して、あらゆる抑制を弾き飛ばしている。その破壊的な想像力がここまで破天荒になるものかと呆れるほどの作品を読んでみたい。

茂吉が見たる子守の背《せな》の「にんげんの赤子《あかご》」果して何になりしか
菖蒲湯ぬるし五分沈まば死に得むにそのたのしみは先にのばす
たたみいわし無慮數千の燒死體戰死といささかの差はあれど
幼稚園青葉祭の園兒百　なぜみな遺兒に見えるのだらう
むかし「踏切」てふものありてうつし世に踏み切り得ざる者を誘ひき
千手觀音一萬本のゆびさきの瘭疽《へうそ》をおもふこの寒旱
被爆直後のごとき野分のキオスクのビラ、口歪めイザベル・アジャーニ
反轉横轉しつつ筵にひしめけるちりめんざこのこの遺棄屍體

よくこんなことを思い浮かべたものだと息を呑む。

一首目は斎藤茂吉の『赤光』の一首「にんげんの赤子を負へる子守りこの子守はも笑はざりけり」を元歌としている。本歌取りと言うより、パロディと言った方がよいか。茂吉の歌は子守の少女の不機嫌さを詠っているが、塚本邦雄はこの歌の「にんげんの赤子」という奇妙な表現から発想している。「人間」ではなく「にんげん」。茂吉の表記も意味不明なのだが、その赤子が成長して何になったのか。とても、まともな人間になったとは思えない。妖怪か物の怪か。塚本邦雄の歌に出会わなければ、いたいけな赤子の将来を思いやる歌として読めた歌が、何か怪奇なイメージに転化してしまう。

次の歌は年配者の事故死が多い、浴槽での溺死。意図して菖蒲湯に五分浸かれば、誰であろうと溺死、窒息死するだろう。自死もまたたのしみと認識する虚無。家族が亡くなった浴槽をその後も使い続けることは普通ならできないから、遺族への嫌がらせの気持ちもあるのかもしれない。そういう昏いたのしみか。

次のたたみいわしの歌はとりわけ凄まじい。焼きあがったたたみいわしが無慮数千の焼死体に見えると詠っている。たとえば東京大空襲の写真などを見ると、たたみいわしに見えないことはない。東京大空襲の市民、非戦闘員の死者の数は十万人超ともいわれて、無慮数千どころではないが、或る意味タブーである空襲の様をこのようにブラックユーモアで詠う手法には驚かされる。普通の歌人では、ここまでは詠えるわけがない。まさに悪趣味、バッドテイストの極みだと思う。この異様ともいえる想像力の爆発が歌集『魔王』の最大の特徴なのである。

次の遺児の歌も同一線上にある。幼稚園児百人の写真に「XX事件の遺児たち」とのキャプションをつければ、そう見えてくるから不思議だ。実際の葬儀の場でも父親が亡くなった幼児が何もしらずにはしゃぎまわっているのを見ることがある。そういう痛々しさを悪意で反転させると掲出歌になるのではないか。

次の踏切の歌もイヤな歌である。かつて踏切で電車に跳び込む自殺行為はかなりの数を占めていた。今は高架になったりして、踏切自体が減ったので、踏切自殺者の数は減ったかも知れないが、ホームから跳び込む鉄道自殺者も含めれば、実はあまり減っていないのだろうと思う。そして踏切。このように詠われてみると、よくも「踏切」などという言葉をつくったものだ。まさに「うつし世に踏み切り得ざる者を誘ひき」である。当然、明治以降につくられた造語かと思うが、こんな不吉なイメージをもってしまうことに、言葉をつくった人は気づいていたのだろうか。たたみいわしの歌に劣らずイヤな気分をかきたてる歌だ。

千手観音のすべての指、一万本の指が同時に瘭疽になり、ずきずき疼いているとしたら、拷問並の不快な苦痛だろう。この発想もよくぞ出てきたものだと思う。瘭疽の痛み、疼きを経験したことがある人ならば、この不快感は分るはず。たった一本の指が瘭疽になっても、眠れないほどズキズキ疼くのである。一万本の指が一気に化膿して疼いていたらいかに千手観音でも平静ではいられまい。仏教の戒律を破戒、いや破壊するような歌である。

イザベル・アジャーニはフランスの女優。「被爆直後のごとき」という直喩はどのフレーズにかかるのか。野分の形容としても意味は通るが、ここではあえて、下の句の「口歪めイザベル・アジャーニ」にかかっていると読みたい。具体的にどのような状況でイザベル・アジャーニが口を歪めているのかは不明だが、「被爆直後の」という比喩は凡な歌人ではとても使えない。

そしてちりめんざこの遺棄死体の一首。たたみいわしが焼死体ならちりめんざこは確かに反転横転の遺棄死体であろう。たたみいわしは完全に焼けただれ、焦げてそれぞれが密着しているが、ちりめんざこは一尾一尾は独立しているから、断末魔の七転八倒のさまに見えるではないか。

これらの悪趣味な作品群は戦争への怒りのあらわれとして詠まれているように思う。戦争とはこれほど不快で悲惨で吐き気を催すような場面ばかりなのだということを、これでもかとばかりに見せつけてくれているのだ。

焼死体や遺棄死体は戦争ゆえのもの。たくさんの非戦闘員が爆撃で死んだら、その分だけ遺児や孤児も増える。浴槽や踏切での自殺の歌は戦争とは一見無関係に見えるが、軍隊や戦場では自ら命を絶った兵士も少なくなかったという。そして千手観音の筆舌に尽くしがたい苦悶はありとあらゆる戦場で無数の兵士や非戦闘員が味わった痛苦にほかならない。そう思って読めば、一首目の「にんげんの赤子」の成長した姿とは、あるいは核爆発被爆後の突然変異のミュータントを想定すべきなのか。

読者として想像力を駆使すればするほど、グロテスクなイメージが広がり、イヤでたまらない気持になる。こんな短歌を読まなければ良かったと後悔する人もいるかも知れない。要は悪趣味、バッドテイストということである。少なくとも『魔王』以前の歌集には、このようなバッドテイストというべき作品はなかった、仮にあったとしても目立ちはしなかったと思う。

この時期の塚本邦雄は一日十首制作をしていた時期である。あとがきにも「年間制作三千六百餘首、採用はその一割、殘るところ九割の三千三百首を闇に葬らうとする時の快感は、時として充實感そのものである。つくり作り創つて後にしか、この法悅に近い自足の念はあるまい」。このように、歌集に収録されている作品は厳選に厳選を重ねられた会心の作ということである。つまり、意識的に選択された主題の一つが悪趣味、バッドテイストということなのである。まさに魔王という題名にふさわしい歌群がこれらなのである。

自らを歌の魔王とする

戦争への憎悪が、このようにグロテスクな表現をあえて選ばせている。そう考えるのが正解だろう。最後に戦争への憎悪を詠みながら、バッドテイストとは異なる色合いの歌を挙げてみたい。

淡路島緋のくらげなしただよへり昨日日本は雲散霧消
朝顔の紺のかなたに嚠喨たり進軍喇叭「ミナミナコロセ」
この世のほかの想ひ出くらき日の丸の餘白の署名百數十人《ひやくすじふにん》
日章旗百のよせがきくれなゐがのこりてそこに死者の無署名
銃後十年かの一群をぼくたちは罪業軍人會《ざいごふぐんじんくわい》と呼びゐき
藍の繪皿に虹鱒一尾のけぞれり大東亞戰争つて何世紀前？

一首目はいきなりの日本滅亡、それどころか雲散霧消というのである。淡路島のみが残り、緋色のくらげのように漂っている姿。「国生み」ならぬ未来の「国死に」の神話の幻景であろうか。無茶な内容ではあるが、歌としての佇まいは古格で、すっきりとしている。

「朝顔の紺」の歌は石田波郷の「朝顔の紺のかなたの月日かな」を元歌として、後半は軍隊の進軍喇叭の歌詞。「デテクルテキハ、ミナミナコロセ！」と歌われた。ちなみに起床喇叭は「オキロヨオキロ　ミンナオキロ　オキナイトハンチョーサンニシカラレル」である。たとえ朝顔の紺色が美しくとも、進軍喇叭が嚠喨と鳴り響いたら、敵を殺すために突撃しなければならない。それが戦争である。

日章旗に家族や友人が寄せ書きをして出征する兵に持たせるというのは、日本の戦時中の一つの慣習、「生きて帰れ」との願いのお守りだった。和泉式部の「あらざらむこの世のほかの思ひ出にいまひとたびのあふこともがな」を受けて、「日の丸の餘白の署名百數十人」の思いはむなしく、寄せ書きの日章旗を受け取った兵士はこの世のほかへと旅立ってしまったわけだ。そして日章旗に残った「くれなゐ」とは当然、血の跡であり、そこに百人の署名はあろうとも、贈られた兵士、そして戦死した兵士の名前はそこにはない。戦争中に塚本邦雄はこのような寄せ書きが書かれる場面を何度も見ていたにちがいない。あるいは、塚本自身、署名をしたことがあるのかも。しかし、こんなものに何の意味もないと思っていたのだろうか。同じ設定で二首の作品がつくられていることに、塚本邦雄が若き日から抱いていた強烈な虚無が感じられる。

次の「罪業軍人會」の歌。正しくは在郷軍人会である。退役して予備役となった軍人たちの団体であり、職域や町村にも分会があった。しばしば、軍の意向を受けた圧力団体としても機能して、天皇機関説事件などでは、美濃部達吉排撃の先頭に立った。また、関東大震災時などは、いち早く市民の安全確保、治安維持に尽力した一方、混乱の中での朝鮮人虐殺に関わったとも言われる。いずれにせよ、塚本邦雄の目から見れば、在郷軍人は威張り散らすイヤな奴だったのだろう。そして罪業軍人と呼ぶべきろくでもないことばかりする連中だと忌避していたのは容易に想像がつく。実際、こういう思いは塚本邦雄だけではなく、一般の市民も影では在郷軍人を嫌な奴だと思っていたのだろう。

そして最後は「藍の繪皿に虹鱒一尾」と美しく詠い始めて、下の句に素っ頓狂なフレーズが来る。虹鱒のそりも、その素っ頓狂さにびっくりしてのけぞったようにも見える。バッドテイストではないが、読者の頭には或るショックは確実に生じるだろう。この歌が詠まれたのが一九九〇年代の初め。「大東亞戦争つて何世紀前？」と問うた若者が中学生だったとして、ほぼ三十年後の現在、この中学生は四十代半ばの働き盛り、年齢的に家庭を持ち、子供もいると考えれば、もはや「大東亞戦争つて何世紀前？」の方が多数派になってしまっているようだ。しかし、三十年前の時点で、毒のある皮肉としてこんな歌をつくっていた塚本邦雄の毒のある予見性は讃えられるべきである。

そして予見性ということで、もう一首だけ挙げておく。

さみだれにみだるるみどり原子力發電所は首都の中心に置け

東日本大震災による東京電力福島第一原子力発電所のメルトダウン事故など、ほぼ誰も予想していなかった頃の作品である。危機の予感であり、警告であり、鋭い逆説である。

今見れば反原発の主張は大きな流れになっているが、一九九〇年代初頭にこのように詠っていることは注目に値する。ただ、原発の危険さを訴え続けて来たジャーナリストの広瀬隆氏が『原発を東京に！』という本を一九八一年に刊行しているので、歌の発想はその本にインスパイアされたものかもしれない。ただ、繰り返すが、三千六百余首の中からこの歌を選び出して、歌集に収録したことの重さは受け止めなければならない。

塚本邦雄は歌集『魔王』を上梓することで、自ら歌の魔王になった。詠うことにおいて、もはやタブーはなく、詠わないもの、詠えないものはなくなった。〈戦争〉にあらゆる憎悪を叩きつけて、バッドテイストをも厭わずに詠い続ける。〈人生と世界〉に対しては、毒に満ちた認識をぶつけて、その滑稽さ無様さに黒い哄笑を浴びせる。

帽子かむりなほして出づる詩歌街《しいかがい》風はおのがにくむところに吹く

まさにジェントルな魔王の自画像である。「風は己が好むところに吹く」（『ヨハネ福音書』）のではなく「風はおのがにくむところに吹く」のならば、自分自身をも憎しみの対象にして、風を巻き起こそう。彫心鏤骨の秀歌構築の方法はすでに極めつくした。超絶技巧など、魔王にとってはもはや児戯に過ぎない。毎日毎日十首の歌を詠み続けることで堆積して行く佳歌、秀歌、名歌。それらを惜しげもなく捨て去って、魔王にふさわしい歌集を編むことの官能的な快楽。それを法悦とすると言挙げした歌人は、この時の塚本邦雄をおいてない。

『魔王』が刊行された一九九三年、共に前衛短歌運動を推進して来た盟友岡井隆は歌会始の選者となり、宮廷歌人と化した。それならば、塚本邦雄は魔王と化す。

『波瀾』、『黄金律』、『魔王』と一九八九年から一九九三年までの五年間に刊行された三冊の歌集。このホップ、ステップ、ジャンプによって、塚本邦雄の短歌はどれほどの〈變〉を遂げていたのか？　たとえば私がバッドテイストと呼んだ作品のグロテスクな世界は、詩歌にとっては未踏の領域だった。そして単なる悪趣味に終わらず、戦争への激しい憎悪というテーマがそのような激しい表現のアリバイとなっていた。

この三冊の歌集の刊行から三十年の時間が流れた現在、これらの作品は改めて読み返されるべきである。予見、韜晦、暴露、醜悪、指弾、皮肉、罵倒等々、読み取れること、読み取るべきことはいくらでもある。この文章で私が指摘しえたことは、それらのごく一部分にすぎない。塚本邦雄が『水葬物語』から『感幻樂』までの六冊の歌集で開拓した現代短歌の豊穣は文学の大いなる遺産である。そして、『青き菊の主題』や『閑雅空間』で見せてくれた言葉の美の極致も追随者のいない高峰となっている。さらにさまざまな〈變〉を咀嚼して後のこの世界、魔王の世界をもっともっと読み解いてほしい。たかだか三十年の歳月などは、何ほどのこともない。読む意志を示しさえすれば、その時代にふさわしい文学の価値をまとって、魔王・塚本邦雄は、いくたびも転生するだろう。

後　記

塚本邦雄生誕百年の年に、塚本邦雄論集を出そうというプランが実現できたことは嬉しい。私が初めて現代短歌を読む会に参加させていただいたのは、二〇一五年八月だったのではないかと思う。対象歌集は塚本邦雄の二冊目の歌集『装飾樂句《カデンツァ》』、場所は京阪寝屋川駅前の公共施設だった。暑い日だったと記憶している。その後、新大阪駅前の貸会議室などに場所を変えながら、二〇一八年まで続いた。私もすべての回に出席できたわけではないが、ともかくも、塚本邦雄のすべての歌集を複数のメンバーで読み合うことは、私にとっては大きな刺激だった。特に『天變の書』以降の歌集に関しては、私自身の読み込みも不足していたし、塚本邦雄の業績としての正確な評価もまだなされていないということが、強く実感させられることになった。今回、私は『波瀾』、『黄金律』、『魔王』の三冊の歌集に関して、考えるところをまとめてみたが、まだまだ「群盲象を撫でる」の思いからははなれられない。今後も、歌集を精読して、少しでも自分の内部の塚本邦雄短歌への思いを表現したいという使命感に駆られるばかりである。

この本の最終校正をしている最中に、岡井隆氏が亡くなられた。時代の変換を否応なく、実感せざるをえない。そう思えば、この一巻のそれぞれの塚本邦雄論も、書かれるべき価値、読まれるべき価値が大きくなるのではないか。

塚本邦雄への長い道を、ともかくもたどり続けている私たちの姿を、一人でも多くの読者に確認して欲しいと思うばかりである。

二〇二〇年八月七日

藤原龍一郎

池田裕美子「幻視＝見神の使命とメソッド」 付録資料（一）

塚本邦雄の「戦争の歌」◆歌集ごとの分布一覧

『水葬物語』	C：6　D：1　E：2　I：4	計 13
『裝飾樂句』	B：1　C：9　D：1　E：5　F：1　G：5　I：5	計 27
『日本人靈歌』	A：1　B：3　D：2　E：4　F：5　G：9　H：2　I：5	計 31
『水銀傳說』	B：2　C：3　G：4　H：1　I：3	計 13
『綠色研究』	A：1　B：1　D：2　G：1　I：5	計 10
『感幻樂』	E：1　D：1　I：3	計 5
『星餐圖』	C：2　D：1	計 3
『蒼鬱境』	I：1	計 1
『青き菊の主題』	C：1　E：1　H：1　I：1	計 4
『されど遊星』	C：1　D：1	計 2
『閑雅空間』	C：1　D：1　F：1	計 3
『天變の書』	D：2　I：1	計 3
『歌　人』	B：2　C：4　D：1　G：1　I：1	計 9
『豹　變』	A：1　B：1　C：3　F：1　I：1	計 7
『詩歌變』	A：4　B：2　C：2　D：2　H：4　I：1	計 15
『不變律』	A：5　B：2　C：1　D：3　E：1　F：3　G：4　H：1	計 20
『波　瀾』	A：3　B：2　C：4　D：1　E：1　F：2　G：1　H：2	計 16
『黄金律』	A：9　B：9　C：5　D：1　E：4　F：3　G：11　H：3	計 45
『魔　王』	A：7　B：17　C：15　D：13　E：20　F：20　G：18　H：12　I：8	計130
『獻　身』	A：12　B：19　C：9　D：10　E：11　F：4　G：21　H：11　I：8	計105
『風雅默示錄』	A：13　B：20　C：8　D：10　E：5　F：11　G：18　H：2　I：2	計 89
『汨羅變』	A：2　B：10　C：11　D：6　E：4　F：9　G：14　H：5　I：5	計 66
『詩魂玲瓏』	A：7　B：9　C：4　D：2　E：2　F：6　G：18　H：3　I：1	計 52
『約翰傳僞書』	A：2　B：17　C：2　D：2　E：4　F：7　G：14　H：3　I：2	計 53
	A：67　B：117　C：91　D：63　E：65　F：73　G：139　H：50　I：57	総722

付録資料（二）

『波瀾』以降のモチーフごとの戦争の歌——日本の昭和の戦争＝A～Gに分類した歌の一覧

《A＝天皇・天皇制》

臘梅はすでにほろびて新年のすめらみことがよちよちあるき　『波瀾』
花桐の下ゆくさへや懸命の命あはあはとして昭和盡
またや見む大葬の日の雨みぞれ萬年青《おもと》の珠實紅ふかかりき
くれなゐの凩が墜ちくる臘月に一天萬乘のおほきみつてだあれ　『黄金律』
皇帝とすめらみことの微妙なる差にまた冬霞
生牡蠣すすりくらふをやめよまざまざと國葬の日の霙のいろ
さみだれの夜半に憶へばそのむかし「天壤無窮」と言ひき何がか
迦陵頻伽のごとくほそりてあゆみますあれはたまぼこのみちこ皇后
國體につひに考へ及びたる時凍蝶《いててふ》ががばと起てり　＊B
すめろぎ戀《こほ》しからざるものにきさらぎの鳶色に濁つたる潦《にはたづみ》
どのすめらぎの崩御の日ともおもほえずよく見れば蒼きをがたまの花
舊惡の極く一部分ひろがつて快晴の寒葬《かんはふ》り了《をは》りたり　＊BD
ひつぎのみこを柩の御子と思ひゐしわが白珠の幼年時代　『魔王』
行幸《みゆき》とふことばありけりありつつを百千鳥《ももちどり》はたとさへづりやむ
國體のひはひはとして秋風に屛風繪の花芒吹かれつ　＊B
國体も國體もひよわなるままに霜月すゑの菊の懸崖　＊B
春蘭琥珀色にしをれてたまゆらの腐臭　皇太子殿下さよなら
鬱金櫻うつうつとあらひとかみが13チャンネルをよこぎりたまふ
カメレオンの舌切りたしとかねてより思ひゐき　昭和、平成となる　＊BD
すめらぎのめらめら風になびきつつ紫木蓮三時間にて亡ぶ　『獻身』
できることなら玉音をビア樽のパヴァロッティに聽かせてやりたい　＊B
うひうひしき樽柿が樽出でむとすわが大君に召されしや否　＊B
天皇機關說より六十年經つつ花粉症候群氣管支炎
あかがねいろの油蟬わが背後にて獻欷《すすりな》き刹那「朕惟フニ」　＊B
寒のプールの紺のささなみ　昭和てふ凶變の日々見えつかくれつ　＊BD
酸鼻と讚美のあはひを颯《さつ》と皇帝がすりぬけたまひけり　世紀末　＊BD

颶風《ハリケーン》告ぐるTVのうらがはへ消ゆるあらあらあらひとかみが
鬱金櫻朽ちはててけり心底にとあるすめろぎを弑《しい》したてまつる　＊DF
CMCMCMメリメ、メンデルスゾーン、玉音も偶《たま》には聞かう　＊B
君主などわれの何なる今生の今日のむらさきしきぶ一枝《ひとえだ》
＊F
すめろぎと言ひて噤《つぐ》みし歳月のすゐなり春の樹氷の刺《とげ》
沈丁花くされはてつつ煩悩の一日《ひとひ》の中の「春季皇靈祭」
『風雅默示錄』
夏の嵐精神をふきぬけむとしはためく天皇制とスカーフ
＊CE
寒の鐵砲百合玻璃越しに否をかもあれはたまぽこのみちこ皇后
たかひかるわがおほきみにゆかりなく青棗わが額《ぬか》を弾《はじ》けり
雨の霜月取り出して視るたびごとに奇怪《きつくわい》なり「恩賜の煙草」といふは　＊B
すめろぎはちかぢかとして遠ざかる春淺き夜のいかづちあはれ
すめらぎもすでに初老のうつしゑの夏はらはらと月下不美人
『神曲』の扉鍵裂き「朕惟ヒ」たまひしゆゑの悲劇と喜劇
＊BD
有體《ありてい》に言はば父よりすめろぎをうとみて五十年　地には蕺《どく》草《だみ》　＊F
大禮服寒の曝涼　大元帥陛下がいつかお呼びくださる？

＊B
月光の卓上ピアノ　小指にて「同期の櫻」弾く美智子刀自
＊C
神にまします天子羨《とも》しきうれむぎの乃木希典を殉死せしめき　＊BC
原子爐大内山に建設廢案となりにけりすめらみこと萬歳？
山櫻、皇靈祭のくらがりに「爾臣民」といふこゑきこゆ
＊B
『汨羅變』
皇太后陛下のその後杳《えう》として西王母が咲きそこなひました
自轉車の荷臺に極樂鳥花《ストレリッツィア》搖れゆれて今日新天長節とか
＊G
『詩魂玲瓏』
百日紅くれなゐ褪せつつ今日われら睨む炎上せざりける御所
＊DF
神ながらの道の八衢、臘月は五箇條の御誓文拂か
睦月、襁褓《むつき》のはためく軒に忘れ得ぬおもかげはあらあらひとかみか　＊B
すめろぎのまぼろしに逐ひつめられて亡命するならば露の國
國策てふ柵の中にて悶死せし壯士《をとこ》こそあれ　ああ大御稜威《おほみいつ》
＊BDF
昭和もすゐの銀の夕映　すめらぎを忘れむとして想ひ出せず　＊F
皇太子すでに初老のうつしゑも見ずて夜毎の月下不美人
『約翰傳僞書』
「一旦緩急アレバ」は「アラバ」の誤謬《ミス》のまま一天萬乘の君々　＊B

《B＝皇国皇軍、軍国ファシズムを鼓舞・動員するシステム、教育・スローガン》

行き行きて何ぞ神軍霜月の鶏頭鶏冠《けいくわん》のなれのはて

『波瀾』

春の夜の夢ばかりなる枕頭にあっあかねさす召集令状　＊C

忠魂碑建てむとするか毀《こぼ》てるか曇天の底藍うるみつつ

『黄金律』

父は木槿に向きてほほゑむ　千萬《ちよろづ》の軍《いくさ》に言擧《ことあ》げせざりける悔い

秋風が鬱の顱頂をかすめたり「一旦緩急アレバ義勇公に奉ジ」

幼女虐殺犯の童顔それはそれとして軍人勅諭おそろし　＊C

慄然たるものを愛《を》しみて春の夜にCDの「君が代」を買ひ來つ　＊A

アメリカ背高泡立草三ヘクタール生きて虜囚の辱《はづかしめ》を受けよ　＊C

藥湯のくらき浴槽《ゆぶね》に聲ありてあれはまさしく戰陣訓　＊C

ひらがなのくぼみ淺くて忠魂碑頌歌に春塵がたまらない

にはたづみに須臾鈍色《にぶいろ》の光琳波　一《ひとつ》、軍人は人たらざるべし　＊C

建つるなら不忠魂碑を百あまりくれなゐの朴ひらく峠に

『魔王』

癆咳《らうがい》の父の晩年　愕然と冬麗の護國神社の前！

寒まひるひらく銀扇　日本をそのむかし神國と呼びゐき　＊A

花曇りつづく或る日にさそはれて「君が代」を思ひつ切り歌ふ會　＊A

「死して護國の鬼となる」その鬼一匹われならず　綠金の空梅雨《からつゆ》　＊C

初霰衿より入つてその一瞬「爾臣民《なんぢしんみん》」てふこゑきこゆ　＊A

冬のダリアの吐血の眞紅　おほきみの邊にこそ死なざらめ死なざらめ　＊A

この世のほかの想ひ出くらき日の丸の餘白の署名百《ひやく》數十《すじふ》人《にん》　＊C

簗にひしめく若鮎數百《すひやく》かつて「わがおほきみに召されたる」は誰か　＊AC

日章旗百のよせがきくれなゐがのこりてそこに死者の無署名　＊CE

「わが大君に召されたる」てふ血紅の昧爽《よあけ》、黄昏《たそがれ》、のちのくらやみ　＊AC

ちちうへの醉餘の唄は「君が代」のさざれ石、なぜ巖《いは》になるのか　＊A

フラメンコ調に君が代歌ひ了へ彼奴端倪《きやつたんげい》をゆるさぬ道化　＊A

甘美なる教育敕語朋友相信ずることを信じゐしとは

綠蔭のきらめく闇にめつむれり一死もてむくゆべき國有《も》たず　＊C

霜柱七分にして無に歸せり神國大日本はちよろづ　＊A

霜月の深夜に聞けば殉國てふことばこそ酢を呷るに似たれ

神國にいくさ百たびますらをは死に死に死んで死後はうたかた　＊ACE

『獻身』

白露けふ咽喉《のみど》しきりに痒ければ誦《ず》する軍人敕諭アレグロ
＊C
胃の腑なみうつごときにくしみ　いつの日の戰《いくさ》にも醜《しこ》の御楯になんか　＊AEF
ひるがへつて徴兵令の是非の是を念ふ　蜜壺の底の黒蟻
＊CDF
緑青の梅雨あかときに聲ありて「軍人ハ背信ヲ本分トスへシ」　＊CF
お子様ランチ甜瓜《メロン》一粍《ミリ》角の脇にはためけりどこの國の弔旗か
たまかぎる言はぬが花のそのむかし大日本は神國なり・き
＊A
斜にわが頬殺ぎたり疾風　バイカル湖岸の英靈らは健在か
＊E
春泥百粁先までつづくあさもよし「鬼畜米英」わすれはつれど　＊C
蜘蛛膜下にひそめるものは未發布の明日の「教育に反する敕語」　＊DF
父の日のチキンライスの頂上に漆黒の日章旗はためき
征き征きて何の神軍　神ならばのめのめと生きて還りたまへ　＊ADE
なびく總髪もどきフォワグラついばみて神國日本などつゆ知らず　＊A
翌檜《あすなろ》一樹伐りたふさるる一刹那こゑありき「おほきみのへにこそ死なめ」　＊A
陛下の赤子たりし無念のとばつちり一盞傾くる酒場《バー》「コロス」　＊A

闇に聞くメゾソプラノの君が代の慄然と十方に枯葎
＊A
ぬばたまの「國民精神作興に關する詔書」海鞘《ほや》なまぐさし
愛國の何か知らねど霜月のきりぎりすわれに掌《て》を合せをり
＊EF
赤子《せきし》と赤子《あかご》の差も曖昧に敗戰を閲《けみ》しき　曼珠沙華の火の海
＊AD
何のあつまりかは知らね普門院前愕然と日章旗立つ

『風雅默示錄』

みちのくのみちくねりつつ畦切りの若者が滅裂の「君が代」　＊A
大字初霜戸數九十戰陣訓暗誦可能者がまだ九人　＊C
非國民、否緋國民、日の丸の丸かすめとり生きてゐてやる
＊F
トタン屋根の上の夕露、犬の自死、殉國、つひにあり得ざるもの
英靈・英國・叡慮・營倉、悉く忘れて營業報告書を書け
＊C
足利尊氏より八代目戰時中ホイットマンに惚れし國賊
木蓮月夜、桐月夜みなわすれはて叫びゐき「上御一人《カミゴイチニン》ノタメ」　＊A
毛蟲びつしりひしめく夏至の山櫻　神州必滅をことほがむ
＊AF
塵芥焼却爐底より聲ありて「御稜威《みいつ》かがやく御代になしてむ」　＊A
梅雨空のつゆしたたれり「君が代」に換ふる國歌は「討匪行」とか　＊ACD

侘助の初花三日にて腐り「億兆心ヲ一《イッ》ニセ」し日よ　＊F

臘梅に淡雪にじむ夕日かげ生《あ》れかはるとも國のために死ぬな　＊EF

凍蝶羽搏かむとしたれど　半世紀むかし「大詔奉戴日」今日　＊A

夾竹桃根こそぎにして聖戰も果てたる午《ひる》の亂脈ラジオ　＊AC

死して護國の鬼とはならざりし父の子のわれや亡國の歌人《うたびと》　＊C

さざれ石が巖《いは》になる「君が代」なんて。「櫻《さくら》」も馬刺屋のCMか　＊A

大盞木が一つ覺えの香を放ち傾《かし》ぐ扁額《へんがく》の「忠君愛國」　＊A

神州不滅、われら必滅、滅びざるものの罪業あらはれいでよ　＊ADF

マクベスの魔女よりもややかはいくて元愛國婦人會會長遺影

秋風を踏みつつあゆむ　たとへば今日愛國者とはいかなる化物

『汨羅變』

今更何の君が代論と眞二つにする冬瓜《とうがん》のはらわた白し　＊AG

雪隱に颯と花柊の香が　以後「帝國」のことも有耶無耶　＊A

脛の傷に沁む比良颪「教育に關せざる敕語」など出るころか　＊DG

横時雨縦に戻りて愛國の「愛」いまさらにいきどほろし　＊F

傳言板「シニニユク大チ」見消《みせけち》は那智君の新《ネオ》ナツィズム顯示？　＊D

冬空の中央に緋の孔うがち大日本帝國跡を視よ、凧《たこ》　＊A

菊科植物みるかげもなく「汝臣民」てふ猫撫聲のそらみみ　＊A

ロドルフォのアリア歌つて毆られし護國の鬼の六十回忌　＊C

咳を殺してあゆむ靖國神社前あなたにはもう殺すもの無し　＊CDEF

教育敕語に最敬禮を拒みたる内村鑑三逐はれき、而立　＊D

『詩魂玲瓏』

「神州不滅」今日たはむれに飛白體にて「二十世紀ほろびよ」　＊A

爾臣民《なんぢしんみん》、優しき聲音《こわね》そらみみになまぐさし晝餐《ちうさん》の菊膾　＊A

切つて棄てたる愛國心の殘臭と黴雨あけ塵芥函《ごみばこ》の濃紫陽花　＊F

東北の四月底冷え半世紀前は「東條閣下」を拜んだ　＊CDE

夏芝居、醜《しこ》の御楯が戰死して拍手！ああまだこの山峡《やまかひ》は　＊ADEG

海ゆかば正覺坊のほろ醉ひの貌、きみがよのことなど知らぬ　＊A

好んで國賊にならむと「戰陣訓」裂いて東司《とうす》に棄てしか阿闍梨　＊C

國歌など決《け》して歌ふな『國の死』を見しこともなきこの青二才　＊ACDFG

六月の紺のみづうみ　英靈が力盡き果てああうらがへる
＊DE　『約翰傳僞書』
前後して亡びき債鬼、戀敵、神國日本、眞夏眞晝に
＊A
誕生日、この日立秋、秋よりも腹が立つ「みたみわれ」て
ふ死語にも　＊A
鐵砲百合の裝塡はさもあらばあれわれは大君の邊《へ》になど死
なず　＊AC
煙管《きせる》に詰める「撫子《なでしこ》」一つまみこれで畢《をは》る大日本帝國への
戀　＊A
蠍座を指すこのわれに背を向けて彼は「軍人敕諭」誦《そらん》ず
＊C
「天壤無窮の幸運」とこそ聞きゐしか　卯の花腐《くた》し人間腐
し
征き征き征きしその神軍のすゑのすゑがほほゑめり敗戰忌
の遠雷に　＊CG
擧國不一致、その秋酒場「ギロメス」が砒素中毒で突如鎖《さ》
されき
半世紀以前「國防獻金」を募りゐし市會議員情死す
花鳥黴びつつ梅雨の日々ぞその昔稱へさされし「忠君愛
國」　＊A
狹し服喪の「大日本」の片隅に虎狩りにこそ藺田刈られた
れ　＊A
閉鎖養老院の金雀枝《えにしだ》、「大日本帝國萬歲」の聲に散りぢり
＊A
紀元は二千六百年と硝煙の臭ひに醒めし赤子《あかご》と赤子《せきし》　＊A
愛國論のその後知らず　蛾がわれにまつはりて西方に三日
月
埃まみれの地球儀指して三男が「大日本帝國ってどこ？」
＊A
あはれ國歌、口閉ぢ唱ふ振りするは學生　襟頸がうそ寒し
＊AG

《C＝軍隊を構成・維持する組織、所屬・階級・規律、軍事（下）行動全般》

御召艦榛名乘組み生きのこり伊集院《いじふゐん》某舌病みて果つ
＊A　『波瀾』
押入の床に月さし封筒のうらなる「鯖江第三十六聯隊」
ゆきずりの鐵格子より天竺葵《ゼラニウム》ぬつと出てそれ軍歌のにほひ
＊B
七十歳にして憂愁の眉うるはしこの家《や》の物置に軍旗ある
＊B
その手で百人殺せとあらば殺さむずうるはしきかな擧手の
禮とは　＊DE　『黃金律』
玩具屋の八幡の藪にわれ迷ふ死んでも離さぬ喇叭はいづこ
遠方の春のいかづち箸を取る刹那ひびき来《く》「捧げ銃《つつ》」
特高と呼ばれし凶器魔耗して牡丹莊養老院にほほゑむ
＊D
「敵前逃亡ス」とつたへたり蕨餅食ひつつこの英雄を愛《かな》し
む
ながらへて今日の夕食《ゆふけ》にしろたへの眞烏賊《まいか》の甲府四十九聯
隊　『魔王』
この世は修羅以上か以下かうつつには宇都宮第五十九聯隊
朝顏の紺のかなたに嚠喨たり進軍喇叭「ミナミナコロセ」

＊D

吾亦紅血のいろすでにうすれつつ露の篠山第七十聯隊

初夢は旅の若狭のホテルにて幟はためき「祝入營」

露の芒踏みつつ今日も「滅ビタリ、滅ビタリ、敵東洋艦隊」

那須海軍大尉享年二十七墓碑に大寒の水沁みわたれ

梅雨《ばいう》上つてなほうすぐらき空鞘町《そらさやちやう》二丁目に在郷軍人會がある

尾花、花のごとくはあらね飛び散つて立川飛行第五聯隊

霜月の電柱霜をよろひつつ獨立守備隊高木軍曹

銃後十年かの一群をぼくたちは罪業軍人會《ざいごふぐんじんくわい》と呼びゐき

＊D

無敵艦隊沈没のさまこまごまと幼稚園箱庭のわたつみ

茶房「ポチョムキン」裏口に憲兵のひまごとかいふ牛乳屋さん

髭面の伯父貴健在支那事變散兵線の花の一片《ひとひら》　＊E

なほ生きば死後も記憶にうすべにの旭川第二十七聯隊長

陸軍記念日！とおほちちはどなつても蜜室の兒ら春風邪の洟《はな》　＊G

『獻身』

鴨跖草《つきくさ》の縹沍えつつ故山川將八死後も「敵前逃亡」　＊E

軍歌みだりがはしそのかみセレベスの闇に抱きし中尉の項《うなじ》　＊B

無疵のたましひここに、在郷軍人會會長長女ヨーガ道場

今はにくまずわが手をとつて「突撃！」の型を敎へし美丈夫中尉

われを過《よぎ》りたる百人は掏摸・スパイ・憲兵・在郷軍人會長

……

元近衛歩兵第一聯隊旗手喜連川《きつれがは》百歳にて緑内障《そこひ》　＊A

おほちちのほほゑみ昏し胸中にはためく大寒の軍艦旗

海軍記念日もとよりこともなく暮れつただ晩餐の刺身血の海　＊EG

騎兵中尉寒川喜志の碑《ひ》に霰何人《なんびと》にころされしか不明　＊E

『風雅默示録』

航空母艦てふ玩具買ひあたへられ子は遊びをり蠅の屍載せて

水仙を兵卒のごと剪りそろへ森林太郎大人《うし》がなつかし

「歩兵操典」新品同様五萬、ショウ・ウィンド莊嚴せり世紀末

もののふのわがおほちちが犯しける敵前逃亡　敵つてたあれ

舊陸軍伍長樽見ができごころとはいへワグネリアンになるとは

敢へて焚く斬奸狀に遺書にラヴレターついでに軍隊手帳

軍艦マーチは似而非《えせ》ロックよりましなどと嘯いて二次會より遁走　＊B

春塵の古物市の迷路にて肅然と大禮服ぶらさがる　＊A

『汨羅變』

うつぶせのわれのそびらに蜉蝣《かげろふ》がとまりて戰艦「沙羅」のおもみ

椿一枝《いつし》ぬつと差出し擧手の禮嚇《おどか》すなこの風流野郎

航空母艦の「母」なる文字がうちつけに腥《なまぐさ》し幾人を殺せし　＊DE

露の夜をしき鳴くあれは「とどめ刺せ、とどめ刺せ」てふ鐵《くろがね》の蟲　＊DE

焼夷弾の夷とはなになりしか二月銀杏《ぎんなん》煎りつづけ鬱ふかし
花菖蒲祝出征の幟《のぼり》のみおもひだすアルツハイマーの父
父の軍人手帳曝涼　ソプラノの吶喊の聲そこより湧くか
柿若葉潮騒に似て夜に入るをなぜかいまごろ海軍記念日
　＊G
枇杷啜りつつ屋上に突佇《つった》てる父今日もなほ歩哨のごとし
　＊E
たしか昔「憲兵」と呼ぶ化物がゐて血痕と結婚したが
　＊DE
齢《よはひ》九十、平家琵琶彈く軍樂隊生きのこり氏の近所迷惑
『詩魂玲瓏』
大本營發表「連勝」その頃の無數の死者かこの寒鴉
　＊DE
ハイセンカタル死ののちもなほわづらふと知らざりき信樂《しがらき》憲兵大尉
特攻隊、特別に何攻めゐしか腦天を打つ睦月の霰　＊DE
潮《うしほぐみ》組親分「人間魚雷」とふ賭けに死す「陛下のため」には非じ　＊DE
『約翰傳僞書』
秋の蝶吹かれ吹かれて新發田《しばた》第十五聯隊跡の空地

《D＝日本の戦争の〈負〉、戦時加害（侵略及び残虐行為）と総括なき戦争責任・風化》

一瞬南京虐殺がひらめけれども春夜ががんぼをひねりつぶせり
『波瀾』
沈丁花　武漢三鎮亡ぶると提灯行列せしかわれすら
　＊F
『黄金律』
夕陽金色《こんじき》をおびつつ日本はみにくし五十年前もその後も
　＊G
『魔王』
煤掃きの押入れに朱の入日さし古新聞の絞首刑報
アルマ教教祖七十そのむかし「神軍」の軍曹なりしとか
　＊BC
文部大臣オペラグラスで芒野に突撃のまぼろしを見てゐた
胸中の日本革命必至論どこかで白南風《しらはえ》が吹きやんで　＊G
海征かばかばかば夜の獸園に大臣《おとど》の貌の河馬が浮ばば〈舊海軍記念日〉　＊CG
八紘一宇と言ひし彼奴《きやつ》らのそのすゑに忘られてうはのそらみつ大和　＊A
カメラがとらへたる蟷螂《たうらう》の大寫し東條英機忌は一昨日《をとつい》か
ふるさとは太刀洗《を》とか戦前の一切口を割らず死にたる
たまきはる命を愛しめ空征かば星なす屍《かばね》などと言ふなゆめ　＊C
はじかみ香走《かばし》れりわが國の軍隊は代々《よよ》天災のひとつに過ぎず　＊EF
藍の繪皿に虹鱒一尾のけぞれり大東亞戰爭つて何世紀前？
半世紀のちも日本は敗戰國ならむ灰色のさくらさきみち
　＊G
雁來紅を「かりそめのくちべに」と訓みその翌日《あくるひ》より支那事變
『獻身』
「興亞奉公日」の一日を詠じたる茂吉　うすずみ色の紅葉
　＊B
紅梅黑し國賊のその一匹がみんごと生きのびてここに存る
　＊B
虐殺につゆかかはりはあらざれど南京櫨《なんきんはぜ》の實の瑠璃まみれ
口が裂けたら喋つてやらうたましひの虐殺は南京でも難波

でも　＊E
オシュビエンチムは何處方《いづかた》　ヒトラーの體臭麤皮《あらかは》の如かりしとか
敗戰を終戰といひつくろひて半世紀底冷えの八月　＊G
櫻紅葉の下の捨椅子《すていす》　ついさつきまで睡りゐし東條英機
蕺草《どくだみ》の體臭をもつヒットラー新衛隊とすれちがふ、夏
皇帝ペンギンその後《ご》の日々《ひび》の行狀を告げよ帝國死者興信所
＊AE
紅蜀葵《こうしょくき》、みづからがまづ標的になる戰爭をはじめてみろ！
『風雅默示錄』
黄變新聞昭和十八年重陽「連戰連勝」とたれかほざきし
＊C
氷塊の上に鋸　敗戰後半世紀經て何の處刑か
美しき秋干鰈《ひがれひ》の薄鹽と宰相閣下のうすわらひなど　＊C
茘枝《れいし》の皮吐き出してさて今は昔「昭和の遺書」のなまぐさきかな　＊A
徵兵令發すとならばみづからに先づ發すべし　腐《くだ》つ櫻桃《あうたう》
＊AB
向日葵の種子こぞりたちわれはいつネオ・ナツィズムに惹《ひ》かれそめける
四十年前は戰犯　夏館《なつやかた》無人のままに轡蟲鳴く　＊C
職業軍人騎兵大尉の眼光のめらめらと　敗戰を識りゐき
＊C
強制收容所の監督を「カポ」と呼び爪剝ぎ眼灼きの特技ありしと
征露丸てふ戰犯的に過激なる賣藥なつかしき復活祭《イースター》
『汨羅變』

おろかなる日本といへば濟むものを牡丹雪緋にかがやく夕《ゆ》燒《やけ》
いつまで大東亞戰爭！朴の花泥濘《ぬかるみ》に墮ち泥と化《な》るまで
＊B
八十氏川流域も黴雨《つゆ》　罪業軍人會《ざいごふぐんじんくわい》が復活のきざしを
＊CE
黑蝶硝子扉に挾まれて痙攣《ひきつ》れつ　さてヒトラーの斷末魔いかに
蝙蝠《かうもり》傘の骨錆び果てつ大東亞戰爭一瞬にしてとこしへ
＊B
永かりし昭和の不和のいやはての血しぶき　まぼろしの百日紅《さるすべり》　＊ABG
『詩魂玲瓏』
昭和永すぎたりき四月の獸園にさびしき豹が皿ねぶりゐる
＊AF
春夜青年點鬼簿誦するこゑうるみ父はチチハル母はハルビン
『約翰傳僞書』
アウシュヴィッツのヴィッツに嚙みし二枚舌以後百餘日絕食續き

《E＝兵士たちの戰爭（戰死・無慘への哀悼、戰後の傷痕・遺恨）》

「ノモンハンにうち重なりて斃れしを」わが心之に向きて蒼き
『波瀾』
英靈はげにはしきやし擧手のゆび二本帽子のふちにのこして　＊BC
いざ逝けつはもの日本男子　塋域《えいゐき》に淡き血のさるすべりも終る〈妙蓮寺殉國碑〉　＊B
『黄金律』

戀の旅とはつゆおもはねど石見の海ここに散兵のごとき
礁《いくり》
牡丹剪つてしばし寂莫《じやくまく》　惡友の伊吹、神兵として果てにき　＊B
われを撃て麥秋のその麥の間を兵士のわれがおよげるを撃て　『魔王』
殺せし者殺されし者死にし者死なしめられし者　萩蒼し
林檎齧つて齒齦《はぐき》ににじむうすき血の夕映　かつてシベリアに見し
冬空はシベリア色にたれこめて英靈がまた還りつつある
　＊B
父よあなたは弱かつたから生きのびて昭和二十年春の侘助
「わがうちなる敵」など言葉遊びにて敵國には糜爛性瓦斯もある
幼兒に大嘘を敎へをりそのむかし鉛筆にもB29があつた
マラッカ海峽泳ぎ泳いで還り來し昔　菖蒲湯に搖れゐるきさま
たたみいわし無慮數千の燒死體戰死といささかの差はあれど
まだたれも哭かぬ戰友會九人春歌アレグロでうたへよ、黑木！　＊C
水引草の微粒血痕殺されし友らしづかに覺むる墓原
かるがると死におもむきしたれかれのことも忘れてやらむ初雪
ヴァイオリン鋸引きに軍歌《いくさうた》うたひゐし廢兵がいづれは
　＊C
精靈《しやうりやう》飛蝗《ばつた》群れなしうつる芒野《すすきの》に歌ふ「散兵線の花と散れ」　＊C
麻の葉形の座蒲團を出せ五十年前の戰死者がそこにすわる
還らば閻浮提のひんがし戰死者用高層住居ひしめける海
血紅の燐寸《マッチ》ならべる一箱がころがれり　はたと野戰病院
　＊C
かつて憲兵、さう生きるより他知らず緣日の火の色の金魚屋　＊CD
反轉横轉しつつ筵にひしめけるちりめんざこのこの遺棄屍體
初霰・初日・初蝶・初陣《はついくさ》・初捕虜・初處刑・初笑　＊CD
拔齒麻醉高頬《たかほ》におよび五十年前の殺人を口走りさう
　＊D　『獻身』
最初の遺書書きしは二十歳《はたち》雨に散る紅梅敗戰五個年以前
颱風死、落雷死、死を數へゐる胸にぷすりと音して戰死
綠蔭の卒業寫眞逆光に一人づつ死にのこり七人
戰争に散りおくれたるますらをが古稀の懸崖菊、銘「飛《ひ》瀑《ばく》」
馬齢加へつつあり夜の驟雨浴室《シャワーしつ》出《いで》てこのまま戰争に行かう
樗《あふち》散る四條畷に半世紀前の未歸還兵を待つ會　＊D
稚き兵卒なりきブーゲンビル島にて筏葛《ブーゲンヴィレア》にうもれて果てき　＊C
鳳仙花種子とびはぜつ今言はば兄はたたかはずして戰死者
轉宅の納戸華やぎおきざりの千人針暗紅の纐纈《かうけち》　＊C
空の神兵うちかさなりて二、三人寒牡丹ちりぢりに四、五片　＊C
わが歌あやつるは若き死者こころなき汝言靈《ことだま》說陳ぶるとも
『風雅默示錄』

水無瀬雄志ある日螢を籠もろともわれに托して征きそれつきり
英靈の位牌が五つ水無月を殺されし順番に煤けて　＊B
ガダルカナルにて九死一生また披露する夏祭、霜田老人
＊C
盂蘭盆の塋域にして墓探す彼もたれかを殺しそこねた
蕨狩り往きは十人還りゼロなにしろいくさなかのことで
『汨羅變』
還らざりし英靈ひとりJR舞鶴驛につばさをさめて
＊B
半世紀前の飢ゑいまさらさらと水飯《すいはん》に浮く蝶の鱗粉
つひに還らず空の神兵、銀蠅を連れておほきみの負けのまにまに　＊ABC
青饅《あをぬた》の鉢こそげつつ母は歌ふ「きみよ散るや南の國に」
＊C
『詩魂玲瓏』
兄が囈言《うはごと》に稱へたる「捧げ銃《つつ》」死後は幽鬼に捧げつぱなしか　＊C
あはれ英靈、もとの身分は風太郎ゆゑ北狄の地に遣《や》らはれて　＊BC
『約翰傳僞書』
つひに他人のごと別れしが刎頸の秋月ソロモン海に沈みき
＊C
敗戰忌、晝の墓前の雨に佇《た》つ白衣《びやくえ》・青衣《しやうえ》の若き死者たち
＊DG
雨衣《うい》の背の頭巾《フード》、施物《ほどこし》待つごとし終戰忌、否敗戰忌、雨。
＊DG

《F＝塚本自身の戦争戦時の位相・回想、戦後の呪詛》

いくさ空木《うつぎ》の花の曇りの彼方よりわれのみは死ぬることなきいくさ　＊E
『波瀾』
小豆粥いのちの味のうすうすと人殺したることなきも恥
＊E
山茱萸泡立ちゐたりきわれも死を懸けて徴兵忌避すればできたらう　＊BC
『黄金律』
戰中派たりしよしみにふるまはれつつありおそろしき泥鰌鍋　＊C
かならず國をきらひとほさむとほくより見れば春泥に溺るる蝶　＊BDG
翌檜《あすならう》あすはかならず國賊にならうとおもひ　たるのみの過去　＊B
『魔王』
ちよろづのいくさのわれら戰中派微笑もてにくしみをあらはす　＊BC
銀木犀こぼるるあたり君がゆき彼がゆきわれは行かぬ戰爭が　＊E
花石榴ふみにじりつつ慄然たり戰中派死ののちも戰中派
＊CE
射干《ひあふぎ》のみのるまひるまひらかるる全國徴兵忌避者大會
＊BC
敗戰直前の記憶の夜々に散る紅梅　鬼畜英米を擊て
＊BC
山川にこゑ澄みとほる神無月われひとり生きのこりたるかに　＊E
國に殺されかけたる二十三歳の初夏《はつなつ》勿忘草《わすれなぐさ》のそらいろ
＊B
榮螺《さざえ》のはらわたの濃むらさきとことはに日本の敗戰《まけいくさ》を祝

はむ　＊DG
さるすべりわが眩暈《げんうん》のみなもとに機銃掃射の記憶の火花
＊C
広辞苑に「絨毯爆撃」生残りゐたりけり　さて、さはさり
ながら　＊CG
昭和十九年大寒或る眞晝乾電池かじらむとせしこと　＊B
何年前いづれの國のどの野邊に戰病死せしわれか　花の夜
＊CE
死なねばならぬそのねばねばの蜘蛛手《くもで》なす敗戰近き日の
燕子花《かきつばた》
戰爭の入りこむ餘地は百合の木とわれの間二十米にもある
＊G
天竺葵《ゼラニウム》糜爛性毒瓦斯臭の夏、今日まではともかく生きた
戰後戰後戰後、戰前また戰前、をのきて風中《かざなか》の曼珠沙華
＊G
世紀末まなかひにある花の夜をいくさいくさいくさいくさ
い　＊G
「聖戰」の記憶は蚤と油蟬、曖昧なる敗北のメッセージ
＊BDG
非國民として吊されうることもあつた紺青の空睨みをり
＊BD
芍藥四散　われみづからを敗戰のその日に引きすゑてのの
しらむ　『獻身』
瑠璃懸巣一閃　おのが戰前を前世とおもひつつ半世紀
みつみつし苦面のすゑのフォークナー全集もB29の牲《にへ》
＊C
「アンタッチャブル」エリオット・ネス二十六、われに敗
戰・廢墟・肺疾
報國とかつてぞ言ひしわが春を奪ひし彼奴《きやつ》に何を報いむ
＊B　『風雅默示錄』
空欄に「空襲警報」とのみ記しわが立志傳日誌冒頭
＊C
晩春の大夕焼《おほゆやけ》わが鼻孔までとどき國家と呼ぶこの空家《あきや》
＊BDG
夏井少佐に額彈《ぬかはじ》かれし記憶など　棗の花に白雨ましぐら
＊C
泪、肉桂の香を帶びつつあり　別るべし　敗戰の日のこの
われと　＊G
さきがけの沙羅三、四輪いくさにはわれをしてしんがりに
ゐしめよ　＊CE
あぢさゐ錫色にざわめき　焼夷彈浴びゐし記憶のみの青春
＊C
筍《たかんな》毛ぶかし　かのはつなつの防空壕内に相馬が伸べし二
の腕　＊C
日本敗戰、われは肺尖加答兒にて盃洗に浮く蠅を見てゐた
天氣晴朗にして敗戰のその朝も孜孜と焼屍體を埋めゐしが
＊C
終戰と敗戰の間のクレヴァスをさしのぞきつつ死にそこな
ひき　＊DG
初鰹一寸刻み五分だめし百年先のわが戰死體　『汨羅變』
「一《ひとつ》、日本を呪ふべし」とぞ八月の天よりの章《ふみ》、御名御璽《ぎよめいぎよじ》
無し　＊B
修羅能観ての歸りの白雨あざらけし大東亞戰爭の敗者われ
＊B

敢へて生きば強ひて歌はむ敗戰のその日を定家葛《ていかかずら》の花を
機銃掃射の下を逃げまどひし記憶まざまざと天竺葵《ゼラニウム》の屍臭
＊C
忍冬にほふ闇手さぐりに　これ以上戰爭恐怖症を氣取るな
曼珠沙華餘燼となりてしかもなほわが胸中の敵こそ、祖國
＊BG
われを羽交締にして死ぬ勿れとぞ機銃掃射下桐生中尉は
＊C
西瓜割ればなほ割り切れぬ戰前感、否戰後感、血潮のにほ
ひ　＊DG
侘助ひらかむとして臘月「大東亞戰爭」の「大」ほとほと
憎《にっく》し　＊BD　『詩魂玲瓏』
紅葉《こうえふ》黑し何が戰爭《いくさ》と思ひつつ半世紀經《へ》つ　なほ經《ふ》べき日々
＊DG
その夏の葬《はふ》りの死者が戰死者にあらざるを蔑《なみ》されき　忘れ
ず　＊BD
涙、突然流れて停まる「機銃掃射」の「掃」は煤掃《すすはき》の「掃」
＊C
聲殺すこの青葉闇　日本は亡びず　滅ぶことさへできず
＊DG
軍歴皆無のわれも勇んで吐き飛ばす櫻桃《あうたう》の種一列横隊
＊C
國家の死いまさら何ぞ積藁の底の蝮の巣を凝視する
＊CDG　『約翰傳僞書』
鶴飛來のニュースは七日前それにしてもこの薄汚れたる日
本に　＊DG
搔氷鮮血狀のものに染《そ》み刹那かの大空襲の七月　＊C

「血の通ふ教育」とやら血みどろの硝子の檻を「學校」と
呼び　＊BD
國の死ののちの月日を斜《はす》に見て俎上なる鯛のくれなゐ暗し
＊CDG
必ず滅ぶとは思ひつつ日本もみづからも水無月の緑金《りよくこん》も
＊DG
晩春の夕映金をちりばめよたとふれば日本消えはつる日も
＊G

《G＝戰後の戰爭戰時関連の事象、追悼・行事、日本の戰前回帰・再敗亡への警鐘》

たましひに關して言はばふたたびを國破れつつ山茶花紅し
＊F　『波瀾』
復活のだれからさきによみがへる光景か　否原爆圖なり
＊C　『黃金律』
御影石切りいだされてうちつけに烈日を浴ぶ　明日敗戰忌
くれなゐの核爆發は共に見むいましばし死んだふりしてゐ
よう　＊C
鶇焼いて暗き臘月若造が愛國となど二度とほざくな
＊BF
文化の日コスモスの空よく晴れて天網のほころびが見えか
くれ　＊A
春夜歸りくれば三丁目の角に秘密警察《ゲー・ペー・ウー》のごとき棕櫚の木
＊D
寒牡丹の白濁りつつ雨に逅ふいくたび滅ぶれば濟む日本
敗戰忌なり朝戸出に蟷螂《たうらう》を踏んで鮮烈なるあしのうら
雨の敗戰忌あたかも木槿咲きおそろしきかなわがいのち在

る
落鮎水銀色に奔れり日本の終焉に何萬日を剩すか
大綠蔭われの怯懦《けふだ》をさへ容れて八月十五日にちかづく
黒葡萄しづくやみたり敗戰のかの日より幾億のしらつゆ
『魔王』

戰爭が廊下の奥に立つてゐたころのわすれがたみなに殺す
＊D
狂氣透明無比の一瞬硝子戸に敗戰の日の雞頭映る
一九四五年八月を忘れて啖《くら》へ苺の氷菓《ソルベ》
夏の白萩みだれふたたび戰爭が今日しも勃らざりける不思
議
櫻うすずみいろにみだれつつわが嗜好いささかナツィズムに
傾きて　＊D
いくさいささか戀しくなりつつわが父と同忌の伯父の鬱金櫻
不發彈處理斑斑長胡蝶花《しやが》をふみにじる　あたりちらしてゐ
るのか　＊C
憲法もさることながら健吉の名を言ふこともなき蓬餅
殺蟲劑そそぐ百合の木ざわざわと心にはアメリカを空襲せ
り　＊C
原爆忌忘るればこそ秋茄子の鴫燒のまだ生《なま》の部分
國家總動員法　遁げよわたくしの分身の霧隱才藏　＊BC
平和斷念公園のその中央の心字池それなりにゆがみて
原爆記念日を鳴きとほす寢室の鳩時計狂ふよりほかなくて
ゴママヨネーズをオマール海老にぬたくつて憲法の日の夕《ゆふ》
食《げ》はじまる
戰ふべき敵國もなき霜月を寒天色に蘆なびきをり
日露戰爭再燃、ならば出で立たむ萌黃縅の揚翅《あげは》蝶を連れて

日淸日露日支日獨日日に久米の子らはじかみをくひあきつ
而《しかう》して再《ま》た日本のほろぶるを視む　曼珠沙華畷の火の手
『獻身』

東京大空襲　鸜鵒二羽爆死してそののちの日誌空白
＊C
時は今日本の末期《まつご》　門川を菖蒲《あやめ》ずたずたになつて落ちゆく
六月の今日もまだあるあぢさゐと負債と奇才、いつか戰災
＊D
ゲルニカ變、あれしきのこと原爆忌以前われらの屛風繪の
四季
雨脚急《きふ》　ゆくさきざきも曖昧至極の日本のいづくに急ぐ
＊D
敗戰忌氣がついたころ舊友の三人がうすずみのサングラス
今宵こそと言ひき刺さうか焙らうか敗戰忌晩餐の鮎三尾
憲法記念日と聞きゐしが肉色のシャボンが逃げ廻るバスル
ーム
平和恐怖症候群の初期過ぎて今宵蠛蠓《まくなぎ》の群に吶喊　＊D
朴の花も過ぎていくさの氣配無ししからばまたの敗戰を待
て
さかりの百日紅《さるすべり》のかなた血まみれに日本が殺されるのを見
た
黒南風《くろはえ》がくれなゐに吹く幻想を一日たのしむ　憲法の日ぞ
卵食ふ時も口ひらかず再度ヒロシマひろびろと灰まみれ
しかれども日本かたぶくころほひと漆紅葉のしびるる朱《あけ》
枯桑畑三個月後に駐車場となる再來年は火藥庫か
萬綠に何もて抗すちよろづのいくさならいざ一目散に
＊A

紅葉わが前に冷えつついつよりの戰争《たたかひ》かまた終りにけらし
汝《なれ》は寶石函《エクラン》に青酸加里秘めてゐしとか　第五十回敗戰忌
眼は眼底よりおとろへて夕映の沖が米軍空襲のごとし
　＊C
殊に花合歡ぞけぶれる公園にわれらは案ず明日の聖戰《みいくさ》！
　＊B
敗戰、たちまち半世紀にて蒼き血の勿忘草《わすれなぐさ》も消えうせたり
『風雅默示錄』
五月三日悪法の日は休業のラテンアメリカ料理店「コカ」
敗荷は敗荷としてゐすわれり水の邊《へ》にかの戰ひの日日を戀しみ　＊D
「青蠅《せいよう》久しく斷絶」と李賀歌へりき原爆變は知らざりしかば
裂帛の裂を愛してきのふこそわれ日本を見かぎつたれど
眞晝十二時ほろびたる國日本を斜《はす》に咲き奔れり曼珠沙華
大天幕豪雨を溜めてたわみをり何に滿ちたりしかこの國は
夕揚雲雀金色《こんじき》に染《そ》み日本が烏有に歸せむことを告ぐらし
六根濁りきつたり眞夏虚空にて瞰《み》おろす死に瀕したる日本
われも日本もながらへつつを世紀末梢上の枇杷十日で腐《くだ》つ
たましひの底の萬綠おもむろに毒に變じて今日敗戰忌
おとろへはててしかも日本　寒林を管弦の音《ね》の風吹きとほる
黑焦げの柳葉魚《ししやも》くらひて十二月八日暮れたり果報のきはみ
　＊C
あぢさゐに腐臭ただよひ　日本はかならず日本人がほろぼす　＊DF
八方破れ十方崩れみなづきのわれのゆくてにネオナチもゐる　＊D
最後の晩餐白魚膾《しらうをなます》にさしぐみて第二次極東戰争前夜
戰ひもまして平和もなしさくらさく日本のとはのたそがれ
白馬十八頭一齊に放たれきどこのいくさにむかふのだらう
　＊C
鸚鵡に語りかけられてゐるきさらぎの夕つ方戰後一世紀經て
『汨羅變』
そこに戰争《いくさ》が立つてゐたのは大昔今は擬似平和が寢そべれる
鬱金櫻散りちりまがふその遠《をち》に確實にかたぶけり、日本
明日も「戰前」、われすらわれをたのめざる水無月若鮎に血の匂ひ
烏瓜の花の天網徐々にひろがりつつやがて日本臨終
急速に日本かたぶく豫感あり石榴をひだり手に持ちなほす
貴船明神男の聲に告げたまふ「そらみつやまとときのふほろびき」
泥濘《でいねい》落花に埋《うも》れ「歴史は人類の巨大な恨みに似てゐる・秀雄」　＊D
遠き彼方の壁の上には灰色のヒトラーが立ちすくめり、四月　＊D
花石榴炎えのこりつつもちぢのいくさおほよそわれにかかはる
曼珠沙華わが來し方に咲き退《すさ》りすぐそこのくらやみに敗戰忌
日露戰争百年祭とまかりいづ萌黄縅の蛾の幼蟲が
憲法第一千條の餘白には國滅びてののちの論功　＊D
石榴裂けつつ華やぐ廂さう言へば敗戰以後傾きつぱなし

種札「紫羅欄花《にほひあらせいとう》」をうらぎつて得體の知れぬ芽が、紀元節
　＊AB　　　　　　　　　　　　　　　　　　　　『詩魂玲瓏』
アメリカ花水木散り散る　被爆者の手記千篇も無に歸する
のか　＊DF
戰爭《いくさ》勃らざるもおそろし青麥の禾《のぎ》もてくちびるに粍《ミリ》の傷
「クラリネット五重奏曲」警笛に寸斷されて夜の敗戰忌
「日本沈沒」てふ新說も黴《かび》が生えかけて水無月床下浸水《ゆかしたしんすい》
鐵砲百合　突然なれど國賊とそしられし祖母《おほはは》が髣髴　＊B
春疾風《はるはやて》わが魂魄の邊《へ》を過ぎつ　あはれ半身不隨の日本
　＊D
海軍記念日坐骨神經痛募り喜多氏が薔薇園にて座礁せり
敗戰忌なり戰中派わたくしは必殺の蠅叩きかざして
　＊C
原爆繪畫展中止令　芳名簿末尾わが名と緋の拇印消す
無人扇狀廣場一瞬血紅の驟雨奔りすぎつ　原爆忌
韮刻むにほひに醒めて秋眠のはたと國敗れしはきのふか
遠ひぐらし呪文の呪呪とかすれつつつひにきれぎれの敗戰
の敕　＊AB
されば八月、されど八月十五日、命全し文弱われは
涅槃西風《ねはんにし》つぼみ犇く枝々の更紗木蓮　國、亂兆す
日本危ふし危ふかりけり怪しさの限りは「おほきみの邊に
こそ死なめ」　＊AB
自衛隊員募集ポスター斜《はす》に裂け「みづからをまもる」てふ
繪空事　＊D
薔薇色の鰭もつ鯉幟きみも敗戰以來ただみづぶくれ
童貞歌集より削りたる敗戰忌以前の青春頌歌二百首
　　　　　　　　　　　　　　　　　　　　　『約翰傳僞書』

敗戰百年忌の「不惑畫廊」には飾られつ軍靴《ぐんくわ》の素描百點
　＊C
森林浴すぎて八月十五日、都市浴・原子爆浴をいざ
暗剣殺の一年ぞ經し　地震《なゐ》・政變、滅びる國があるだけ幸《しあ》
福《はせ》　＊DF
常の日に似ることも怖ろし葉月十五日灰色の白百日紅《しろさるすべり》
日露戰爭記念館行き　伊勢撫子狂ひ咲く日の暇潰しとて
水蜜桃とりおとしたり廣島の滅裂の市街地圖の眞上に
日本必ずしも滅びず　料理店「蜻蛉《かげろふ》」の八寸に銀杏《ぎんなん》
いくさ無きままに半世紀を閱《けみ》し穗芒に死を待ちをり蜻蛉《あきつ》
鬱金櫻支離滅裂に吹かれゐついつか露領となるか日本も
敗戰忌　天使梢上《せうじやう》にむらがれりこの濁聲《だみごゑ》の黑衣の天使
高度五千米直下日本の殘骸が蟷螂のごとく泛びて　＊F
河骨《かうほね》一莖あたりしきりに昏みつつ卒然たり「八月十五日」
深沈と夏深みつつ肝膽に冷雨とめども無し敗戰忌

塚本邦雄歌集一覧

【序数歌集―刊行順】

＊小歌集・限定版等は除外

第一歌集	水葬物語	一九五一年	メトード社
第二歌集	裝飾樂句	一九五六年	作品社
第三歌集	日本人靈歌	一九五八年	四季書房
第四歌集	水銀傳説	一九六一年	白玉書房
第五歌集	綠色研究	一九六五年	白玉書房
第六歌集	感幻樂	一九六九年	白玉書房
第七歌集	星餐圖	一九七一年	人文書院
第八歌集	蒼鬱境	一九七二年	湯川書房
第九歌集	青き菊の主題	一九七三年	人文書院
第十歌集	されど遊星	一九七五年	人文書院
第十一歌集	閑雅空間	一九七七年	湯川書房
第十二歌集	天變の書	一九七九年	書肆季節社
第十三歌集	歌人	一九八二年	花曜社
第十四歌集	豹變	一九八四年	花曜社
第十五歌集	詩歌變	一九八六年	不識書院
第十六歌集	不變律	一九八八年	花曜社
第十七歌集	波瀾	一九八九年	花曜社
第十八歌集	黄金律	一九九一年	花曜社
第十九歌集	魔王	一九九三年	書肆季節社
第二十歌集	獻身	一九九四年	湯川書房
第二十一歌集	風雅默示錄	一九九六年	玲瓏館
第二十二歌集	汨羅變	一九九七年	短歌研究社
第二十三歌集	詩魂玲瓏	一九九八年	柊書房
第二十四歌集	約翰傳僞書	二〇〇一年	短歌研究社

主要参考文献一覧

辺境よりの註釈　塚本邦雄ノート　岡井隆　人文書院　一九七三年一月
塚本邦雄論集　磯田光一編　審美社　一九七七年十二月
現代定型論　気象の帯、夢の地核　三枝昂之　而立書房　一九七九年十二月
緑珠玲瓏館　塚本邦雄　文藝春秋　一九八〇年二月
詩歌宇宙論　塚本邦雄　読売新聞社　一九八〇年七月
表現の吃水　永田和宏　而立書房　一九八一年三月
塚本邦雄論集成―第一輯　北嶋廣敏・政田岑生編　湯川書房　一九八一年十月
詩歌星霜―王朝より現代への架橋　塚本邦雄　花曜社　一九八二年八月
探検百首　塚本邦雄の美的宇宙　北嶋廣敏　而立書房　一九八六年七月
創造的塚本邦雄論　安森敏隆　而立書房　一九八七年七月
現代短歌史Ⅰ　戦後短歌の運動　篠　弘　短歌研究社　一九八三年七月
現代短歌史Ⅱ　前衛短歌の時代　篠　弘　短歌研究社　一九八八年一月
現代短歌史Ⅲ　六〇年代の選択　篠　弘　短歌研究社　一九九四年三月
うたの水脈　三枝昂之　而立書房　一九九〇年十一月
前川佐美雄　三枝昂之　五柳書院　一九九三年十一月
黄金時代　寺山修司　河出書房新社　一九九三年六月
鑑賞　塚本邦雄　坂井修一　本阿弥書店　一九九六年八月
塚本邦雄全集　全十五巻・別巻　ゆまに書房　一九九八年十一月～二〇〇一年六月
塚本邦雄先生退官記念誌　嚠喨　「嚠喨」編輯委員会　一九九九年三月

昭和短歌の再検討　小池光・三枝昂之・島田修三・永田和宏・山田富士郎　砂子屋書房　二〇〇一年七月
麒麟旗手　塚本邦雄　沖積舎　二〇〇三年十月
塚本邦雄の宇宙　詩魂玲瓏　現代詩手帖特集版　思潮社　二〇〇五年八月
斎藤茂吉から塚本邦雄へ　坂井修一　五柳書院　二〇〇六年十二月
短歌の友人　穂村弘　河出書房新社　二〇〇七年十二月
菱川善夫著作集1〜10　沖積舎　二〇〇五年十二月〜二〇一二年二月
塚本邦雄を考える　岩田正　本阿弥書店　二〇〇八年七月
不可解な殺意　短歌定型という可能性　森井マスミ　ながらみ書房　二〇〇八年十二月
塚本邦雄の青春　楠見朋彦　ウェッジ　二〇〇九年二月
残すべき歌論　篠　弘　角川書店　二〇一一年三月
コレクション日本歌人選019　塚本邦雄　島内景二　笠間書院　二〇一一年二月
わが父塚本邦雄　塚本青史　白水社　二〇一四年十二月
私の前衛短歌　永田和宏　砂子屋書房　二〇一七年九月
消えてはるかなれ　塚本青史　短歌研究社　二〇一七年六月
塚本邦雄の宇宙Ⅰ　菱川善夫　短歌研究社　二〇一八年六月
塚本邦雄の宇宙Ⅱ　菱川善夫　短歌研究社　二〇一八年六月
レダの靴を履いて―塚本邦雄の歌と歩く　尾崎まゆみ　書肆侃侃房　二〇一九年八月

彦坂美喜子

詩集　あむばるわりあ　西脇順三郎　東京出版　一九四七年八月

第二芸術論―現代日本文化の反省　桑原武夫　河出書房　一九五二年九月
桑原武夫全集　第三巻　桑原武夫　朝日新聞社　一九六八年九月
日本詩人全集26　吉田一穂・高橋新吉・小野十三郎　新潮社　一九六八年十月
定型幻視論　塚本邦雄　人文書院　一九七二年十月
現代詩読本―新装版　西脇順三郎　思潮社　一九八五年九月
定本　西脇順三郎全集　第一巻　西脇順三郎　筑摩書房　一九九三年十二月
定本　西脇順三郎全集　第八巻　西脇順三郎　筑摩書房　一九九四年七月
定本　西脇順三郎全集　別巻　西脇順三郎　筑摩書房　一九九四年十二月
詩論＋続詩論＋想像力＝小野十三郎　小野十三郎　思潮社　二〇〇八年十月
Ambarvalia　旅人かへらず　西脇順三郎　講談社文芸文庫　二〇一八年七月

山下泉
リルケ全集　第三巻　高安国世訳　彌生書房　一九六〇年九月
リルケ詩集　高安国世訳　講談社文庫　一九七七年六月
リルケ研究　神品芳夫　小沢書店　一九七二年二月
創造の瞬間　リルケとプルースト　塚越敏　みすず書房　二〇〇〇年五月
オスカー・ワイルド全集Ⅳ　西村孝次訳　青土社　一九八一年二月
オスカー・ワイルド事典　山田勝編　北星堂書店　一九九七年十月

池田裕美子
岩波講座　アジア・太平洋戦争　全八巻　岩波書店　二〇〇五年十一月～二〇一五年七月

昭和二万日の全記録　全十九巻　神田文人編　講談社　一九八九年六月～一九九一年二月
昭和・平成　現代史年表　神田文人編　小学館　一九九七年六月
日本の軍隊　吉田裕　岩波新書　二〇〇二年十二月
日本軍兵士　吉田裕　中公新書　二〇一七年十二月
国民の天皇　ケネス・ルオフ　岩波現代文庫　二〇〇九年四月
ポスト戦後社会　吉見俊哉　岩波新書　二〇〇九年一月
集団的自衛権と安全保障　豊下楢彦・古関彰一　岩波新書　二〇一四年七月
〈歴史認識〉論争　高橋哲哉編　作品社　二〇〇二年十月

執筆者自身による略歴（五十音順）

池田裕美子　一九五〇年（昭和25）年、富山県生。現在「短歌人会」「艪と水仙」同人。歌集『朱鳥（あかみどり）』、『ヒカリトアソベ』。第三回歌壇賞（平４）次席、それに塚本邦雄が「新人点描」で贈ってくださった言葉が私の原点。ささやかな遅れた返信を書く機会をいただいた。

尾崎まゆみ　一九五五（昭和30）年、愛媛県生。早稲田大学教育学部卒業。一九八七年、塚本邦雄と短歌にほぼ同時に出会う。現在「玲瓏」撰者、編集委員。第三十四回短歌研究新人賞受賞。歌集に『微熱海域』、『真珠鎖骨』、『明媚な闇』など。他に『レダの靴を履いて―塚本邦雄の歌と歩く』、『尾崎まゆみ歌集』など。神戸新聞文芸短歌選者。伊丹歌壇選者。

楠　誓英　一九八三（昭和58）年、神戸市生。「アララギ派」・「ヤママユ」所属。二〇一三年、第一回現代短歌社賞受賞、二〇一四年、第四十回現代歌人集会賞受賞。歌集に『青昏抄』（現代短歌社、二〇一四）、『禽眼圖』（書肆侃侃房、二〇二〇）。

楠見朋彦　一九七二（昭和47）年、大阪府生。主著として『塚本邦雄の青春』（ウェッジ、二〇〇九）、歌集『神庭の瀧』（ながらみ書房、二〇一〇）、『グレーの時代　３・11から１・17へ』（短歌研究社、二〇一四）、『前川佐美雄』（笠間書院、二〇一八）。

彦坂美喜子　一九四七（昭和22）年、愛知県生。一九八五年、春日井建主宰の中部短歌会入会。春日井建死去により、二〇〇五年一月「井泉短歌会」を竹村紀年子らと設立、短歌誌「井泉」創刊。編集委員。歌集『白のトライアングル』、詩集『子実体日記』。

藤原龍一郎　一九五二（昭和27）年、福岡市生。早稲田大学第一文学部文藝学科卒業。一九七二年、短歌人会入会。一九九〇年、第三十三回短歌研究新人賞受賞。歌集に『東京哀傷歌』、『嘆きの花園』、『ジャダ』、『２０２X』ほか。歌論集『短歌の引力』。詩人・柴田千晶との詩と短歌のコラボレーション作品集『セラフィタ氏』。

山下　泉　一九五五（昭和30）年、大阪府堺市生。一九七八年、関西学院大学文学部卒業。在学中、歌人・ドイツ文学者の高安国世の指導を受けた。一九八〇年「塔」短歌会入会。二〇一九年から選者。歌集に『光の引用』（現代歌人集会賞受賞）、『海の額と夜の頬』。

現代短歌を読む会は、尾崎まゆみの呼びかけによって二〇一〇年に発足した、超結社の読書研究会。山中智恵子、葛原妙子、塚本邦雄、前川佐美雄（継続中）と読み継いで来て、現在までに二十名近い参加者を得ている。

塚本邦雄論集

著者　現代短歌を読む会
池田裕美子　尾崎まゆみ　楠 誓英　楠見朋彦
彦坂美喜子　藤原龍一郎　山下 泉

発行日　2020年10月2日

発行者　國兼秀二

発行所　短歌研究社
〒112-8652　東京都文京区音羽1-17-14　音羽YKビル
電話番号　03-3944-4822
振替番号　00190-9-24375

装幀　next door design 望月志保

印刷・製本　大日本印刷株式会社

ISBN978-4-86272-656-8 C0095

©Gendaitanka wo yomu kai 2020, Printed in Japan

落丁本・乱丁本はお取替えいたします。本書のコピー、スキャン、デジタル化等の無断複製は著作権法上での例外を除き禁じられています。本書を代行業者等の第三者に依頼してスキャンやデジタル化することはたとえ個人や家庭内の利用でも著作権法違反です。定価はカバーに表示してあります。